U0514238

恐龙悍将

光与影的英雄

张恩东　著

北方联合出版传媒(集团)股份有限公司

万卷出版有限责任公司

ⓒ 张恩东　2023

图书在版编目（CIP）数据

恐龙悍将. 光与影的英雄 / 张恩东著. -- 沈阳：
万卷出版有限责任公司，2023.10
ISBN 978-7-5470-6276-0

Ⅰ.①恐… Ⅱ.①张… Ⅲ.①幻想小说—中国—当代
Ⅳ.①I247.5

中国国家版本馆CIP数据核字（2023）第099460号

出 品 人：王维良
出版发行：北方联合出版传媒（集团）股份有限公司
　　　　　万卷出版有限责任公司
　　　　　（地址：沈阳市和平区十一纬路29号　邮编：110003）
印 刷 者：辽宁新华印务有限公司
经 销 者：全国新华书店
幅面尺寸：145mm×210mm
字　　数：250千字
印　　张：11
出版时间：2023年10月第1版
印刷时间：2023年10月第1次印刷
责任编辑：王　越
责任校对：张　莹
装帧设计：火山菌
ISBN 978-7-5470-6276-0
定　　价：39.80元
联系电话：024-23284090
传　　真：024-23284448

目 录

Contents

序　章

第五届恐龙竞技世界杯结束后，热爱恐龙竞技这项全球运动的龙迷们记住了中国恐龙竞技队。曾经默默无闻，仅在亚洲范围内占有一席之地的中国恐龙竞技队一跃成为世界闻名的队伍，在几次比赛中依靠个人才华扭转乾坤的裴小雪也成了人们心目中的"小英雄"。尤其是当她决定回国继续发展后，南方大学著名的体育竞技学院热情地邀请她以及同样决定回国的孙娀加入，她们就这样成了恐龙竞技专业的大学二年级学生。

裴博士在回国后得到了提拔，被任命为南方大学体育竞技学院恐龙竞技系主任，统管中国恐龙竞技队的所有事务。他的上任可谓众望所归，这让中国龙迷们对全新的中国恐龙竞技队充满了希望。而对于裴博士来说，他的收获不仅是事业上的——裴母在经过漫长的康复后，感动于裴博士的悉心照料和女儿的归来，同意与裴博士复合。就这样，裴家又恢复了往昔的欢声笑语。

宣布退出恐龙竞技队的前队长王一川回国后即与自己爱慕已久的另一位驯龙师韩娅举办了盛大的婚礼。双喜临门的是，韩娅还被选举为新一届中国恐龙竞技队的队长，王一川则担任教练张恩南的助教，同时负责在恐龙竞技专业的学生中挑选新队员以补充竞技队的力量。很快，王一川发现了一个天赋出色、异常勤奋的男孩，那就是裴小雪高一时的同桌牛畅。经过严格的考核测试，牛畅由学员晋升为见习驯龙师，这让他昔日的同桌裴小雪非常开心。与此同时，王一川还积极倡导恐龙竞技专业的学生自发组织成立驯龙社团，并借此在社团中继续发掘那些具备驯龙天赋的人才。

选择与贝尔格蕾雅一同继续留在美国的孙艾琳则按照上级（国际刑警）指示，随她的"贝姐"一同短暂地为美国恐龙竞技队服务。与王一川相同，她的职责是替已显得有些青黄不接的美国驯龙师队伍寻找后起之秀。大约在9月底，她与贝尔格蕾雅一同离开美国恐龙竞技队的前夕，一个名叫卡卡拉瓦·劳伦斯的人进入了她的视线。在孙艾琳的力荐下，年仅20岁的卡卡拉瓦·劳伦斯加入了美国恐龙竞技队，并在教练霍尔姆斯的培训下与雷恩·马什组成美国队新的"双星"。离开了美国队的贝尔格蕾雅与孙艾琳则继续以POW摄影公司为掩护，关注着DMIG的一举一动。

除此之外，南方大学体育竞技学院在新学期还迎来了一个神秘的学生，她就是曾经在恐龙竞技世界杯最后阶段与裴小雪相识的西班牙少女埃斯特莉娅·德·席尔瓦。这个聪明绝顶的银发姑娘在入学考试时竟以南方大学历史上罕见的高分直接跳级升入二年级，与裴小雪成为同班同学。随她而来的，还有她的爱龙——食蜥王龙密涅瓦。在几次恐龙训练赛中，她所表现出的驯龙天赋和能力甚至不输裴小雪，这引起了大家的关注。然而，埃斯特莉娅独来独往，少言寡语，没有人知道她内心的真实想法。一方面，她出众的外貌和强大的驯龙能力给人留下了深刻印象；而另一方面，她又宛若透明人一般行踪飘忽不定，令人难以捉摸。总之，伴随着这个银发姑娘的一切都似乎是个谜。

不过，在埃斯特莉娅的促进下，2123年12月时，新生的西班牙恐龙竞技队来到中国访问，并与中国恐龙竞技队组成了中—西联队，前往美国的故地——新科罗拉多市，与在那里由美国、加拿大恐龙竞技队组成的美—加联队进行了一场精彩绝伦的友谊赛。在那场比赛中，由裴小雪、埃斯特莉娅·德·席尔瓦和何塞·费尔南德斯组成的"进攻三叉戟"震惊了所有观众，并在最后时刻力克美—加联队，取得了胜利。尽管落败，美—加联队同样也有所收获，美国核心驯龙师雷恩·马什与加拿大队的天才少年雅各布·梅森的配合可谓天衣无缝。由于爱惜雅各布·梅森的才华，美国队主教练霍尔姆斯再次以优厚的条件向这个天才少年抛出橄榄枝，但是再一次被婉拒。在雅各布的激励下，加拿大队诞生了一批拥有优秀潜质的年轻驯龙师，这使得人们对他们在下一届恐龙竞技世界杯上的表现充满期待。

直到此时，埃斯特莉娅曾经对教练说出的那句"看到了希望"才真正被人们所理解。随着青年驯龙才俊们的崛起，龙迷们开始如火一般热情，期盼着新一届恐龙竞技世界杯的到来。

一　小雪与小埃

不知不觉中，时间的齿轮转到了全新的2124年。"当当当……"晚间，南方大学体育竞技学院恐龙竞技专业二年级女生宿舍走廊上传来一阵急促的脚步声。有人好奇地探出头，发现是裴小雪。速度极快的她抱着篮球一溜烟儿跑回了自己的宿舍。

"砰！"当小雪重重地推开门再关上时，她发现与自己同一寝室的孙娥正在收拾东西。

"娥娥，你在做什么呀？这么早就收拾东西了？"小雪好奇地问道。

"你还不知道吧？我姐明天就要来南京了，听说是执行任务，会待上几天，所以……我打算搬到她的酒店去住几天。反正期末考试已经结束，距离放寒假也只有一周多的时间啦！"

"琳姐要来南京？哇！那么贝姐是不是也会一起来呢？已经

有半年没看到她们啦! 我也去!"小雪一听, 兴奋地叫喊起来。

"停停停! 首先, 只是我姐回来了, 贝姐并没有来; 其次, 我姐回来关你什么事, 可别打扰我和姐姐团聚哟! 再见!"孙姵说着, 满脸坏笑地背起背囊, 一溜烟儿跑出了宿舍。

"切, 真不够意思。哼! 也罢!"

小雪不服气地吐了吐舌头。原本想在打完篮球后美美洗个热水澡躺进暖和被窝里追剧的她望着空荡荡的宿舍, 瞬间改变了主意, 只见她穿上外套, 拿起篮球又出了门。

说来也奇怪, 自从回到中国后, 小雪就开始疯狂迷恋上打篮球——尽管以前在中国上学时她也比较喜欢打篮球, 但在美国的她却几乎没有碰过这项运动。体态轻盈的小雪在打篮球时身形灵活, 投篮技术相当不错, 甚至在与男生对抗时也不会处于下风。因此, 同系的男生在打比赛时总会喊上她。打篮球几乎成为小雪在学习和驯龙之余唯一的活动了。

就在小雪夹着篮球准备再去体育馆发泄一下被闺密"抛弃"的愤怒时, 却注意到在走廊另一端的廊窗前仿佛立着一个背影, 于是好奇地走上前去。由于灯光昏暗, 直到接近背影, 看到了那熟悉的银色头发和戴在头上的包耳式耳机, 她才意识到对方——

"小埃同学……是你?"

听到有人呼唤自己的名字, 埃斯特莉娅微微侧过脸, 用她那独特的红色瞳孔瞟了一眼站在身后的小雪。

"小埃同学, 马上就要放假了, 你是准备回国还是继续留在这里呢?"小雪连忙转换了话题。

"不知道。"埃斯特莉娅冷冷地答道。突然，她以迅雷不及掩耳之势拍掉了夹在小雪腋下的篮球，并将其捡起，以一个漂亮的背身传球还回小雪手中，紧接着便冷漠地离去了。

"她……也会打篮球？"望着银发姑娘远去的身影，小雪惊讶地喃喃自语道。

几分钟后，小雪回到了室内篮球场。天色已晚，在这里打球的人已经很少了。小雪看了下手表，距离9点闭馆还剩一个小时，她决定把睡前最后的时光继续奉献给篮球。

"学姐，你怎么又回来啦？"一个正在投篮，满脸是汗的男生冲小雪喊道。

"碍你事了？"小雪没好气地学着刚才埃斯特莉娅的语气瞟了那个男孩一眼，说道。

"那……学姐，要不咱们一起来打场练习赛？"男生有点尴尬地挠了挠头。

"走开走开！你又不是我的对手，谁要和你打练习赛！"

小雪一反常态地露出气势汹汹的神色，独自走到另一块没有人的场地，准备投篮。这时，她的余光注意到一个熟悉的身影推开了体育馆的侧门。

"是她？"

小雪下意识地用手捂住嘴，差点叫出声来。只见埃斯特莉娅也手持篮球走了进来。也许是没注意到小雪，她径直走向了另一块篮球场，脱下外套，露出了一身灰色的队服——那是校运动会时与小雪所在的艾萨克队敌对的纽沃克队队服。眼前的一切令小雪感到不可思议，这还是她头一次看到埃斯特莉娅来到篮球馆。在这之前，据小雪对埃斯特莉娅的了解，这个行踪飘忽不定的银发姑娘只参加过自行车运动。

时间一分一秒地过去，埃斯特莉娅开始练习投篮——那几乎百发百中的中投能力令关注着她一举一动的小雪再也无法安心打球了。与银发姑娘形成鲜明的对比，小雪的几次简单投篮和上篮全部"打了铁"。

"小埃！"小雪终于忍不住了，大声道。

正打算投第13球的埃斯特莉娅听闻呼唤声后停了手，但并没有立即回过头来。小雪丢下自己的球，大踏步走到埃斯特莉娅这边的场地。

"居然是……那位传说中超漂亮的外国银发小姐姐？"那个男生也不由得被埃斯特莉娅的到来吸引了目光。

"小埃，我们来切磋一下球技，怎么样？"小雪走到埃斯特莉娅身边，露出了她那标志性的笑容。

"随便你。"埃斯特莉娅的声音还是那么冰冷。

小雪愣了一下，但银发姑娘已经熟练地把篮球扔到了她的手里。小雪迅速持球飞身上篮。

"啪——"只听一声清脆的敲击声，志在必得的小雪竟然被迅速回防的埃斯特莉娅将球破坏出了界。不只是小雪，就连那个男生也惊讶地张大了嘴。

"两位学姐……我可以加入你们的比赛吗？"

"真烦，我不是已经喊你走开……"

小雪不耐烦地皱起眉头，正欲将男生打发走，谁料埃斯特莉娅打断了她的话。

"可以，你来吧。"

男生立刻无视小雪的警告，兴高采烈地加入到两位二年级学姐的篮球训练赛中来，小雪只好默许。尽管这名一年级男生身高有1.85米左右，比小雪和埃斯特莉娅都高了不少，但显然在速度和技术上处于劣势。小雪速度快，突破力强；埃斯特莉娅虽然跑动不多，但中远投异常精准……几十分钟的时间一眨眼就过去了，当时间来到9点、管理员催促三人赶紧离场时，他们才从篮球赛的欢乐中回归现实。

"感谢两位学姐！"一年级男生向小雪与埃斯特莉娅鞠躬致敬，并转身准备离去，谁知打球过程中未说一句话的银发姑娘喊住了他。

"喂……你叫什么名字？"

"啊？我……我叫顾明宁。嘿嘿……"男生立刻转身摸着头，憨厚地笑了起来。

"埃斯特莉娅·德·席尔瓦。"

埃斯特莉娅竟主动向男孩伸出手去，不过脸上一如既往地毫无表情，并且在两人将将握手后又迅速抽了回去。这一幕令小雪略感尴尬——虽然已经与这个男生打了多次篮球，但是自己竟从未想过问对方的姓名。眼见埃斯特莉娅收回了手，"不甘示弱"的小雪赶忙装作友好地握住了男生的手。

"我叫裴小雪，和小埃是二年级（4）班的学生。"

"我叫埃斯特莉娅。"埃斯特莉娅立刻投去鄙夷的目光。

"啊……原来你就是大名鼎鼎的驯龙师裴小雪？那个帮助我们恐龙竞技队拿到世界杯亚军的……"顾明宁万万没有想到

经常与自己打球的学姐居然不是泛泛之辈。

"没错,正是本小姐!"小雪一听,来了劲,立刻摆出一副骄傲的姿态。

"天哪……今天我是走了什么狗屎运,居然一下子同时认识了一位大明星和一位大美女!"顾明宁激动不已。

"喂喂,臭小子,你会不会说话呀?本小姐也是大美女呀!"小雪一听眼前的学弟刻意强调埃斯特莉娅是美女,立刻伸手揪住了对方的脸蛋并用力扯了扯。

望着眼前闹成一团的小雪与顾明宁,沉默不语的埃斯特莉娅微微皱了下眉头,选择先行离去。而当两人反应过来时,银发姑娘早已如风一般消失得无影无踪了。

次日清晨。

小雪从噩梦中惊醒,她梦见自己被一群黑衣人围住,然后被带离了学校;同时,她的恐龙也被装上了密封的卡车,而站在卡车旁的那个面带冷酷笑容的人银发红瞳。

直到拉开窗帘,小雪才发现外面还是一片带着朦胧晨光的黑夜——冬天的夜真漫长。

小雪看了看手表,还不到7点钟。烦闷间,她决定去走廊上走走。走廊上的灯还在昏暗中一闪一闪的,说明真正的白天还未到来。好奇心驱使小雪不由自主地走到埃斯特莉娅的宿舍门前,想要叩响房门,却又犹豫着收了手。正在这时,从里面传来很响的砰的一声。

小雪没作多想便用力撞开了那并不十分牢固的宿舍房门。只见宿舍里烟雾弥漫,似乎是厨房(恐龙竞技专业的学生得到了最优越的住宿条件)失火了。小雪连忙一边用手捂住口鼻,一边尽力向里冲去——只见厨房门口,埃斯特莉娅正不住地咳嗽着,没几下子便踉跄着晕倒在地板上。说来也怪,平时从未使用过灭火装置的小雪竟抓起厨房墙壁上配备的灭火器,冲着灶台上的火一阵喷洒……火被扑灭了。

紧接着,小雪用尽全身力气把昏迷的埃斯特莉娅抱到窗边的一张大桌上,并立刻打开了窗户——穿着棉袄的小雪不禁打了个哆嗦。得益于外面的大风,屋内的烟雾很快被吹散。警报解除,小雪望着平躺在桌子上,双目紧闭但呼吸平稳的小埃,脸上露出了如释重负的笑容。

"小埃……小埃!"

昏昏沉沉的埃斯特莉娅听到有人在呼唤自己。她艰难地睁开双眼,发现是小雪。

"小雪?"她那干裂的嘴唇微微动了动。

"太好了,小埃,你终于醒了!"小雪开心地抱着埃斯特莉娅。与以往不同,这次触碰并未使埃斯特莉娅产生任何反感情绪。

"谢谢你……救了我。"银发姑娘用她那楚楚动人的红色双眸感激地望着小雪,终于露出难得一见的笑容。

"哈哈,这不算什么,谁让我们是同学呢!"小雪一如既往地发出爽朗的笑声,"不过……小埃,你这么早在厨房里做什么呢?"

"没……没什么。"埃斯特莉娅的脸上突然露出明显的尴尬神色,迅速把目光移向一旁。

小雪盯着她愣了几秒钟，疑惑地站起身向厨房走去。只见她东看看，西瞧瞧，不一会儿，露出了恍然大悟的神色并大笑起来：

"哈哈哈……原来我们的小埃同学不会做饭呀！"

由于期末考试已经结束，小雪决定留在埃斯特莉娅的宿舍里照顾她。在银发姑娘稍稍恢复气力后，小雪扶着她回到卧室的床上。埃斯特莉娅猛烈地咳嗽起来，抓起床头的水杯把里面的水一饮而尽。

"嘿，小埃，你在这儿等着，我要给你一个惊喜。"

小雪说罢，起身迅速离去。望着篮球少女的背影，埃斯特莉娅那一贯冷漠的脸上掠过一丝暖意，并陷入了沉思……

不多时，兴奋的小雪抱着一堆方便面和碳酸饮料回到了埃斯特莉娅的卧室——这些都是埃斯特莉娅来到中国后还从未触碰过的食物。由于饮食习惯上的差异，银发姑娘基本上只吃面包、少量蔬菜，喝热牛奶。

"这些都是给你的！"小雪一股脑儿地把食物倒在床上。

"谢谢。"埃斯特莉娅抿了抿嘴唇，挣扎着坐起来，好奇地伸手拿起一桶方便面仔细观察，那认真的模样令人忍俊不禁。

小雪拿起一桶红烧牛肉面，轻轻撕开纸盖，为埃斯特莉娅做了泡面的示范。不一会儿，当一桶热气腾腾、香气扑鼻的红烧牛肉面被端到面前时，银发姑娘发现这竟是人间美味。望着埃斯特莉娅那沉醉的样子，小雪脸上露出了欣慰的笑容。

"小埃，在西班牙，你最喜欢吃什么食物呢？"

"蔬菜沙拉或土豆泥佐覆盆子酱。"埃斯特莉娅眨着那水灵灵的红色双眸答道。看得出，吃下面条的她已初步恢复了元气，"有时也会吃牛排，我喜欢半生的。"

"啊……天哪，小埃同学，这是你第一次对我说超过10个字的句子哟，太棒了！"小雪高兴地大喊起来。

"是吗？"埃斯特莉娅摆出一副疑惑的模样。

"嘿嘿……也可能是我数学不太好吧。"小雪连忙岔开话题，"小埃，说真的，我好想和你做朋友。"

"难道我们不是朋友吗？"埃斯特莉娅显得更疑惑了，无辜的表情令人爱怜，"我不是一直给你抄作业吗？"

"原来小埃认为的朋友是这个样子呀！那也很不错哟，这个朋友的价值简直太高了！"小雪恍然大悟地笑了。

"既然你认可了我们是朋友，小埃，我有个小小的要求……"小雪露出神秘莫测的表情。

"没问题。你救了我的命，我答应你。"不等小雪把话说完，埃斯特莉娅已认真地点了点头。

"哈，你可别后悔！"小雪一听，立即起了兴头。

"放心，我从不食言。"埃斯特莉娅的眼神仿佛在告诉小雪，完全可以相信她。

"那我说了哟！我的要求：这个寒假你住到我家去，陪我一起过春节！"

"没问题。"

出乎小雪的意料，埃斯特莉娅的回答竟如此干脆。

二　春节

3天后。

小雪拿到了返回中国后第一个学期的成绩单——总共7门功课，全部过关，但都是将将及格。尽管如此，她已经很开心了。

至于埃斯特莉娅，这个班里年龄最小的学生却毫无悬念地拿到了全班第一的成绩。在公布成绩的那一刻，她几乎成了全体男生的偶像——不仅是对她美丽的美貌，更是对她聪明才智的崇拜。只是由于少言寡语，拒绝和同学交流，所以很难有人能够打开她的心扉。

拿到成绩单意味着本学期的结束。小雪已经开始计划如何度过欢乐的寒假了。她收到的第一份邀请竟然来自孙艾琳——久违的混血美女想要看看半年未见的小雪究竟怎么样了，同时，她也特别邀请了之前并无交集的埃斯特莉娅。

当小雪拉着埃斯特莉娅的手出现在孙艾琳面前时，这个混血美女几乎惊得叫出声来。

“小雪？这……真的是你？我的老天，你长个子了！”

“琳姐，我……有吗？”小雪愣住了。

“这不是废话吗，你以为我眼神不好吗？”

孙艾琳的火暴脾气倒是一点没有变。她大步上前揪住小雪的后衣领，将其拖到刻有身高标尺的墙边，紧接着粗暴地脱下小雪的篮球鞋，将其后脑勺紧摁在标尺上，仔细看了看，露出不可思议的神色。

“哟……你这黄毛丫头居然超过170厘米了！”

就连小雪自己也吃了一惊。说实话，她并没有关注过自己的身高。不过此时此刻，她才注意到自己似乎是比一旁穿着高跟鞋的孙娍还要高一些——要知道，在美国时，小雪的净身高似乎比孙娍还要矮一点儿。

“还有这个银毛红眼丫头……好像也比当时长高了一些嘛，看起来和你差不多。”

孙艾琳说着，伸手去拉埃斯特莉娅那纤细的胳膊，却被对方用力推开。

“别碰我！”

“哎哟，臭丫头，长得漂亮又有点自尊心了不得啦？”孙艾琳来了火，正欲发作，却被小雪拦住了。

“琳姐，她就是那种性格，不喜欢别人碰她，没有恶意。”

“哼……看样子是个富家小姐？即便如此，我可不会惯着你！”

面对混血美女的不友好，埃斯特莉娅依旧是那副无辜中透露出些许冷漠的模样。眼见银发姑娘确实可能是个"木头人"，两人在对视了几秒后，孙艾琳只能没好气地露出无奈的笑容。

"好吧……看来咱俩性格合不来。不过呢……你给人的第一印象真是个乖巧漂亮的姑娘。"

"谢谢。"面对孙艾琳似夸非夸的言语，埃斯特莉娅宛若不食人间烟火般，竟以欧洲特有的鞠躬方式表示感谢，那看似认真的模样惹得大伙儿笑了起来。

放假前的最后一天到了。

原本小雪也想喊孙娥一起住到自己家去，却被孙娥以"姐姐还在南京，准备继续和她住一段时间"为由婉拒。于是，小雪与埃斯特莉娅结伴站在宿舍楼下等着父亲开车来接。理论上说，办公地点离宿舍区不远的裴博士应该很快就能赶到，但直到两个女孩站在楼下等了一小时后，才看见那辆熟悉的轿车缓缓驶来。

"来啦来啦……不好意思，让两位小朋友久等啦！"裴博士一边摇下车窗，一边笑容满面地打着招呼。

"老爹……搞什么嘛，小埃可是第一次去我们家，你就迟到！"拎着大包小包的小雪显然非常不开心。

"啊呀呀……正好临时有事。"

裴博士边说边打趣地冲埃斯特莉娅眨了眨眼，但对方只是深深地鞠了一躬。

"麻烦您了，博士。"

"嘿，喊我叔叔就行。你是小雪的朋友，不要过于拘束。"

裴家的别墅里，勤劳的裴母早已把家里打扫干净，并专门为埃斯特莉娅整理出一个温馨的卧室。因此，当银发姑娘踏进家门时，立刻就有了家的感觉——她那原本淡漠的神情因受宠若惊而产生了微妙的变化。

"阿姨好。"经历了短暂的沉默后，埃斯特莉娅的语句仍然是那么单调、乏味。

"别客气！我还是第一次见到这么漂亮的小姑娘呢！快进来！快进来！"

裴母热情地招呼埃斯特莉娅坐下，并端来一杯热气腾腾的牛奶，拿了一些零食。银发姑娘的脸上终于露出了激动和不安的神色，只见她慌忙站起身接过食物，并再次鞠躬致谢。

"喂喂……我说老妈，你对自己的女儿也没这么殷勤吧？"

"这不是来了贵客嘛！"

面对埃斯特莉娅，裴母简直欢喜得不得了，只见她在埃斯特莉娅身旁东看看、西看看，不由自主地伸手轻轻抚摸银发姑娘那如绸缎般的银发——小雪正欲上前阻止，却发现这次埃斯特莉娅竟如温驯的小绵羊般，并未做出任何过激反应；恰恰相反，她的脸上竟露出了享受的幸福表情。

"我要是能有个这样漂亮又懂事的女儿该多好。"

"老妈……你再给我说一遍？"

小雪立即叉腰装出一副生气的样子。埃斯特莉娅突然忍不住捂嘴"咯咯咯"地笑出了声。这一幕令小雪着实吃了一惊——在她的印象里，埃斯特莉娅还从未这样发自内心地笑过。

埃斯特莉娅在裴小雪家为期一个月的寒假生活就此拉开帷幕。由于是寄宿在他人家中，埃斯特莉娅十分懂事，经常会主动帮忙做些家务活儿。尽管有时也会显得笨手笨脚，但这一积极的态度与回家后就变成"公主"的小雪形成了鲜明对比，这一反差使得裴博士与裴母更加喜欢她了。

时间一天天地过去，距离春节只剩两天了。天刚蒙蒙亮，埃斯特莉娅如同往常一样早早起了床——她的睡眠一直很差，并蹑手蹑脚地前往卫生间洗漱。不经意间，细心的她注意到地板上有明显的污渍，在将其擦拭后，索性顺手拿起拖把开始打扫卫生。起先，卖力干活儿的埃斯特莉娅感到头有些晕，但并没有在意。然而，当她从二楼打扫到通往一楼的楼梯时，突然觉得心脏绞痛——只见她双手紧紧揪住衣襟，痛苦地跪在了楼梯上。也许是怕吵醒仍在熟睡的裴博士一家，她紧紧咬着嘴唇，甚至渗出了一点血。但最终，她还是两眼一黑，从楼梯上摔了下去，失去了知觉。

声音虽然不大，却惊醒了睡眠一向不深的裴博士。他忙摸到眼镜，走出房间。由于他的房间位于一楼，一开始并未发现异样，直到他走到楼梯前。

"小埃？"

裴博士立刻意识到发生了意外，他连忙上前将埃斯特莉娅抱起，小心地放在客厅的沙发上。可怜的银发姑娘已经完全失去了知觉，只见她的左前额有大块血迹，很可能是摔下时因碰撞所致。裴博士用手试了下女孩的鼻息，尚属正常，于是松了口气。他端来一盆水，替埃斯特莉娅轻轻拭去血迹，并将伤口认真消杀。最后，他又从书房的抽屉里找来医用纱布，将女孩额头的伤口包扎好。

做成这一切后，裴博士转身往厨房走去——准备早餐的时间到了，这是每天属于裴博士的"专属工作"。

半个小时后，裴母和小雪陆续醒来。当她们发现躺在一楼客厅沙发上、头部缠着纱布的埃斯特莉娅时，不免大吃一惊。细心的裴母发现了仍丢弃在楼梯上的拖把，不禁疑惑起来："这可怜的孩子，难道是在拖地时从楼梯上摔倒了？"

小雪抿着嘴，感到心里很不是滋味。

"去问问你爸发生了什么。肯定是他把小埃抱到这里并处理了伤口。"裴母说道。

裴博士正在煎鸡蛋，见女儿到来，立刻把刚煎好的一个鸡蛋放在她的餐盘里。

"老爸，刚才发生了什么，小埃她怎么会……"

"老实说，我也不清楚为什么会发生这种事，但当我发现她的时候，她已经昏了过去，并且头部受了创伤。不过别太担心，根据我的观察，她所受的应该只是外伤而已。"

小雪心情沉重地回到埃斯特莉娅身边。放假前的那次险情历历在目。难道两次昏倒之间存在着什么特别的联系吗？小雪胡思乱想着，耳边传来了微弱的声音："帕萨赫斯……妈妈……"

小雪迅速回想起埃斯特莉娅曾告诉过她，自己的家乡是西班牙的帕萨赫斯。

"嗨，小埃，醒醒，是我呀！"想到这里，小雪抓起埃斯特莉娅的衣领使劲摇了摇。银发姑娘终于艰难地睁开了眼睛。

"小雪……"

"你怎么突然伤成这样，怎么回事呀？"小雪急切地问道。

"我也……不知道。"

"刚才你在呼唤你的家乡和……妈妈？"

"我没有妈妈。"埃斯特莉娅立刻闭上眼，微微摇了摇头。

对于埃斯特莉娅明显敷衍的回答，小雪正欲辩解，但望着面容无比虚弱的她，只得露出无奈的神色。她偷睸了下埃斯特莉娅的眼睛，恰逢对方略显不安地把目光移开——那红色的双眸中很明显藏着不为人知的故事。小雪本想继续询问，但很快意识到这样做是徒劳的，银发姑娘的嘴巴就像钢板一般严实。

春节如期而至。大年三十晚上，南京下起了雪，屋内非常温馨。裴母按照惯例打开了电视机。小雪无聊地躺在沙发上打游戏，埃斯特莉娅则边喝热牛奶边无所事事地盯着窗外的雪。见两个女孩都有些无聊，裴博士突然想到了一个好主意，只见他快步走到楼顶的储物间，从里面翻出来一把落满灰尘的吉他。看到丈夫手持吉他走进客厅，裴母不禁被触动了心扉。

"亲爱的，你这是做什么……"

"嘿嘿，难道不想重温一下吗？22年前的那个夜晚。"

裴博士边说边拿毛巾轻轻擦拭着琴身，找了把椅子坐下。他的举动引起了小雪和埃斯特莉娅的注意，两个女孩立刻停下手中的事情，围到裴博士身旁。裴母也关了电视机，面带微笑地坐在沙发上。

裴博士的指尖开始滑动那绷紧的琴弦，然后清了清嗓子，开始跟着旋律唱起来。

你知道，我最爱的人是你

无论在哪里

好似那天空不变的北极星

我注视着你

享受着星空和灿烂的阳光

……

　　那动人的歌声和婉转的旋律牵动着裴母、小雪和埃斯特莉娅的心,三个女人已经完全沉浸在美好的氛围中。一曲终了,时间仿佛在这一刻静止,裴母早已热泪盈眶。经历了短暂的沉寂后,一阵热烈的掌声回响在室内。

　　就在裴博士想要把吉他放回储物间时,埃斯特莉娅突然站起了身。

　　"我能试试吗?"

　　"当……当然!"

　　裴博士先是一愣,紧接着,条件反射般地把那把旧吉他递到了埃斯特莉娅手中。只见银发姑娘接过吉他,坐在椅子上,开始演奏。

　　伴随着吉他清脆的弦音,埃斯特莉娅用西班牙语轻唱起那首著名歌曲《一步之遥》(*Por Una Cabeza*)。她那低沉而柔美的嗓音令裴博士一家人的脸上浮现出无比陶醉的表情。一曲演毕,她理所应当地获得了更为热烈的掌声。

　　"我的老天!你可真行,小埃!你还有什么技能是我不知道的吗?"

　　小雪激动地冲上前去,一把搂住埃斯特莉娅的脖子,给了她一个大大的吻。这一举动令银发姑娘的脸唰的一下红了。不过，也许是状态来了，她似乎不想让这愉快的气氛就这样结束。

"我可以再来一首吗？"

"当然，当然！再来一百首也行！"裴博士一家异口同声地喊了起来。

埃斯特莉娅激动地点点头，于是再次垂下头，开始用心去弹奏并轻唱下一首歌曲——

这是一首来自著名甲壳虫乐队的英文歌曲《嘿！朱迪》（Hey Jude），小雪一下子就听出了这首曲子，这曾经也是她在美国上高中时最喜欢的一首歌曲，于是情不自禁地与埃斯特莉娅一同轻唱起来。裴博士则与自己的爱妻轻轻击掌伴奏。

在这个大雪纷飞的除夕夜晚，从裴博士家中传出的乐音伴随着风声，飘散在这幸福的城市中。

三　在这悲喜交加的夜

"姐姐！你为什么要在这个时间点回去，不是说好要陪我过春节的吗？"

酒店房间里传来孙娀声嘶力竭的责备声。平时一贯温和的孙娀似乎只有在面对姐姐时才会如此放肆；与此相对，平时一贯霸道的孙艾琳似乎也只有在面对妹妹时才会显得踌躇和弱势。

"对不起……这也是没办法的事。刚刚贝姐打电话要我明天就得回美国，有急事……"孙艾琳的声音越来越小。

"急事，急事……又是急事！去年12月我们打比赛的时候，你曾经说过一定会来中国看我比赛。结果呢？因为一个'急事'，你不仅不来了，后续连个解释都没有！"

"娀娀……我……"孙艾琳欲言又止，"总之是有急事，你要体谅我……"

孙娀没有再多说什么，拎起自己的行李头也不回地摔门而出。孙艾琳愣了一下，正欲阻止，却慢了一步，当她奔出房间时，孙娸早已没了踪影……

大雪纷飞的路上，孙娸拎着行李垂头丧气地走着。天气异常寒冷，尽管穿着呢绒大衣，裹着厚厚的围巾，她仍然冻得瑟瑟发抖。兜里的手机一直在响，孙娸知道，那一定是姐姐的电话，因此没有去理会。但在等待红灯时，她掏出手机一看，发现除去前面几个姐姐的未接来电外，最后一个未接电话竟是卜小黑打来的！她连忙回拨。

"嘟嘟嘟……"一阵后，电话那头终于传来了那个令她期待的熟悉的声音："嗨，娸娸，不好意思，在这应该团聚的夜晚给你打电话，打扰了你和姐姐……"

"不，没关系，我现在已经是一个人了。"孙娸忍住没有哭泣，但是声音有些颤抖。

"啊……娸娸，发生了什么事？琳姐呢？"卜小黑一听，大惊失色。因为前几天他与孙娸发信息时还了解到孙艾琳来到了南京，并打算在这里陪妹妹住上一段时间。

"别提了……我姐她，马上又要回美国去了，然后……我就和她大吵了一架；然后……我就离开了。呜呜……"

孙娸终于边说边哽咽起来。

"娸娸，既然这样……如果你不嫌弃，就来我这儿吧。"

"可是……葛燕她……难道不会介意？"

"不会的。你来吧，我等你。"卜小黑斩钉截铁地答道，并挂断了电话。孙娸将信将疑地将手中的手机缓缓揣回大衣兜中，站在风雪交加的十字路口思考了片刻后，转身朝卜小黑家的方向走去。

在卜小黑的催促下，孙娀终于夯着胆子走进了这间公寓。

孙娀略显拘束地在卜小黑床前的小沙发上坐下。卜小黑迅速冲了一杯热咖啡，递到她手里。孙娀用双手捂着热气腾腾的咖啡杯，露出幸福的笑容。于是，伴着暖心的热咖啡，卜小黑开始讲述他与葛燕之间发生的事情。原来，就在3天前，葛燕的父母准备启程前往美国奔赴新单位任职，原本打算留在南京和爷爷奶奶一起生活的葛燕突然改变了主意，哭闹着要和父母一起去。就这样，在大年二十九那天，葛燕和父母一起登上了前往美国的洲际飞船……

"唔……等于说，你们俩分手了？"听完卜小黑的讲述，孙娀沉吟道。

"虽然没有明说，但大家都清楚结局是什么。"卜小黑无奈地耸了耸肩。

另一边，酒店里，失落的孙艾琳在尝试拨了几次电话后，终于接受了妹妹离去的事实，瘫坐在沙发上不知所措地看着窗外依旧纷纷扬扬的大雪。恍惚中，她仿佛看到了从前——

炎炎烈日下，一位长发高个儿女生手牵着一个看上去只有刚上小学年纪的小女孩来到了南方大学招生办，引来周围工作人员议论纷纷，其中不乏一些冷嘲热讽：

"这是学生吗？居然还带了个小的……"

"这年头，真是什么奇才都有……哈哈哈！"

高个女生忍受着流言蜚语，勇敢地站到了招生办主任的桌前，并递上自己的录取通知书和报名资料。

"孙艾琳，女，2092年3月生。毕业于格里诺贵族学校……"招生办主任认真地看着资料。

"这孩子是你的什么人？"招生办主任突然问道。

"她是我的妹妹，因为还没有开学，所以必须和我待在一起。"孙艾琳平静地答道。

"你们的父母呢？"

"没了。"孙艾琳毫不迟疑地做出回答。

这是发生在2111年8月下旬的一幕，距今已超过12年。

在格里诺贵族学校毕业后，由于母亲去世，遭到美国家人排挤的孙艾琳选择回到中国，寻找她在国内的父亲谋求出路，然而好不容易与父亲相见后，她的父亲却把再婚后生下的6岁的小女儿孙娀扔给了她，并第二次把她赶出家门。这令孙艾琳的希望彻底破灭了。无奈之下，孙艾琳只得一边带着正上小学的妹妹，一边自己打工并继续完成学业。功夫不负有心人，孙艾琳竟在这种情况下考取了南方大学体育竞技学院。

从2110年7月回到中国后，孙艾琳就和之前从未谋面的同父异母的妹妹孙娀紧紧联系在了一起。虽说是姐妹俩，但12岁的年龄差距和挑起生活大梁的压力使孙艾琳看起来更像是在履行一个母亲的义务。姐妹俩就这样相依为命。

长大之后，孙娀走上了和姐姐孙艾琳截然不同的道路。她胆大而心细，热情却又不失淑女风范，颇受男孩子们的青睐。言语简单粗暴、脾气暴躁的孙艾琳则被恐龙竞技队里的驯龙师队友奉为可望而不可即的女王，而忽略了这个混血美女将妹妹拉扯大时付出的艰辛……

时间来到2114年10月的一天，体育竞技学院的行政楼处张贴了一张公告，引来无数学生观望。刚刚下课的孙艾琳正走在返回宿舍的路上，出于好奇心，她用力挤进了人群。

"接上级通知，南方大学体育竞技学院将成立恐龙竞技队，以参加明年首届恐龙竞技世界杯的预选赛为目标，特在此张贴公告，面向四年级毕业生招收驯龙师……"

孙艾琳一字一句地读着，身后却冷不防地传来一个响亮的声音："美女……你该不会想报名吧？"

"你是……"孙艾琳猛地回过头去，又见一个高大英俊的男生站在自己身后，正面带笑容地注视着自己。

"我叫王一川，来自4年级(8)班。"男生一边大方地介绍自己，一边伸出手来。

"孙艾琳，来自4年级(3)班。"孙艾琳的脸上掠过一丝羞涩，稍稍迟疑一下，也伸出手去。

"嘿……好像我们在哪里见过吧？"端详了一会儿孙艾琳后，王一川突然露出了认真的神色。

"哈哈，那肯定呀，我们当然在一起上过大课。"也许是被眼前这个大男孩的率直逗乐了，孙艾琳不禁捂着嘴笑出声来。

"原来如此。假设你想要报名成为驯龙师，让我来猜猜究竟是什么吸引了你……"王一川一手托腮，故作认真神态地说道，"你肯定在想会不会遇见一些帅哥——比如我——因为驯龙师肯定大部分是男性！"

"哈哈哈……你可真幽默！"孙艾琳笑了，"算你赢了。但那只是个很小的原因……"说着，她指了指公告最下面的薪资待遇。顺着她手指的方向，王一川看到公告上赫然写着：包食宿，月薪8000元，交五险一金……

"哇塞……那这可真是个美差。但是美女，我有个疑问，你怎么会缺钱呢？"

"我当然缺钱呀！"孙艾琳直言不讳地接过话来，"我不仅要养活自己，还要养活读小学的妹妹。"

"可是……养活未成年人不应该是父母的义务吗？"

"我已经没有父母了。"

孙艾琳说完，变得伤感起来。

随后，孙艾琳、王一川与众多毕业生一同前往行政楼报名处报名。第一批见习驯龙师有40个名额，很幸运，孙艾琳与王一川都在其列，并且，孙艾琳很荣幸地成了其中的唯一一名女性。

随后，经过几个月的艰苦训练，40名见习驯龙师中有一半被淘汰，孙艾琳与王一川依然被留下，并正式成为驯龙师。由于不太喜欢在阵前拼杀，孙艾琳选择了指挥一头年轻的母剑龙，并为其起名"女王"；王一川则选择了速度最快的一头中华盗龙。后来，王一川的搭档被更换为中国恐龙竞技队新引进来的一头极具实力的青年永川龙"皇帝"——不过，那已经是3年之后的事情了。

时钟传来"当当"两声，打断了孙艾琳的思绪，原来，已经是新年了……

四　理事会

不知不觉中，愉快的寒假已经过去了一大半。住在裴家的埃斯特莉娅显然已经逐渐融入这个小家庭中了。无论是裴博士夫妇还是小雪，也愈发喜欢这个来自异乡的美丽女孩了。不过，直到有一天晚上，埃斯特莉娅接了一通奇怪的电话。

裴小雪已经嗅到了一丝异样的气息。当埃斯特莉娅看到来电显示后，她那一贯漠然的脸上突然显露出一丝紧张的神情，并急匆匆地不顾寒冷、披上大衣冲到裴家后院去接电话。虽然心中疑惑，但小雪只是远远地观察着银发姑娘的一举一动。她看见了之前从未看到的景象——埃斯特莉娅竟在接电话时挥舞着拳头，并以相当大的声音说着节奏极快的西班牙语。挂断电话后，银发姑娘甚至大口地喘着粗气，似乎遇到了什么难以解决的事情。见此情形，小雪终于忍不住也跑到后院，来到埃斯特莉娅身旁。

"嗨，小埃，你刚才是怎么了？"

"我没事。"见小雪前来，埃斯特莉娅再次回归到惜字如金的状态，只管摇头。

"是不是遇到了什么麻烦事？"小雪仍然十分担忧。

"家里出事了，明天一早我就要离开。"埃斯特莉娅皱起了眉头。

"要不……我陪你一起回去！"

"不行。"

"为什么？"小雪的脸上充满了不解。

"这是我的私事。放心，我很快回来。"见小雪有些不高兴，埃斯特莉娅的脸上露出温和的神情。只见她伸手将小雪的头搂着靠在自己胸前，并温柔地亲吻了一下小雪的额头。

很快，裴博士夫妇也得知了埃斯特莉娅即将离开的消息，老两口也充满了不舍之情。

"请一定要保重，我们等你回来，小埃。"裴母抓着埃斯特莉娅纤弱的双手，不忍松开。

"放心吧，伯母。"埃斯特莉娅的脸上露出笑容。在裴家住了两周，曾经不苟言笑的银发姑娘似乎已掌握了让自己的面容看起来更加美丽的秘诀。

第二天一早，裴博士开车将埃斯特莉娅送到了机场，一同为她送行的自然还有小雪。在机场的安检站前，两个女孩最后拥抱、告别。尽管她们知道，也许很快便能再次相见，但此时此刻，她们难舍难分。

几分钟后，随着催促登机的广播响起，小雪终于松开了埃斯特莉娅的手，不过她仍然站在那里，呆呆地望着前方，直到银发姑娘的背影完全消失在视线中。

　　走到候机大厅的埃斯特莉娅没有按照洲际飞船搭乘ID卡上显示的登机口前行。当她走到一个垃圾收纳桶前时，悄悄将手中由南京直飞西班牙马德里的ID卡扔进桶中；随后从挎包里拿出另外一张ID卡，通过闸机时，电脑屏幕上赫然显示出新的目的地：澳大利亚霍巴特（塔斯马尼亚岛首府）。

　　与此同时，在遥远的美国，还是前一天的晚上……

　　虽天色已晚，但坐在POW分部公司总经理室办公桌前的贝尔格蕾雅仍然在仔细地察看着手下提供给她的有关DMIG最新动态的情报。看到其中一份报告时，她的目光不由自主地停在了上面。

　　"艾琳，你看看这则消息。"

　　"贝姐，怎么了？"

　　"凯因茨提供的这则情报显示，DMIG将在近期召开理事会。"

　　"召开理事会？这有什么奇怪的吗？"闻声而来的孙艾琳手持报告看了看，却并不以为意。

　　"通常DMIG的理事会一年只召开一次，而且是在7—8月。因为那是每两年恐龙竞技世界杯出成绩的时候，他们会通过世界杯的成绩来决定接下来的恐龙培育计划。但是……现在才2月呀。"

　　"听你这么一说，好像确实有点奇怪。"孙艾琳也陷入了沉思。

"已经几年过去了，我们甚至没有弄清楚DMIG的理事会究竟有哪些人参加，真见鬼！"贝尔格蕾雅说着，愤愤地用拳头砸了一下自己的办公桌。

"不可能吧，报纸上不都登出来了吗？这可是国际上最受关注的重要会议之一。"孙艾琳一听，更糊涂了。

"那都是欲盖弥彰的东西。DMIG之所以可怕，是因为他们有两套完整的运作体系。我们所知道的他们在纽约召开的会议就是公开性质的。"贝尔格蕾雅立刻打断了闺密的话。

"这么说，这次我们侦察到的理事会就是……"

"没错，很有可能就是属于另外一个体系的一次秘密会议。但问题在于，这个体系的会议究竟在哪里举办呢？"贝尔格蕾雅说着，眼神变得认真起来。

10个小时后，一架小型洲际飞船稳稳地降落在霍巴特郊外新建的国际机场。在机场的停机坪上，早已停着一辆漆黑的大型面包车。当手提登机箱的埃斯特莉娅出现在洲际飞船的舷梯上时，面包车里走下几个戴着墨镜的黑衣人，很快便将她请进车，然后一溜烟儿没了踪影。

坐在车里，埃斯特莉娅一言不发。她身旁一个看起来有些年长的黑衣人递来一张带有发套的面具，并以极缓慢的语速低声道："密涅瓦大人，朱庇特大人问您为何很长一段时间都不回复他的信息。"

"我最近很忙。"埃斯特莉娅戴上面具，冷冰冰地答道。

"忙着和那个小姑娘交朋友吗？"

"卡奥斯，是谁允许你以这样的口气和本理事说话的？"埃斯特莉娅突然以威严的姿态提高了嗓门。年长的黑衣人忙低下头不再作声，车厢里又恢复了死一般的沉寂。

司机驱车驶至位于霍巴特西部的惠灵顿山。埃斯特莉娅面无表情地望着窗外的一切，直至整个车进入了一座拥有隐蔽大门的漆黑隧道。在短暂的黑暗之后，隧道里如星空般的点点灯光照亮了银发姑娘那忧郁的苍白脸庞。

埃斯特莉娅忧愁地望着窗外，突然，她的余光注意到了手机屏幕上的聊天提示，那是小雪发来的信息。银发姑娘立刻滑动解锁，只见屏幕上写着："落地了吧，一切都好吗？期待你归来！"

埃斯特莉娅的嘴角边露出一丝难以察觉的笑意，她以极快的手速回了一条信息："我到了，谢谢。等我回来。"

信息刚刚发送出去，面包车已经驶入了一个巨大基地的停车库。待汽车停稳后，车门被外面的黑衣侍从拉开，埃斯特莉娅轻盈地从车厢里跳了下来。早已立在车门两侧的黑衣侍从立刻挺胸立正。

"欢迎密涅瓦大人归来！"

埃斯特莉娅没有理会他们，而是径直向前走去。

在世界的另一端，靠在沙发上百无聊赖地玩手机的裴小雪发现埃斯特莉娅秒回了自己的信息，心中非常开心。她立即把这一好消息告诉了父母："老爸老妈！小埃回我信息了，她已经到了！"

"哎呀，真不错。她旅途顺利吧？"裴母看起来也如女儿般高兴。

"嗯!"小雪边点头边再次发出信息。然而这一次,尽管小雪一直等待着,却始终再未收到埃斯特莉娅的信息。

"唰——"

一道闸门打开,埃斯特莉娅已经换上一身背后印有特殊图案的黑色长袍。只见她徐徐走进了一座巨大的会议室。

"欢迎第四理事密涅瓦大人!"

从站在会议室廊柱旁担任侍卫的黑衣人嘴里传来一阵阴阳怪气的欢呼声。埃斯特莉娅快步走到早已给她留好的座位前,坐下。正襟危坐在会议长桌正中间的主理事朱庇特示意侍卫们退下,很快,会议室里只剩下了围坐在长桌两侧的9位理事。

有趣的是,所有理事都以古罗马神话中的十二主神作为自己的代号。而且,他们所佩戴的面具图案正是这些主神的雕塑形象。

"好了,让我们先听听密涅瓦在中国这段时间的行程吧。"

短暂的沉寂后,主理事朱庇特以缓慢的语速说道。围坐在桌前的其余7人则以怪异的节奏鼓了几下掌。

"我认为,在中国的半年时间是非常有收获的。"埃斯特莉娅润了下嗓子后开始汇报,"不仅是中国恐龙竞技队,他们的驯龙师也给我留下了深刻的印象……"

埃斯特莉娅一改先前惜字如金的习惯,开始滔滔不绝地讲述着自己在中国的经历。可以听得出,她对于中国恐龙竞技队和驯龙师所展现出的极高素质赞赏有加,以至于其他理事都投来不耐烦的目光。终于,主理事朱庇特用手指叩响了桌面。

"好了，不要过多地粉饰和工作无关的事情。现在，谈谈你对裴小雪的看法。"

"裴小雪？"埃斯特莉娅面露疑惑之色。

"是的，难道你忘了此次中国行的主要任务？"位于主理事右手旁座位的第三理事尼普顿突然发话了，他那洪亮有力的声音听起来似曾相识。

"我认为……裴小雪是我见过的最优秀的驯龙师。"

"和你在西班牙队的队友一样优秀吗？"第七理事伏尔甘阴阳怪气地接过话来。

"也许……裴小雪更优秀。"埃斯特莉娅稍稍愣了一下，答道。

"这么说来，你认为作为驯龙师的裴小雪比她所驯服的天才恐龙更为重要，是吗？"主理事那令人窒息的声音再次响起。

埃斯特莉娅将犹豫不决的目光投向主理事及其左手旁的空位—— 那里本应坐着第二理事朱诺，但今天她并未出现，但很快又不安地将头略微低下，没有给出明确的答复。

"不回答就意味着认同。"主理事继续说道，"那么，你这次有没有见到宫本美和子—— 那个背叛了基地的女人？"

"没有。"

"听说那个女人已经怀孕，并退出了恐龙竞技队，有这回事吗？"第七理事伏尔甘问道。

"我对此一无所知。"埃斯特莉娅以毫无感情色彩的言语回答道，并以不满的语气加以反问，"请问各位理事，今天应该是集团理事会，而不是针对我的质询大会吧？"

"之前两次行动的失败大家也都看到了。想要抓捕和引渡恐龙并不容易，各位对此有什么想法？"主理事很合时宜地转移了话题。

一时间，会议室里恢复了死一般的静寂。半分钟后，先前较为活跃的第七理事又开口了。

"朱庇特大人，我以为，为了我们伟大的恐龙基因工程，必须得到那两头天才恐龙。想要引渡整头恐龙可能确实比较难，但我们可以退而求其次，派出特工组采集恐龙血液，将其DNA带回研究，并以此为基础培养新型恐龙……"

"哼……你说得倒简单。想要采集恐龙血液需要特殊的工具，这样一来目标也会变得非常突出，并不比直接抓捕恐龙难度小，这等于是把特工组往火坑里送。"坐在埃斯特莉娅对面的第五理事玛尔斯突然冷笑起来。

"哼……叛徒的老爹竟敢口出狂言！若不是你的庇护，宫本美和子本应该早就被处决了！"第七理事伏尔甘也冷笑起来。

"你说什么？"

第五理事愤怒地站起身。就在这时，主理事又用手指重重地叩了叩桌面。

"好了！这里不是争吵的地方。伏尔甘的提议是值得尝试的，但特工组不会冒险去做这样的事。"主理事停顿了一下，出人意料地说，"密涅瓦，这项艰巨的任务就交给你了。"

埃斯特莉娅闻声一惊，那红色的瞳孔因受到刺激而迅速放大，身体也不由自主地微微一颤。

"怎么，身为朱庇特大人的女儿，连这点勇气都没有吗？当时主动申请去中国执行任务的可是你自己。"

埃斯特莉娅微小的情绪变化可逃脱不过理事们的眼睛，第三理事尼普顿立刻发出了略带讥讽的质疑。银发姑娘沉默了几秒钟后，终于艰难地以极小的幅度点了点头。

"很好。不用担心，你不会是一个人去执行任务，但是我现在还不能告诉你帮手是谁——他们会暗中与你对接。"主理事朱庇特依旧不紧不慢地说道，"玛尔斯呀，伏尔甘说得没错，你的确该管管你那任性的女儿了。"

"是……是，朱庇特大人，可是她已经完全和我们断绝了联系。"面对主理事的问责，第五理事的言语中已经带有明显的恐慌。

"一派胡言！对于我们DMIG来说，想去搜查一个人还不是轻而易举？"第七理事伏尔甘似乎与第五理事玛尔斯杠上了，再一次拍着桌子向其"开炮"。其他理事开始小声议论起来。

"够了！伏尔甘，请注意你的言辞！"主理事突然提高嗓门并加快了语速。见主理事似有发怒的迹象，众理事连忙住嘴——会议室里再次陷入死一般的沉寂。

"宫本美和子必须为她的行为付出代价。"会议室里响起主理事的声音，"把她带回基地。密涅瓦，这件事也一并交给你了。"说罢，他站起身，"今天的会议就到这里。"

所有理事起身，在向主理事致敬后，目送着对方迈着缓慢的步子离开了会议室。

五　蠢蠢欲动的暗影

　　DMIG理事会结束后，埃斯特莉娅没有多停留一天，于当晚便搭乘洲际飞船离开了霍巴特。不过，她的目的地并非南京，而是更遥远的西班牙北部城市毕尔巴鄂。在这座风景秀丽的滨海城市，西班牙恐龙竞技队正进行集训。对于队内众星捧月般的小公主埃斯特莉娅的归来，西班牙恐龙竞技队的驯龙师都异常惊喜。但是埃斯特莉娅的脸上却看不到一丝快乐，恰恰相反，她那本就冷漠的脸上充满了忧郁。

　　"怎么啦，回来见到哥哥们不开心吗？"何塞·费尔南德斯将手搭在埃斯特莉娅的肩上，喜笑颜开地说道。

　　"没，其实很开心，只是……"埃斯特莉娅欲言又止。

　　"既然回来了，就别想不开心的事啦！"

　　费利佩·德拉费雷尔冷不防地从背后一把将埃斯特莉娅抱起，举过头顶；强壮如牛的哈梅斯·加西亚则来了个"空中接力",将纤瘦的银发姑娘接到自己宽厚的肩膀上——就像是父亲扛着贪玩的女儿一样。这一举动终于把埃斯特莉娅逗乐了,队友们也跟着哈哈大笑起来。

2123年8月9日,埃斯特莉娅在自己18周岁这天正式加入西班牙恐龙竞技队,成了西班牙历史上最年轻的国家队驯龙师。不久后,这个银发姑娘便远渡重洋前往中国。在埃斯特莉娅离开西班牙的这些日子里,西班牙恐龙竞技队发生了一些变化:老教练因年满60岁而退休,38岁的老队长冈萨雷斯随即宣布退役并接任了教练一职。队中综合实力最强的何塞·费尔南德斯被任命为新的队长——他距离21周岁生日只差十几天。就这样,何塞成了全世界恐龙竞技队中最年轻的队长。人才济济的西班牙队依然是下一届恐龙竞技世界杯冠军强有力的竞争者。

埃斯特莉娅告诉教练冈萨雷斯,自己只会在西班牙停留3天,就要赶回中国去准备开学的事情了,这使得她的西班牙驯龙师队友们格外珍惜这来之不易的重逢。冈萨雷斯本打算给埃斯特莉娅安排一场特别的训练赛,却被银发姑娘以自己的恐龙在中国为由拒绝。这次归来,埃斯特莉娅对曾经如火一般热爱的驯龙事业表现出的冷漠,令何塞感到有些不安。

在西班牙的日子里,埃斯特莉娅除了中途回了一趟距离毕尔巴鄂不远的自己的老家——海港小镇帕萨赫斯外,其他时间几乎无所事事。3天时间很快过去了,就在埃斯特莉娅离开前的最后一个下午,何塞悄悄尾随她来到了驯龙队入住的宾馆。在西班牙短暂的日子里,埃斯特莉娅每天傍晚都会一个人来到这里看海,望着徐徐降下的夕阳,银发姑娘那忧郁的美丽脸庞上似乎挂着无尽的对故乡大海的眷恋。这时，她的背后传来一声干咳。

"咳咳……埃斯特莉娅，能耽误你几分钟时间吗？"

"队长？"

"别喊我队长。我还是希望……你能够喊我'何塞哥'。别忘了我们3个都是你的哥哥呀！"何塞深情地注视着眼前美丽的女孩。

"是，何塞哥。找我有事吗？"

"是这样的，我们都……觉得……这两天你和以往不太一样了。"

何塞边说边打着手势。他看起来也有些反常，不过这一举动立刻引得埃斯特莉娅捂嘴偷笑起来。

"我能有什么不一样呢？我还是我呀！"

"可是以前一旦提到驯龙比赛，你都会流露出无与伦比的兴趣和渴望，为何这次回来会拒绝教练为你安排的训练赛呢？而且这几天，你……似乎在刻意回避我们。"

"我累了，不想说话，这难道也不可以？"

听罢何塞的质询，埃斯特莉娅双眉紧锁地做出了反击。这与她先前在队友面前的形象完全不同——尽管话语并不太多，但年龄最小的埃斯特莉娅总是表现得乖巧而温和。何塞愣在那里，没有想到埃斯特莉娅竟然会顶撞他。

趁着何塞发愣的工夫，埃斯特莉娅试图快步从他身边离开，不过还是被猛然醒悟的何塞一把抓住了胳膊。

"别碰我！"埃斯特莉娅歇斯底里地大叫着，如触电般使劲挣脱了何塞的手，然后以最快速度跑开了。何塞没有追上去，他一动不动地站在那里，伴着最后一点残阳，那张失落的脸逐渐陷入黑暗。

第二天中午，埃斯特莉娅搭乘当日最早一班洲际飞船从毕尔巴鄂起飞，经停法兰克福，飞往南京。坐在洲际飞船上的埃斯特莉娅出神地盯着远方为她送行的队友们，里面没有何塞。当飞船启动引擎，船体悬浮起来准备起飞时，她戴上了眼罩，按下电钮将自己的座舱封闭起来——对于她来说，这里的一切已经结束了。

又过了一天。

当门外传来一片嘈杂声时，身体横躺、披头散发的小雪才迷迷糊糊地睁开眼。不过还未等她下床，裴母已经推开了房门。

"小懒虫，别睡啦，快看看谁来了！"

"谁呀……"裴小雪睡眼惺忪地拨开挡住视线的发丝，发现裴母身后有一双美丽的红色眼睛正友好地注视着自己。

"小埃！"

几天来一直无精打采的小雪瞬间满血复活，兴奋地跳起来，直冲到门口，与埃斯特莉娅激动地拥抱在一起——那股强大的冲劲几乎把瘦弱的银发姑娘撞倒在地。

"你知道吗，小埃，这几天你不在，我连饭都吃不下去了！"

"我有这么重要吗？"埃斯特莉娅看起来有点羞涩。

"是的！我已经无法离开你了！"

小雪竟然激动地落泪了。而在这一刻,似乎从未落过泪的埃斯特莉娅的眼睛也湿润了——她那颗冰封的心正在一点一点地融化。

埃斯特莉娅的出现使得裴家又充满了欢声笑语,从这点来看,她似乎真的成了这个家庭中不可或缺的一分子。由于搭乘的是早班过夜的洲际飞船,埃斯特莉娅显得异常疲惫。不过完全不需要担心,裴博士在她踏进家门的那一刻就立即去准备早餐了;裴母在将卧室布置好之后,又跑到卫生间放好热水,以便让她在饭后好好泡个热水澡,上床睡觉。小雪迅速洗漱完毕,陪伴埃斯特莉娅一同吃早餐,并时不时地询问银发姑娘回到西班牙的感受。

"也许……我还是更喜欢这里。"手握热牛奶取暖的埃斯特莉娅以极轻的声音说道。

"太好了!小埃,我就知道你会这么说的!"尽管听来不太经意,但于小雪而言,这却是天大的好消息。

"但是……我毕竟是个西班牙人。"埃斯特莉娅继续说道。

"那有什么?来吧,加入我们的恐龙竞技队,你就可以成为咱们中国的一分子了!"兴奋的小雪开始充当说客的角色。

"不,那不可能。我是西班牙人,我爱我的国家。"埃斯特莉娅出乎意料但毫不犹豫地做出了否定的回答。

距离开学只剩下4天了。

深夜,埃斯特莉娅一个人躺在卧室舒适的大床上,盯着天花板一动不动地发呆。她的脸色很难看,手不由自主地按在自己的左胸上。已经一天一夜了，她的心脏一直隐隐作痛，难道又犯病了？银发姑娘下意识地伸手去床头抓来药瓶，迅速吞下一粒药丸。不过就在此时，她的眼前又浮现出与何塞争执并分开时的画面。思来想去，她终于鼓足勇气拿起手机。

"嘟嘟嘟……"

电话那头始终未传来接听的声音，埃斯特莉娅那原本水灵的红色双瞳因失望而逐渐暗淡。她伸出另一只手搭在自己冰冷的额头上，缓缓闭上了眼睛——此时此刻，她多么希望几天前发生的一切只是一场梦。

"嘟嘟嘟……"

半小时后，正当埃斯特莉娅习惯了心脏的阵痛、就要沉沉睡去之时，手机却不合时宜地响起来。银发姑娘慌忙伸手拿起手机并滑动接通。电话那头传来了何塞的声音。

"嘿，埃斯特莉娅，抱歉，我刚才去洗澡了，有什么事吗？"

手握电话的埃斯特莉娅却一时语塞，不知该说什么——电话两头充满了尴尬的气氛。

"嘿，埃斯特莉娅，你在听吗？也许……我该向你道歉。那天我不该强迫你去说自己不想说的事情……"

"别说了，何塞哥。"

"哎哎，埃斯特莉娅，你别生气呀！"

"不，其实我想说的是……该道歉的人是我。"埃斯特莉娅的声音越来越低。

"为什么？"何塞不解地问道。

"我本应该高兴一些的。特别是……和哥哥们在一起的时候,我应该忘掉所有烦恼才对。"埃斯特莉娅平静地说,"所以,何塞哥,请接受我的道歉。"

"唔……"电话那头的何塞沉默了。

4天后。

开学的日子终于到来,裴博士开车将女儿和埃斯特莉娅送到了南方大学体育竞技学院恐龙竞技系的宿舍。由于孙嫄申请在校外住宿,空出了床位,在小雪的强烈要求下,埃斯特莉娅不得不搬来,成了小雪的新室友。就这样,无论是在家里还是在学校,两位姑娘做到了真正的形影不离。而在一个月之前,埃斯特莉娅还是个在同学眼里有些古怪的独行侠。

当然,埃斯特莉娅的话仍然不是太多,不过她脸上那固有的冷漠已悄然消散,取而代之的是含蓄而带有一丝温暖的微笑。

日子就这样一天天地过去,看似平淡无奇但又那样温馨。逐渐敞开心扉的埃斯特莉娅似乎忘记了曾经参加过的DMIG理事会上由主理事朱庇特,也就是她的父亲亲自授予她的任务。但是,这件事真的就会这样不了了之吗?

4月1日,愚人节,下午。

和往常一样,埃斯特莉娅随小雪和孙嫄一同去恐龙竞技训练场对各自的恐龙进行适应性训练。在训练中,食蜥王龙密涅瓦以一己之力击败了异特龙亚罗和蛮龙托沃的围攻,令教练张恩南赞叹不已。赛后,张恩南打算劝说埃斯特莉娅加入中国恐龙竞技队,但小雪明确表示反对。看到室友为了自己的事情争论,埃斯特莉娅反而显得有些不知所措，这时，她的手机铃声再度响起。

"空号？"看到手机未显示来电号码，银发姑娘不禁皱起了眉头，"喂？请问……"

"密涅瓦大人，您不记得我了吗？"听筒里传来一阵语速极快、抑扬顿挫的西班牙语。

"卡奥斯？"埃斯特莉娅立刻压低了声音。

"密涅瓦大人，您应该知道我打这个电话的意图吧？"

"废话……少啰唆。"埃斯特莉娅皱起眉头，连忙走进不远处的一个独立卫生间内。

"哼哼，既然您知道，那我也不必多说了。最后，朱庇特大人让我给您带句话——别忘了您母亲的下场。"

"浑蛋！……我说过不许再提我母亲的事！不许再提！"

一听到"母亲的下场"，埃斯特莉娅突然歇斯底里地咆哮起来并将电话重重地砸在地上。此时此刻，她那原本美丽动人的脸庞异常苍白，心脏也剧烈地疼痛起来。

当埃斯特莉娅再次睁开眼睛时，发现自己正躺在病床上，床头站着裴小雪和正与医生交谈的孙嬿。

"醒了！小埃醒了！"小雪第一时间兴奋地大叫起来。

"别大声嚷嚷。病人现在心率极不稳定，需要安静地休息。"医生连忙上前制止了激动的小雪。

"小埃……你为什么不告诉我你有心脏病呢？真傻……你还陪我打篮球。"小雪轻抚着埃斯特莉娅苍白的脸，眼中噙满了泪水，"这次多亏了嬿嬿，她在上厕所时发现了异样。要是再晚一点，万一你出事了，那我怎么办……"

埃斯特莉娅默然不语。这次，她的脸上毫无表情，甚至连那双会说话的眼睛也没有了灵气。当然，小雪并未注意到这个，她与孙娀一起扶着银发姑娘坐起来。在服下缓解心脏负担的药剂后，埃斯特莉娅逐渐恢复过来，到晚餐时，她已经能够下床走动了。

在得到医生的许可后，小雪和孙娀挽扶着埃斯特莉娅从校医务室回到了宿舍。由于还有其他活动，在嘱咐了几句后，小雪和孙娀很快便离开了，宿舍里只剩下银发姑娘一个人。

埃斯特莉娅将那被她摔碎屏幕的手机轻轻放进包里，随即从里面拿出了另一个看似全新的手机，迅速滑动、打开，浏览里面的消息。当她翻到一个手机文件时，神色变得严肃起来。

夜深了，满身汗臭的小雪扛着运动道具和篮球回到宿舍，却诧异地发现室友并不在。只见客厅的桌上放着一张字条，上面写着一行小字。小雪看完，不禁皱起了眉头。

"这个小埃……病刚好居然有事出去了，真是让人担心。"

小雪自言自语着。不过由于刚打完球过于疲劳，她并没有多想，便披着浴巾走进了浴室。

另一边，埃斯特莉娅已经悄然来到了校园深处一座废弃的仓库。眼见四下无人，银发姑娘身手敏捷地在仓库正中央约定的位置布置一番，随后躲到仓库一个侧室的墙板后，靠墙席地而坐，打开了随身携带的笔记本电脑。只见电脑屏幕上很快便出现了仓库中央的图像。埃斯特莉娅在认真地测试了摄像头的远近功能和变音设备后，深深舒了口气，开始了漫长的等待。

时间一分一秒地过去,斜倚在墙边的埃斯特莉娅眯着眼注视着屏幕。大约在11时,一名个头不高、戴着墨镜和口罩的男子出现在屏幕中。银发姑娘立刻提起了精神。

　　"密涅瓦大人,您在哪里?"戴口罩的男子问道。他的声音听起来相当熟悉。

　　"你是卡西尼奥斯吧?"埃斯特莉娅通过变声器问道。

　　男子有些惊慌地四处张望。这时,埃斯特莉娅那使用了变声器的小丑声音再度响起:

　　"不用再找了,你是不可能看到我的。现在,请你根据我的指示行事。首先,摘下你的伪装。"

　　男子稍稍迟疑了一下,但还是乖乖地摘下了自己的墨镜和口罩。他的脸庞清晰地映入埃斯特莉娅眼中——银发姑娘不由自主地露出了吃惊的表情——

　　来者竟然是裴博士!

六　黑色行动（上）

令埃斯特莉娅没有想到的是，理事会指定的对接人之一卡西尼奥斯竟然是寒假时与自己几乎低头不见抬头见的裴家主人——裴博士！不过，善于克制自己的银发姑娘很快便平息了自己的情绪，继续说道："卡西尼奥斯，你听好了。现在根据理事会的要求，你去采集两头恐龙的DNA血样。"

"为什么要做这种事？"裴博士显然有些摸不着头脑。

"你敢质疑理事会的决定？"埃斯特莉娅以冷酷的声音说道。

"不……属下岂敢。"

"明晚8时之前，你必须抵达驯龙基地的恐龙宿舍，有人会带你去你该去的地方，然后你必须在一个小时内完成采样工作，把血样带回这里，放在你前面那个废弃的铁箱子里，任务就算完成了。听明白了没有？"

"是。"裴博士诚惶诚恐地点了点头。

"退下吧。"

裴博士慌忙转身，一溜烟儿没了踪影。不过对于埃斯特莉娅来说，她的任务并未完成。她还需要静待另一名接头者的到来。大约在午夜0时，另一个比裴博士矮胖一些的男子走进了废弃仓库。同样的，他也以墨镜和口罩作为伪装。

"是尤利西斯吗？"这次，埃斯特莉娅主动开了口。

"是，是。您是密涅瓦大人？"

"现在根据我的指示行事。首先，摘下你的伪装。"

矮胖男子连忙照做。埃斯特莉娅不禁倒吸了一口凉气——原来，此人是中国恐龙竞技队主教练张恩南！不过，在先前经历了裴博士露脸所带来的小小震撼后，银发姑娘内心已经没有了波动，于是她继续说道："尤利西斯，你听好了。现在根据理事会的要求，你需要安排人带卡西尼奥斯进入驯龙基地的恐龙宿舍，让他接触到异特龙亚罗与蛮龙托沃。"

"谁是卡西尼奥斯？"张恩南惊恐地问道。

"这是你该问的问题吗？"埃斯特莉娅突然提高了嗓门。

"属下罪该万死。"张恩南吓得不敢再多嘴。

"明晚8时之前，卡西尼奥斯会抵达恐龙宿舍，你安排人把他带进驯龙基地找到指定的恐龙。这是第一个任务，听明白了没有？"

"是，是！密涅瓦大人。"张恩南慌张地不敢抬起头来。

"此外，你必须确保韩娅于晚7时至9时单独留在公寓。这是第二个任务，听明白没有？"埃斯特莉娅继续以威严的语气说道。

"这……如果韩娅有外出计划呢？"张恩南诧异地问道。

"那不是理事会要考虑的问题。如果任务没完成，你知道后果的。好了，退下吧。"埃斯特莉娅说着，切断了音频联络，废弃仓库里恢复了沉寂。

在张恩南离开约半小时后，埃斯特莉娅才开始收拾自己的东西。她小心翼翼地将笔记本电脑和辅助道具全部收纳齐全，然后悄然无息地返回了宿舍。

几小时后，太阳升起。看似普通却注定不平凡的一天开始了。王一川拉开窗帘，尽情享受着清晨的阳光。他的爱妻，中国恐龙竞技队现任队长韩娅还懒懒地躺在床上。虽说仍然还挂着队长的头衔，但由于已经身怀六甲，这个昔日为中国队勇夺恐龙竞技世界杯亚军的英雄实际上已经不再参加任何驯龙比赛。在教练张恩南的特许下，从2124年的第一天开始，韩娅便已享受到安心在家养胎的特权。

这时，手机响了起来，王一川连忙将其拿起，却发现是张恩南打来的。王一川踌躇了一下，滑动了解锁键。

"教练，有什么指示？"

"抱歉，这么早打扰你，能借一步说话吗？"

于是，王一川忙拿着手机跑到隔壁的客厅去。韩娅看着丈夫离去，心中充满了疑惑——难道有什么要紧的事？但这通电话时间并不长，大约两分钟后，王一川便回来了。

"亲爱的，是什么事？"韩娅立刻问道。

"没什么。教练约我明天晚上和卜小黑去篮球馆运动，顺便聊聊选拔青年驯龙师的事。另外，他还想请你帮忙整理一份关于目前恐龙竞技队的训练成果报告。"王一川耸了耸肩。

"训练成果报告？"很明显，韩娅不明白那是什么。

"他是这么说的……明天去篮球馆前他会把资料发给你，然后我不在的这段时间就麻烦你在公寓里整理一下。要得比较急，明晚9点要准时交给系主任。也就是说，你可能只有两个小时的时间来整理。"

"不会吧……我约了明晚与娍娍一起去逛街呢。我需要活动活动，不然对胎儿发育不好。"韩娅立刻露出失望的神色。

"没办法，还是以工作为重吧。教练已经够照顾你啦！"

王一川想了想，走上前来亲了亲韩娅的额头；而韩娅只能低头接受教练的安排，第一时间将这一"噩耗"告诉了孙娍。但让她颇感欣慰的是，孙娍对此毫不介意，甚至表示愿意来公寓陪伴她一同完成任务。

"丁零零……"

随着一阵清脆的下课铃声，上午第一节小课结束。小雪从座位上起身，准备活动一下筋骨。这是忙碌的一天，恐龙竞技系二年级（4）班将会有4节大课，几乎让全班重温了一把高中时代的紧张感。也许是睡眠时间严重不足的缘故，一向上课认真的埃斯特莉娅在小课结束的10分钟前终因体力不支趴在课桌上小憩起来。这一场面被旁边的牛畅抓了个正着。

"嘿……学习委员睡觉了，到下课还没醒哎！"

"班长，你不来管管吗？"另一名男生嚷道。

男生口中的"班长"指的正是小雪。小雪知道自己的室友昨晚因为外出办事，很晚才回来休息，自然需要补觉，于是大声呵斥两个男生不许再非议学习委员。说起埃斯特莉娅的学习委员头衔，也是一件有趣的事情。其实内向的银发姑娘从未想过要在班级里谋求任何职位，但好事的同学们不给这个成绩过人、外貌出众的小妹妹低调的机会，一致将其选为学习委员和班花。就这样，埃斯特莉娅成了班上众人关注的焦点。

但今天埃斯特莉娅确实有些反常，直到第二节小课开始，她都没有醒来。连小雪都有些着急了，于是慌忙使劲晃了晃银发姑娘，这才让她从睡梦中醒来。

"怎么回事……"因自己被唤醒，埃斯特莉娅一脸的不快。

"上课了，小埃，你不能再睡觉了。"

"要你管我。"

埃斯特莉娅却不屑地哼了一声，继续埋头睡觉。小雪只得与坐在埃斯特莉娅前面的孙娀面面相觑，无奈地摇了摇头。恰巧此时，任课教授突然东张西望起来，直到目光落在趴在桌上的那一抹银色上。

"学习委员在哪里？席尔瓦同学！"

"快起来……老师喊你了！"

小雪连忙再次将埃斯特莉娅晃醒。银发姑娘有些不耐烦地正欲发作，却注意到教授正严肃地盯着自己，连忙站了起来。

"是！教授，我在这儿。"

"我不是说过在第二节课开始前要把同学们的练习册都收上来的吗？而且……你为什么上课睡觉？是认为我的课没必要听吗！"老教授怒不可遏地吼道。但是他的举动立刻激起了群愤，尤其是那些视埃斯特莉娅为"班花"的男生们，纷纷向老教授投去不满的目光。

正在众人交头接耳之时，银发姑娘不慌不忙地答道："对不起，教授，您今天上课的内容我已悉数学会，所以我需要保持体力，迎接下一堂课。"

教授气得直跺脚，却又无可奈何，因为埃斯特莉娅是公认的天才，每次测试成绩都稳居全班甚至全年级第一。面对这一尴尬的场景，台下的学生不禁哄堂大笑起来。

一天充实的课程很快过去。到了晚上，为了宣泄一下白天紧张的情绪，小雪决定去篮球场打个痛快。然而罕见的是，埃斯特莉娅竟然主动要求陪她一同前往，这反倒令小雪感到非常意外。要知道，在得知室友患有心脏病后，小雪就再也没有喊她陪自己去打球。

"小埃，你不会是认真的吧？你的心脏能承受吗？"

"呵，别这样看着我，我可没那么脆弱。"

面对室友质疑的目光，埃斯特莉娅反而不以为意地露出了淡淡的笑容。于是，两个女孩一同来到篮球场。无独有偶，她们在路上碰见了跟着张恩南一同前来的王一川与卜小黑。不过，就在大家来到篮球场准备大展身手时，却发现球场另一侧来了几名高年级学生，正走到一名独自在篮下打球、看似是低年级的男生面前指手画脚。

"顾明宁？"小雪一下子认出了那名男生。

王一川与卜小黑互相使了个眼色后，向那几个高年级学生走去。

"喂，你们在干什么？"王一川喝问道。

"这小子一个人霸着一个场地，影响我们打球。"一个男生以生硬的口气答道。

"可是……是我先来的！"顾明宁紧抱篮球嚷道。

"你这小屁孩还不知趣点，快点滚蛋！"高年级男生一把揪住顾明宁的衣领。

"住手！不服气的话，依我看，不如我们两方打一场练习赛吧！"卜小黑也以强硬的态度予以回击。

"和你们打？嘿……你没搞错吧，你们才几个人，况且还包括两个估计连球都抱不动的女生。"

"你才连球都抱不动呢！"

裴小雪一听，火上心头，立刻将手中的篮球掷了出去，不偏不倚，正中一名高年级瘦高个男生的眉心，将其打倒在地。见裴小雪大有要与对方动手的趋势，埃斯特莉娅一把拉住了她："别啰唆了，用实力说话吧。"

"哼……这小美女口气不小啊，那好，咱们来比一场！"对方的领头人冷笑一声，答应下来。

于是，张恩南把王一川等人，包括顾明宁聚集到一起商量，最终决定由王一川担任中锋，卜小黑担任小前锋，顾明宁担任大前锋，小雪担任控球后卫，埃斯特莉娅担任得分后卫，自己在场下担任轮换——以此阵容与高年级学生对抗。

比赛很快开始。张恩南看了眼时间，此时正是19时20分。兜里的手机开始不时地振动，张恩南一边装出顾及比赛的模样，一边不停地回着信息。在他的场外指导下，练习赛一开局，王一川等人凭借猛攻打出了一波10:0的高潮。其中，王一川的两次凌空暴扣让场馆内看热闹的学生拍手叫好；对高年级学生憋了一肚子火的小雪也靠自己如风一般的速度和精湛的传带球能力独拿6分，令对手刮目相看。

就在场内练习赛如火如荼地进行时，裴博士正急匆匆地走在前往驯龙基地的路上；另一边，韩娅则忍受着身体的不适，坚持完成张恩南所布置的任务。不过就在她情绪低落时，门外响起了轻轻的敲门声。由于门并没有上锁，在韩娅应了一声后，门被推开，原来是孙娴！

韩娅的鼻子酸酸的，她不由自主地张开双臂搂住了孙娴。

体育馆里，在经历了梦幻般的10:0后，高年级组的实力逐渐体现出来，将比分追至22:20，尽管王一川一队仍然领先2分，但压力相当之大。裴小雪在拿到球权后，稳步向前推进，但可以看得出，经过刚才的几次失误后，她的心态已不如刚开赛时那般自信了，尤其当对手几乎都是1.8米以上的男生。很快，在一次千分之一秒的走神后，她的球权被断，高年级学生迅速打出一波反击，轻松突破了身体过于单薄、防守较差的埃斯特莉娅，上篮得手。比分被追平了。

另一边，裴博士已经带着医疗箱（里面装着为恐龙抽血的专用设备）赶到了驯龙基地门口。由于驯龙基地的门卫已经对他很熟悉了，因此没有检查医疗箱便将裴博士放了进去。拎着医疗箱的裴博士忐忑不安，因为到目前为止，他都不知道自己的目的地在哪里。这时，一名基地里的"白大褂"拦住了他的去路："请跟我来吧。"

"你是……"裴博士有些好奇地问道，但对方没有再多说一个字。就这样，裴博士跟随"白大褂"一直走到恐龙宿舍区。在"白大褂"刷了门禁卡后，心脏怦怦直跳的裴博士跟随其进入了这一普通人绝对无法进入的区域——尽管作为工作人员，他也曾进来过几次，但他深知这里所有恐龙的居住信息都是保密的（甚至每天都不会住在同一个宿舍，以防止有偷盗恐龙等意外事件发生）。很快，"白大褂"带着裴博士来到了3号宿舍的门口。

"就是这里了。""白大褂"说罢，督促裴博士打开医疗箱，将抽血工具组装完毕；随后突然拿出一个特质的眼罩替裴博士戴上。在一切准备停当后，厚重的铁门徐徐升起，在"白大褂"的指引下，眼前漆黑一片的裴博士走到了恐龙面前。这时，眼罩变得稍微能透进一点光线，使得裴博士能模糊地看到恐龙那粗糙的肌肤。尽管不可能辨清眼前究竟是什么恐龙，但裴博士突然心头一怔。"难道是……亚罗？"他自言自语道。

"快点！等会儿还要去下一个地点。你只有两分钟时间。"

裴博士的额头沁出了细密的汗珠，他只能点点头，将粗粗的针管插入恐龙皮下，并启动机器血泵开始抽血。对此，恐龙似乎没有任何反应，仍在沉沉地睡着。很快，抽血结束，裴博士被带出3号宿舍，跟随"白大褂"来到了11号宿舍，重复了之前的全套动作。

"咣——"随着清脆的声响，高年级学生一记干脆利落的灌篮使他们的比分反超，26:28。距离上半场比赛结束只剩下几十秒的时间了，大口喘着粗气的小雪等人的脸上挂着无奈和疲惫之色，只有王一川的眼里满是被激起的斗志和不甘。

"振作起来，这是最后一次进攻了！！"

他高声咆哮着以鼓舞队友的士气。顾明宁发出底线球，小雪持球前进，没走两步，已经失去自信的她打算把球传给卜小黑。然而就在这时，对方的一名前锋拍马赶到，将此球断了下来。

"真见鬼！"小雪尖叫起来。

"别慌！防守，防守！"

王一川高喊着，迅速回防。高年级前锋持球上前企图灌篮，但被已经回防到位的王一川一巴掌狠狠将球拍到了地上。

被拍落的球落到了埃斯特莉娅手中。银发姑娘持球后立刻一改先前比赛中跑动不积极的形象，轻盈地飞身运球，冲到三分线前。此时，时间仅剩4秒，从未在小雪面前投过三分球的埃斯特莉娅突然后仰起跳、投篮——篮球在空中画出一条高高的抛物线。

所有人都惊呆了，这竟然是这场练习赛上半场的第一次3分球。只见篮球砸在球框上，晃了一圈，虽然有点勉强，但还是落下带中。

"嘟嘟嘟……进球有效！29：28！上半场比赛结束！"

另一边，气喘吁吁的裴博士推开了废弃仓库的大门，眼见四下无人，连忙一路小跑至先前约好的废弃铁箱前，小心翼翼地打开箱子，将血样放了进去，如释重负地松了口气。

七　黑色行动（下）

埃斯特莉娅还保持着投篮的姿势，一向很少出汗的她已经被汗水模糊了双眼。要知道，整个上半场比赛她几乎毫无存在感——体格过于单薄的她在面对身强力壮的高年级男生时，无论进攻还是防守，都几乎没有胜算可言，仅仅有一次中投得手使她获得了可怜的2分，但最后时刻的压哨3分球使她瞬间成了场上场下欢呼的英雄。

"小埃！你真是太棒啦！"小雪飞跑着冲上去，从背后一把抱住埃斯特莉娅，激动地叫道。

不过银发姑娘看起来并没有那么兴奋，只见她扭头对张恩南喊起来：

"教练，我们能换一下吗？"

"唔……席尔瓦小姐？"

"我有点不行了，需要休息一下。"埃斯特莉娅擦去额头的汗珠，一边喘着粗气，一边伸手指了指自己左胸的位置。

"啊，教练，小埃她的心脏……"小雪大概猜到了室友的意思，正想说下去，却被对方眼疾手快地捂住了嘴。

"我没事，只是太累了。下半场请您替我出场吧。"

"啊……没问题。我替你上场！"张恩南点了点头。

于是，张恩南脱下外套，穿着早已准备好的篮球服，换下了看起来已经体力透支的埃斯特莉娅。埃斯特莉娅下场后，不停地颤抖着，拿起毛巾擦拭着身上的汗珠，并迅速穿上了厚厚的运动服。不多时，下半场开始了。但银发姑娘没有继续观战，而是掏出手机，并从容地戴上了她一直喜欢随身携带的包耳式耳机。盯着手机屏幕认真地看了一会儿后，她的嘴角露出一丝难以察觉的笑容。

公寓楼里，韩娅正认真按照张恩南的要求整理恐龙竞技队的训练成果报告，孙娴则时而陪伴在韩娅的身旁，时而在屋里练习着自己的舞步。今天，孙娴穿着很漂亮的衬衫、裙子和高跟鞋，美极了。能看得出，这个爱美的姑娘原本确实是打算与韩娅一同去好好逛街的。但如今，她只能一个人在房间里通过落地镜欣赏自己了。

突然，门铃声响了。

"谁？"

孙娴立刻停止舞步，走到门口，想透过猫眼看下外面的动静，却发现门口站着王一川，而他的身后似乎是卜小黑。

"快开门，我们回来了！"

于是，孙娴立刻打开了房门。只见王一川与卜小黑风尘仆仆地从门外走了进来。

"亲爱的，你们这么早就回来了？"韩娅放下手中的事，转过头，以温和的语气问道。

"真见鬼，今天输得很惨，所以提前回来了。"

王一川漫不经心地答道，伸手就要抓桌上的矿泉水来喝。然而，孙娥似乎嗅到了一丝异常的气息，伸手摁住了王一川抓矿泉水的那只手。

"一川哥，你们打球都不出汗的吗？"

"汗？当然刚才都擦掉啦！"王一川憨笑着挠了挠头。

"不是吧，再怎么擦都应该留着点味儿吧？而且刚打完球，不管怎么擦，肯定还会出汗的。"孙娥皱起了眉头。

"哼……小姑娘，这可是你自找的——要怪就怪你在错误的时间出现在错误的地点吧！"

"王一川"突然拉下自己的脸皮，露出一张被面具遮住的脸；他身后的"卜小黑"也露出了真容。孙娥正欲尖叫，却被"卜小黑"捂住了嘴。仅几秒钟，女孩便无声无息地瘫倒下去。

"你们是什么人？"韩娅惊恐地站起身。她似乎猜到了什么，想要反抗，但因为碍事的孕肚，所以无法做出任何动作。

"哼！宫本美和子，难道你还不明白吗？你以为能逃得出DMIG的手掌心？""王一川"狞笑着说道。

"哼！我知道这一天会来的。"韩娅从容地走上前，"我可以和你们走，但是请放了这个小姑娘，她是无辜的。"

"王一川"想了想，自己得到的指令是带走独居在公寓中的宫本美和子，但并未提及要带走其他人。由于DMIG内部规章极为严格，任何私自越权的行为都会受到严惩，但孙姵已经看到了他们，究竟是带走还是就地处决，无法做出决断的"王一川"拨通了一个电话。

"密涅瓦大人，情况有变，公寓里还有个女孩……"

"我看到了。一起带走。"电话那头很快传来埃斯特莉娅变声过的指示。

"是，密涅瓦大人！"

听到面具人提到"密涅瓦大人"，韩娅的脸上露出了复杂的表情。很显然，她听过这个名字。理事会里的女性只有两位，一位是第二理事，但传闻从未参加过理事会的神秘女子"朱诺"，另一位就是第四理事——理事会中最年轻的成员密涅瓦。

于是，"王一川"用他的手轻轻一捂韩娅的嘴，这个中国恐龙竞技队的队长便无声无息地倒了下去。"卜小黑"打开门，从门外进来另外两名面具人，将韩娅放在事先准备好的轮椅上；计划之外的孙姵则由一名面具人背着。几个人迅速离开了公寓。

在注视着手机屏幕中的面具人完成任务并安全离去后，埃斯特莉娅收起了那个不常用的手机，拿出先前被自己摔碎了屏幕的手机玩起来。由于大家的注意力都在篮球场上，所以没有人关注她的一举一动。此刻，场上的比分来到了39∶44，王一川队已经落后5分。

"小埃，给我一瓶水，我快渴死了！"

这时，小雪跑到场边冲埃斯特莉娅喊道。银发姑娘忙收起手机，从旁边的纸箱里拿出一瓶矿泉水。但由于动作稍显慌张，导致装在包里的另一部手机不小心滑落出来，恰巧掉在了小雪的脚边。小雪好奇地捡起手机，却被眼疾手快的埃斯特莉娅一把夺了回去。

"小埃，你怎么还有一部手机呀？从没看你用过呢。"小雪好奇地说。

"那是我的备用机，一般情况下不用的。"埃斯特莉娅平静地答道，脸上露出了平时难得一见的殷勤笑容，把矿泉水递给了室友，"给，出汗多要多喝水。"

"哈，小埃你也要多喝水哟！你的心脏没事吧？"小雪打开矿泉水，大口大口地喝起来。

"没事，已经不疼了。你快去比赛吧，加油！"

埃斯特莉娅继续保持着甜美的笑容。小雪迅速将一瓶矿泉水喝得干干净净，回到比赛场上去了。见室友离去，埃斯特莉娅忙用手揉了揉自己的心口。事实上，先前从赛场上下来时她并无不适感，但经历刚才掉落手机的小小风波后，在瞬间的恐慌下，她甚至本能地感到自己的心脏隐隐作痛。

很快，篮球赛结束了，由于实力上的差距和小雪等人发挥不稳定，王一川队以49∶60输掉了比赛。对于自己的发挥失常，小雪伤心地落了泪，还是一年级的顾明宁安慰了她，才让她逐渐平复了情绪。与此形成鲜明对比的是，埃斯特莉娅面无表情地起身和朋友们打了个招呼，并告诉小雪自己还有点事，便先行离开。

埃斯特莉娅要去的地方当然是废弃仓库。只见她离开体育馆后，一路小跑，从一条人迹罕至的小路抄近道赶到了仓库。在确定四下无人后，银发姑娘来到仓库中央的废弃铁箱子前，娴熟地打开了箱盖。不过,正当她伸手进去准备拿出采集的DNA血样时,背后却突然传来一个声音。

"居然是你?你竟然是密涅瓦大人!"

埃斯特莉娅辨出那是裴博士的声音。她先是一愣,但很快便镇定地站起身来。不过,她并未转过身去,而是以冰冷的声音说道:"你越界了,卡西尼奥斯。"

"你说什么?"

"没什么。"

埃斯特莉娅转过身,淡然一笑,拎起DNA血样收容器就要走,裴博士却伸手拦住了她。

"你找死!"

从银发姑娘的牙缝里挤出几个字。只见她以迅雷不及掩耳之势对裴博士的头、胸、腹进行了一连串攻击,并干净利落地将已被乱拳打蒙的博士放倒在地——整个过程仅十几秒钟。

在解决了裴博士后,埃斯特莉娅忙拿出那部特殊手机,拨通了电话:"海格力斯吗?听着,你立即带个人来废弃仓库……是的,这里有特殊情况,必须立即处理……嗯,我在这里等你,就不劳你单独再来一趟拿DNA血样收容器了。"

挂了电话后,埃斯特莉娅从包里拿出一粒药丸给昏迷的裴博士喂下,并取出自己那副印有主神雕塑形象的特殊面具轻轻戴在脸上,然后开始耐心地等待。大约10分钟后,一个戴着特殊面具的高大男子和一个戴着普通面具的更为强壮的男子走进了仓库,看到埃斯特莉娅站在仓库正中,两人连忙半跪下去。

"密涅瓦大人,属下来迟了!"

"海格力斯，这个是DMIG的卡西尼奥斯。"埃斯特莉娅指着躺在自己脚边的裴博士说道，"他看到了不该看的事情，因此也必须和宫本美和子一样被带回基地。"

"是，属下明白！"那位戴特殊面具的男子点头道。

"还有，这是DNA血样收容器，你也一并带走吧。此次任务到此结束。"

埃斯特莉娅说着，挥了挥手示意海格力斯离去。于是海格力斯收起DNA血样收容器，指挥另一名面具人背起昏迷的裴博士，很快消失在银发姑娘的视线中。在重新确定了仓库并未藏匿任何人后，埃斯特莉娅终于如释重负地摘下面具，但她脸上的表情却极其复杂。

另一边，离开体育馆后，在张恩南的提议下，王一川、卜小黑和新加入的顾明宁四人准备一起去吃个烧烤放松一下。不过，还沉浸在懊恼中的小雪则与大家告别，准备在外面散散步。尽管已经是4月，天气暖和了很多，但是当晚风吹在被汗水浸湿的篮球运动衣上时，小雪竟不由自主地打了个寒战。刹那间，她的大脑里闪过了不好的预感，心脏跳得厉害，于是不得不停下了脚步。

"我……究竟是怎么了？"

小雪自言自语道。这时，兜里的手机响起了铃声。原本情绪低落的小雪掏出手机后却突然来了精神，原来来电显示竟然是埃斯特莉娅——要知道，银发姑娘还从未主动给她打过电话。

"喂，小埃！"小雪滑动解锁后激动地喊道。

"小雪，你回宿舍了吗？"埃斯特莉娅的语气比往常温和得多。

"还没呢! 我正在……正在散步。你呢? "

"我们去西北操场旁的星·咖啡坐坐, 怎么样? "

出乎裴小雪的意料, 埃斯特莉娅竟主动约她喝咖啡! 对此, 篮球女孩没多加思索便非常开心地答应下来。很快, 两人在一个昏黄的路口相遇, 一起来到了埃斯特莉娅口中所说的"星·咖啡"。虽说是咖啡屋, 但这里实际上有点清吧的味道——高年级的夜猫子和文艺青年们喜欢云集于此。埃斯特莉娅主动拉着小雪的手, 迅速走到咖啡屋最里面一个空位, 两个人面对面坐下。

"这还是小埃第一次主动约我喝咖啡呢, 好开心! "小雪激动地搓了搓手。

"真的? 我有这么不自觉吗? "埃斯特莉娅一反常态地开起了玩笑。

"哈哈……小埃, 我喜欢你今晚的样子。"

小雪开心地笑了起来, 立刻将篮球赛失利的阴霾抛在了脑后。埃斯特莉娅也笑了。

很快, 服务员端上两杯精心调制的咖啡。这对好室友手捧咖啡, 听着唱台上吉他手的轻唱, 沉浸在自在的氛围中。

"小雪, 你的英文名叫斯黛拉, 对吧? "

"嗯。为什么突然问这个? "小雪脸上充满了疑惑。

"你知道 'Stella' 有什么含义吗? "

小雪摇摇头。

埃斯特莉娅伸手指向咖啡屋屋顶的星空继续说道:"那就是星星呀, 和我的名字 'Estrella' 是一样的含义。看, 它就在我们眼前。"

"哇……好美呀!小埃,没想到我们的名字竟然是同样的含义!"

小雪恍然大悟,望着头顶的星空发出感叹。不过,她的手机却再次不合时宜地响了起来。小雪瞥了一眼,发现竟然是王一川,于是不得不滑动、接听。

"小雪!嫘嫘和韩娅跟你在一起吗?"

"没有呀,我和小埃在一起喝咖啡呢。她们难道不应该一直待在公寓里吗?"

小雪与王一川的对话引起了埃斯特莉娅的注意,不过在她的脸上看不到任何情绪波动——银发姑娘依然在从容地喝着咖啡,并玩着自己的手机。

"好,我知道了,我们马上过来!"小雪的眼神变得认真起来,然后挂断了电话。

"发生什么事了吗?"埃斯特莉娅装作完全不知情的样子问道。

"糟了,韩娅姐和嫘嫘失踪了!"小雪急切地说道。埃斯特莉娅的脸上也露出了惊讶和担忧的神情。

八 求 援

夜幕笼罩的校园林间小路上，小雪与埃斯特莉娅一路向王一川所在公寓的位置狂奔着。当她们赶到时，发现已经有一些警察站在楼下。卜小黑正与一名警察交谈，见小雪和埃斯特莉娅前来，他忙迎了上来。

"黑哥，现在情况怎么样？"

"我们在和你联系后第一时间报了案，警察也很快赶到现场，但是到目前为止没有发现任何她们的行踪。现在正在将搜索范围扩大到整个校园。"卜小黑摇了摇头。

"手机丢在公寓里，人却不见了……"小雪自言自语着，突然露出惊恐的神色，"难道说……被绑架了？"

"警方也这么怀疑，但屋内没有发现任何打斗痕迹，也未见有财物被盗窃的痕迹。"卜小黑说着，露出了迷惑的神情。

"会不会是冲着人去的？"埃斯特莉娅在一旁插了一句。

"不太可能吧……韩娅姐和姗姗根本就没有仇人呀!"小雪听了,连连摇头。

"交给警方吧,我们这些外行人只能是瞪着眼干着急。"

正说着,脸色铁青的王一川从公寓里走了出来。尽管他的话语很平静,但谁都看得出他藏在内心深处的焦虑。小雪也和埃斯特莉娅闷闷不乐地返回自己的宿舍。连续两个晚上没得到充分休息的埃斯特莉娅不禁打起了哈欠。

见埃斯特莉娅已经极度疲惫,小雪本想让室友先洗漱,却遭到婉拒——银发姑娘表示,自己想先在沙发上休息一下。于是小雪不再谦让。而就在小雪关上浴室门时,埃斯特莉娅迅速掏出了那部特殊手机。

"海格力斯,情况如何?"

"请密涅瓦大人放心,我们已经在飞船上了。"

第二天早上,刚刚睁开眼,埃斯特莉娅就注意到小雪正在宿舍客厅里焦急地一边踱步,一边打电话。

"怎么了?"

"我……我爸爸他……他昨晚没回家,电话也打不通!"小雪挂了电话,略显口吃地答道。看得出,她非常焦虑。

"别着急!伯母知道他去哪里了吗?"埃斯特莉娅立刻上前挽住小雪的胳膊,安慰道。

"听我妈妈说,昨天我爸爸晚饭吃得很早,然后便出了门,说是去学校有事。然后……就再也没有联系上了。"小雪说着,眼泪已经在眼眶里打转。

"别难过，一定会找到叔叔的，相信我。"

埃斯特莉娅边安慰边把小雪搂到自己的怀里，这还是她头一次这样给予室友发自内心的慰藉。

然而几天过去了，事情没有任何进展。

4月10日上午，在遥远的美国戴德姆市POW分部，这个不大的公司和往常一样忙碌着。自从一个多月前调查DMIG "黑体系"理事会的行动失败后，贝尔格蕾雅一直闷闷不乐。作为一直追踪DMIG跨国贩龙罪行的国际刑警，直到现在，她却对DMIG背后那套"黑体系"一无所知。

"贝姐……贝姐！"不知何时，门口出现了孙艾琳的身影。

"怎么了？"贝尔格蕾雅忙起身出来。

"刚刚王一川给我打电话，告诉我一件骇人听闻的事：嫃嫃跟韩娅都失踪了，而且……同一时间，裴博士也没了踪影。警察已经找了好几天，但无论是调监控、查定位还是地毯式搜查，都毫无结果。"孙艾琳无比焦急地说道。

"怎么会这样！"贝尔格蕾雅皱起了眉头。

"是的，简直就像人间蒸发了一样。"孙艾琳越说越慌张，情绪几近崩溃。

"听起来这不像是一起普通刑事案件……"贝尔格蕾雅托着下巴，沉思着道，"难道说……和DMIG有关？"

"DMIG？"孙艾琳显然不明所以。

"DMIG的面具人是这个组织中的精英分子，个个身手敏捷，专门执行各种绑架和破坏任务。除非是他们做的，否则很难不留一点痕迹。"

出于对DMIG绑架韩娅等人的怀疑，贝尔格蕾雅决定亲自前往中国，搜寻蛛丝马迹，一直担心妹妹下落的孙艾琳自然一同前往。此外，贝尔格蕾雅还带上了她一贯的搭档凯因茨·施耐德，三人在4月11日乘坐洲际飞船秘密抵达南京。

　　走在路上，贝尔格蕾雅不由得想起了与失踪人员关系甚密的小雪等人，本不想惊动他们的金发女警长长地叹了口气。

　　"走，去找小雪他们。"

　　"这……老大，你不是说不准备和他们见面吗？"凯因茨一听，立刻疑惑地问道。

　　"没有其他办法了，恐怕只能从他们的描述里收集一些可用情报了。"贝尔格蕾雅低头沉吟道。

　　见贝尔格蕾雅坚持自己的决定，孙艾琳和凯因茨也不好再多说什么。虽然如此一来，她们的警察身份会暴露。三人走在夜幕笼罩下的南京南城区，原本计划先去南方大学拜访王一川的贝尔格蕾雅在一个十字路口突然停住了脚步。

　　"不，我们先去裴博士家。"金发女警突然自言自语道。

　　"为什么，不是说好先去调查嫚嫚她们的行踪吗？"孙艾琳有些不满地予以反对。

　　"我记得你跟我提起过，那个银发红瞳的西班牙女孩现在住在裴博士家，对吧？"贝尔格蕾雅突然问道。

　　"是的，那个银发红瞳'木头人'，虽然长相漂亮，但说起话来像个傻瓜似的。"孙艾琳没好气地说。

　　"我想和她聊聊。"贝尔格蕾雅露出了神秘的笑容。

　　不远处的裴博士家中，尽管男主人的莫名失踪为家里增添了不安的气氛，但生活还要继续。裴母一边关注警察的最新调查，一边还在悉心照顾最近为了安抚自己情绪而常住家中的小雪和埃斯特莉娅。这天下午，裴家来了一位稀客——从日本赶来的清水遥。按照清水遥的说法，她来中国是为了参加在南方大学举办的为期3周的恐龙竞技培训班，所以第一时间联系了昔日好友小雪。在小雪的热情邀请下，清水遥答应暂住裴家

晚上8时，贝尔格蕾雅一行来到了裴家别墅门口。犹豫片刻后，贝尔格蕾雅摁响了门铃。不一会儿，一个女孩飞一般地冲了出来，贝尔格蕾雅一眼便认出了那是小雪。

"小雪同学！"贝尔格蕾雅开心地招了招手。

"天哪！居然是贝姐！我不是在做梦吧？"尽管光线昏暗，小雪也立刻辨认出了那个万年不变的熟悉身影。

"不是做梦哟，而且不是我一个人来。"

在和小雪来了个大大的拥抱后，贝尔格蕾雅把手指向一旁的孙艾琳与凯因茨。

"老妈，快看谁来啦！"

小雪推开房门，向屋内大喊道。裴母连忙探出头来，当她看到了多年未见的金发"女摄影师"后，也异常激动。见到裴母后，贝尔格蕾雅也显得格外热情。不过，当她注意到裴家客厅还坐着那个既熟悉又陌生的日本姑娘时，不免吃了一惊。

"啊，忘了介绍，这个是清水遥。"小雪热情地拉起清水遥。日本姑娘友好地向贝尔格蕾雅等人鞠躬致敬。

"清水遥吗？清水由佳是你姐姐吧？我和她之前在一场竞赛上见过。她最近还好吗？"贝尔格蕾雅反应迅速。

"我姐姐挺好的。我听她谈过那场精彩的比赛,真的好想见到您哪!对了,听说我要来,她让我转交给您一张当时比赛的明信片。"

清水遥说着,从挎包里取出了一张明信片,恭敬地交到贝尔格蕾雅的手中。

贝尔格蕾雅虽然有些意外,但还是很礼貌地向清水遥道了谢,把明信片地放进凯因茨的背囊中。正在这时,楼梯上传来脚步声,小埃出现在二楼楼梯口处。

"小埃!快看看谁来了!"小雪立刻向她招呼起来。

但银发姑娘的面部并没有什么反应,只是缓慢地走下楼来。

"你好,席尔瓦小姐。"见目标已经出现在眼前,贝尔格蕾雅友好地伸出手去。

埃斯特莉娅也伸出了她那瘦弱冰冷的手:"你好,威斯特哈根小姐。"

"哈哈,喊她'小埃'就行啦,这是我给她起的外号——看她身体那么单薄,感觉一阵风都能把她吹倒。"小雪走上前来,趴在埃斯特莉娅的肩膀上做了个鬼脸。

"喂喂,小埃,你也可以喊威斯特哈根小姐'贝姐'哟,我们大家都这么喊——她是我们的大姐大!"小雪继续说道。

"小埃同学,如果可以的话,我们能单独聊会儿吗?"

"随你的便。"埃斯特莉娅的反应极其平淡。于是,金发女警跟随银发姑娘上楼,走进卧室,并轻声关上了房门。

"搞什么嘛……贝姐和小埃,神秘兮兮的,啧啧……"望着两人离去的背影,小雪吐了吐舌头。

"大人的事小屁孩别插嘴!"孙艾琳捏了下小雪的脸。

此刻,埃斯特莉娅正坐在床头,一言不发,旁若无人地开始玩手机。而贝尔格蕾雅并未立即开口,她在卧室里踱着步子,在仔细观察了屋里的物品后,将目光停留在包耳式耳机上。就在金发女警伸手准备去拿时,银发姑娘突然起身摁住了她的胳膊:"别乱碰我的东西。"

"这耳机看起来很高级,恐怕不只是用来听音乐的吧?"贝尔格蕾雅说着,淡然一笑。

"你管得着吗?"埃斯特莉娅冷笑道。

"哼,看来……同为强化人的小埃同学神经相当敏感哪。"

贝尔格蕾雅冷笑一声,用她那犀利而不寻常的浅绿色瞳孔盯着似乎在思索着什么的埃斯特莉娅。

听到"强化人"一词,银发姑娘神情一怔:"我不明白你在说什么。"

"这个世界上只有两个地方可以进行人体强化手术——位于日内瓦的国际刑警第32号实验室和位于纽约的DMIG曼哈顿岛基因研究所。很显然,你不可能出自第32号实验室,因为我属于那里,并且认识那里的每个人。那么……"

"哼,想说我是DMIG的人就直说呗,兜什么圈子!"

"这么说,你承认了?"贝尔格蕾雅微笑着反问道。

"我有承认吗?亲爱的警察姐姐。"埃斯特莉娅也露出了笑容。

"别急着撇清关系嘛,小埃同学,我想,DMIG里未必全是恶人……"

"警察里恐怕也未必全是善人。"

贝尔格蕾雅话音未落，埃斯特莉娅再次无懈可击地予以反驳。这令金发女警颇有些尴尬，不得不开始思考对策。

"关于韩娅他们被绑架一事，小埃同学，你了解多少？"贝尔格蕾雅终于把话引向了正题。

"了解的不会比你更多哟，警察姐姐。"埃斯特莉娅面色和善，却令人徒增压力。

"小埃同学，我警告你，别给我兜圈子……"贝尔格蕾雅突然提高了嗓门。看得出，她似乎有些沉不住气了。

"这些案情的事情，你问我一个女生有什么用？这不是你们警察该去调查的事吗？"埃斯特莉娅依旧很淡定。

"你……"听了这话，贝尔格蕾雅气得抬起手——这还是一向温文尔雅的金发女警头一次露出如此愤怒的神情。埃斯特莉娅则面无表情，丝毫没有躲闪的迹象。贝尔格蕾雅的手在空中停顿片刻后，最终还是放了下来。

"好了，我还有些事，要出去一下，就不妨碍你们团聚了。预祝你们有个美好的夜晚。"埃斯特莉娅微微一笑，戴上那黑色的包耳式耳机，准备离开卧室。不过就在这时——

"你给我站住！"贝尔格蕾雅语气坚定。走到卧室门前的埃斯特莉娅下意识地停住脚步，不过并没有转身。

"别以为这样就结束了，我们还会再见面的。"贝尔格蕾雅以略带威胁的口吻说道。埃斯特莉娅微微低下头，垂下的银发遮住了她的眼睛，但隐约可见她的嘴角露出一丝难以察觉的笑容。她没有说话，轻盈地开门离去……

九 谜

见埃斯特莉娅急匆匆出门而去，正在客厅里与清水遥愉快交谈的裴小雪颇感意外。她本想上前问个究竟，但室友罕见地没有理会并加速走出了房子。与此同时，脸色铁青的贝尔格蕾雅也从二楼走了下来。没办法，小雪只得询问贝尔格蕾雅刚才在卧室里发生了什么。得到的答案只有一句话："时间不早了，我该走了。"

"贝姐，怎么连你也要走？"小雪无比失望。

"我此行的目的是调查娀娀他们的失踪事件，"贝尔格蕾雅伸手轻抚着小雪乌黑的长发，温和地说道，"因此我现在必须尽快去和王一川他们碰面。"

"可是，小埃她为什么一言不发地离开了？"

"等她回来之后，你自己问她吧。"贝尔格蕾雅看似有些走神地应付了一句，便转向裴母，"很抱歉今晚打扰您。请您放心，我一定全力协助警方搜寻您丈夫的下落。"

"真是太感谢你了，威斯特哈根小姐！"

裴母激动地握住了贝尔格蕾雅的手。两人又简短交谈了几句，金发女警便带着孙艾琳和凯因茨离去，留下了呆站在那里的小雪。

贝尔格蕾雅一行三人走在前往卜小黑所住公寓的路上。当他们转入一条路灯足够明亮的街上时，一直若有所思的贝尔格蕾雅突然停住了脚步。

"贝姐，怎么了？"孙艾琳下意识地问道。

"从刚才开始我就一直觉得不太对劲。你把清水遥送给我的那张明信片拿出来一下。"

可是当金发女警举起那张明信片，借着灯光仔细观察半晌后，并未看出什么异常。

"也许问题并不是出在明信片上，但……为何清水由佳会精准地知道我们的行程？"贝尔格蕾雅边说边扭头把目光投向另外两人，"除了你们俩，还有谁知道这次行动计划？"

"票是米娜买的；此外，司机威廉松也知道我们要来南京。"凯因茨转动着他蓝色的瞳孔，回忆道。

"这就是说，他们两个中有一个人与清水由佳有联系？真搞不懂这么做的目的是什么……"孙艾琳露出不解的神色。

"根据我的经验，清水由佳可能想用这张明信片向我说明某件事情，但是……暂时还不清楚其中的含义。"贝尔格蕾雅边说边看了看手表，脸上掠过一丝烦躁，"时间已经不早了，我们要尽快赶到王一川和卜小黑那边。"

孙艾琳与凯因茨点点头，于是三人加快了脚步。与此同时，原本因不想继续与贝尔格蕾雅对峙而独自外出的埃斯特莉娅感到自己胸闷得喘不过气来，过了一会儿，她只得返回裴家。

　　"小埃，刚才在这间卧室里，究竟发生了什么？"在陪小埃回到卧室后，小雪关上房门问道。

　　"没什么。"埃斯特莉娅仰首吞咽下药丸后，边揉胸口边漫不经心地答道。

　　"别骗我好吗？刚才你走了之后，贝姐也走了，很明显是发生了一些不愉快的事情！"小雪突然提高了嗓门。

　　"真的没有……"

　　说着，她那楚楚动人的红色双瞳竟然流下了泪水。紧接着，银发姑娘抱着双膝低声啜泣起来。见此情形，刚刚还有些恼怒的小雪立刻心软了。

　　"对不起！小埃，我再也不会那样质问你了！"

　　另一边，贝尔格蕾雅等三人来到了南方大学公寓区的4号楼。在3楼的307房前，贝尔格蕾雅停住了脚步。

　　"应该就是这儿了吧，艾琳？"

　　"是的，是王一川告诉我的。"

　　孙艾琳十分肯定地点了点头。于是贝尔格蕾雅轻轻摁响了门铃。片刻后，门开了，身材高大的王一川出现在门口。

　　"啊……贝姐，艾琳，你们来了！快请进，快请进！"

　　王一川连忙把大伙儿引进房去，卜小黑则开始忙着为来客端茶倒水。由于时间已经不早，贝尔格蕾雅开门见山地问起了关于韩娅等人失踪的经过。整个事件听起来并没有什么疑点，公寓楼走廊的摄像头平时并未使用，所以也未留下任何事发时的影像证据。就像本地的警察一样，贝尔格蕾雅也认真做了一些笔录并当场做了推断，然而，没有得出任何可信的结论——韩娅与孙嬿就像是人间蒸发了一般；此外，更是没有任何关于裴博士行踪的证据或目击者。

"把那张明信片再给我看一下。"

贝尔格蕾雅扭头对凯因茨吩咐道。很快，凯因茨把明信片递到女上司手中。金发女警决定再端详一下这张印有竞赛照片的明信片，那是一场竞速赛，照片中，由清水由佳指挥的日本队特暴龙赤井（由于原来由其指挥的特暴龙金刚已经归妹妹清水遥指挥，清水由佳在2123年秋宣布复出后改为指挥另一头特暴龙）和贝尔格蕾雅指挥的霸王龙苏几乎齐头并进，威风四射。

贝尔格蕾雅沉思着，将明信片切换到背面。背面写有一段微小而工整的文字，背景是一艘正在远航的帆船，从帆船的外观来看似乎是大航海时代。看着这段奇怪的文字，贝尔格蕾雅不禁皱起了眉头。

"这不是英文吧？"卜小黑凑上前问道。

"是拉丁文。"贝尔格蕾雅答道。

"什么，拉丁文！"所有人都惊呆了。

"这段拉丁文的大致意思：海风把我们吹到了世界的尽头，我们在绝望的边缘看见了篝火。"

当贝尔格蕾雅以缓慢的语速翻译完这段拉丁文后，面色突然凝固。其他人显然不明白这段话暗示了什么，纷纷摇头；只有金发女警以惊讶和期盼的目光开始在明信片上疯狂寻找她想要的东西。很快，她发现了一丝端倪。

"明信片的落款是P.H.S……"

那是3个颜色很淡的手写字母，看起来像是缩写。这令贝尔格蕾雅很快联想到了同为缩写的D.M.I.G——在她看来，那是个邪恶的代码。然而P.H.S又会是什么呢？

"会不会是人名的缩写呢？"这时候，孙艾琳插了一句。不经意间的话语似乎给了贝尔格蕾雅关键的提示，只见金发女警脱口而出三个汉字。

"裴、韩、孙——是他们！"

"什么？贝姐，难道你的意思是这三个字母的缩写分别代表的是裴博士、韩娅和孙娀？"王一川惊呼起来。

"嗯。如果我的推测没错的话，上面的这段拉丁文可能正暗示了他们被绑架后的去处。"贝尔格蕾雅用略带兴奋的声音边说边点了点头。

"贝姐，那段文字是什么？"孙艾琳来了精神，连忙追问道。

"海风把我们吹到了世界的尽头，我们在绝望的边缘看见了篝火——啧啧，你还真是好记性！"王一川抢在贝尔格蕾雅开口前复述了她之前的翻译，并没好气地瞪了一眼孙艾琳。

"海风……看见了地平线——这是指在海上航行吗？"一直很安静的凯因茨不禁说出了自己的想法。

"背景是大航海时代……西班牙大帆船？"

卜小黑接着凯因茨的话说了下去。而当"大航海时代"和

"西班牙大帆船"这两个词汇传入耳中时,贝尔格蕾雅突然茅塞顿开:"我懂了,我知道这句话的含义了。"

"你说什么?"其余四人异口同声,把目光投向她。

"各位,你们一定听过大航海时代有一位名叫麦哲伦的航海家指挥船队进行环球航行的故事吧?"贝尔格蕾雅的脸上恢复了一贯的温和和自信。

"那不是废话吗?咱又不是没上过学。可是……那个葡萄牙大胡子和这次娍娍他们被绑架又有什么关联?"孙艾琳叉起腰,饶有兴味地追问道。

"1520年10月,麦哲伦带领他的船队历尽艰险穿越麦哲伦海峡,在那里,他们欣喜地看到海峡两岸出现了篝火——没错,土著居民点燃篝火的地方就是位于南美洲最南部的……火地岛。

"可是……为什么要把他们绑架到那么遥远的地方呢?难道说真的是'那些人'所为?倘若如此,清水由佳岂不也是'那些人'中的一员?这样一来就更奇怪了,身为敌人的她为何要给我暗示?"

与欢欣雀跃的同伴们不同,贝尔格蕾雅带着一连串疑问陷入了沉思。看起来,事情远比她预想的还要复杂。

十 全真模拟竞技赛

带着诸多未解的谜团，贝尔格蕾雅决定尽快赶回美国研究解救韩娅等人的具体方案，遂告别了王一川与卜小黑，与孙艾琳和凯因茨前往酒店住下，计划在次日返回美国。

第二天，就在贝尔格蕾雅等人登上离开中国的洲际飞船之时，南方大学领导班子召开了一次会议。由于体育竞技学院恐龙竞技系主任裴博士的失踪，此次会议主要解决新的系主任人选问题。结果，领导班子一致认为长期以来担任中国恐龙竞技队主教练的张恩南能够担此重任，同时，恐龙竞技队主教练一职由助教王一川递补。就这样，4月12日下午，王一川作为恐龙竞技队的新任主教练，参加了队内的第一次训练课。

俗话说，新官上任三把火。王一川担任中国恐龙竞技队主教练后，立刻对恐龙竞技队进行了大刀阔斧的改革。首先，他淘汰了一批已经跟不上时代步伐、出工不出力的老驯龙师；紧接着，他联系了全国各省属地方驯龙队，请他们积极推荐优秀驯龙师到中国恐龙竞技队。

但一提到正规的恐龙竞技比赛，说来惭愧，在中国竟还没有一套恐龙竞技专用的SDC设备，这也成为国内驯龙业永远的痛。王一川决心改变这一现状。借助家中力量（王一川是在国内极具影响力的已故中华恐龙保护地公园创始人王懿之子）、国内企业家的投资以及自己灵活的经济头脑，王一川竟然在短短一周之内募捐到了足够的资金用以购买一套完整的SDC设备。

不过，还有一件事亟须这个年轻主教练解决，那就是队长的空缺问题。众所周知，韩娅怀孕后，就已逐步淡出了恐龙竞技队，队长一职已完全空缺出来。此时不知身在何处的韩娅名义上仍是中国恐龙竞技队的队长，但恐龙竞技队目前需要一位"代队长"在平时训练中为其他驯龙师树立榜样。论资排辈，目前在恐龙竞技队中资格最老的卜小黑应该得到"代队长"的职位，但在王一川的心里却似乎另有答案。

一个普通的训练日下午，受命培训新驯龙师的裴小雪和埃斯特莉娅在课后早早地便来到了训练场上。面对众多比自己年长的各省精英驯龙师，这两个女孩显得非常镇定自若和充满信心。不过就在训练即将进行时，广播响起，说是要临时安装新设备。听到这一消息的小雪立刻明白了这意味着什么，开心得一蹦三尺高。

"小埃，你知道吗，那是他们来安装SDC设备了！我们终于有自己的SDC设备啦！难道你不开心吗？"

"这有什么。在我们西班牙，无论哪个驯龙基地都有这玩意儿。"埃斯特莉娅不以为然地耸了耸肩。

正在这时，站在远处正和卜小黑交谈的王一川朝这里挥了挥手："小雪，小埃，你们过来一下。"

很快，小雪和埃斯特莉娅来到了手持战术板的王一川面前。

"教练，有什么指示？"小雪声音洪亮地问道。

"啊……你们也看到了，SDC设备今天开始入场，从组装到完成调试，估计需要2—3天时间。在这之后，我们就可以使用SDC设备进行全真模拟竞技赛了。所以……我想请二位担任教官，组织一次符合世界杯标准的恐龙竞技比赛。"

"教官？"小雪显然还不明白主教练的用意。

"是的。因为无论是从实力还是从经验来说，你们的水平都远在这帮省队选拔出的驯龙师之上——要知道，他们之中还没有哪个人使用SDC设备参加过比赛。"

听完这番话，小雪惊讶得瞪大了眼，埃斯特莉娅也露出意外的神色。

"比赛将以正规的世界杯恐龙竞技比赛方式进行，双方都有12头恐龙。我们会把从省队挑选出的精英编成一队，由卜小黑和清水遥指挥；你们两个负责指挥另一支主要由见习驯龙师组成的队伍，与他们对抗。"

"见习驯龙师？教练，您老人家这不是为难我和小埃嘛！"小雪一听己方队伍都是新人，立刻激动地争论起来。

"嘿嘿……别激动，我相信二位的实力——二位是我见过的最具天赋的驯龙师，好好用你们的方式给那些初来乍到的'新兵蛋子'上一课吧！"王一川的脸上却露出神秘的笑容。

"是，教练。"不等小雪回答，埃斯特莉娅却出乎意料地抢先接受了任务。见银发姑娘如此有信心，王一川非常高兴，鼓励般地拍了拍她的肩膀，转身离去。

"小埃，你疯了吗，为什么要答应川哥？"见王一川走远了，小雪附在室友的耳边低吼道。

"这难道不是一次很有趣的挑战吗？"埃斯特莉娅却毫不畏惧地淡然一笑。

见银发姑娘已下定决心，小雪只得接受了现实。

两天之后，全新的SDC设备安装完毕。整个过程出奇地顺利。当天晚些时候，经过调试，全套设备已经能够正常工作。王一川在当晚召集全部驯龙师开会，宣布将在次日上午举行中国本土第一次全真模拟恐龙竞技比赛。

就在王一川宣布比赛细则时，小雪注意到了坐在见习驯龙师中的牛畅。小伙子已经迫不及待地摩拳擦掌，准备大显身手了。裴小雪清楚，牛畅在场上司职防守，在早先的训练中一直都指挥剑龙，并且非常刻苦，在见习驯龙师中属于佼佼者。在与埃斯特莉娅商量后，小雪决定将牛畅排在先发阵容，并且让他指挥孙艾琳的剑龙女王。对于这一安排，牛畅大喜过望。

第二天早上。

怀着激动心情的见习驯龙师和省队驯龙师们早早地到了比赛现场。小雪和埃斯特莉娅也很早就到了——两位史上最年轻的教官恪尽职守地想要在见习驯龙师面前展现自己的实力。不过在清点了人数后，小雪却发现牛畅并不在列。

"你亲爱的阿畅同学没来哟。"埃斯特莉娅微笑着耸了耸肩。

"啧啧，这家伙，枉费了我对他的信任！"

"不过时间还早，再等等也不迟。"埃斯特莉娅看了看腕表，内心毫无波澜。

然而，时间一分一秒地过去，直到比赛临近开始，牛畅依然没有出现。小雪终于忍不住了，掏出手机，拨打了昔日同桌的电话，却无人接听；小雪不依不饶地继续拨打，直到打了第三次，电话那头才传来一个懒懒的声音：

"喂？"

听到这语气，小雪瞬间明白这个家伙是睡过头了。霎时间，小雪怒火中烧。

"你这个大笨蛋！你不用再来了！"

"小雪……喂！"

不等对方解释，小雪已经愤怒地挂断了电话。

"那么……现在怎么办？"埃斯特莉娅依旧没有任何情绪波动。

"不等他了，让阿亮同学替代他，我们上吧！"

双眉紧锁的裴小雪迅速做出了新的决定。从她那因愤怒而更显坚定的双眼中，埃斯特莉娅仿佛看到了一队之长所应具备的果断和霸气。

按照规定，比赛前夕，驯龙师将与即将参赛的恐龙进行最后的沟通。小雪与埃斯特莉娅来到了各自的恐龙——异特龙亚罗与食蜥王龙密涅瓦的身旁。这两头超过12米的巨兽是此次比赛中最大的恐龙。有趣的是,这两种恐龙都属于异特龙类,因此在外貌上也相对接近。与亚罗光滑的后背不同,埃斯特莉娅的爱龙密涅瓦外观非常独特:从后颈处便开始有连绵凸起的棘,一直延伸到尾骨;整个身体下部呈灰黑色,背部有如火山熔岩般的暗红色斑纹;一对凸出的角冠和机敏的小眼睛呈大红色,与主人美丽的红色双瞳的色泽完全一致。当它出现在比赛场地时,几乎所有驯龙师都发出了惊叹。

此刻,小雪轻抚着亚罗巨大的头颅,像说悄悄话似的低声讲了几句。不远处,埃斯特莉娅却没有与密涅瓦进行任何交流,不过那头母食蜥王龙却不停地用额头蹭主人的臂膀,仿佛讨好主人一般,让人忍俊不禁。

看看时间差不多了,王一川招呼双方队长抽取比赛地图。小雪代表A队,她与B队代表卜小黑站在了SDC的地图抽取屏幕前。当两人将手掌按下时,地图开始飞快地闪现,并逐渐放慢速度,最终停了下来——艾尔加大峡谷。这是一张对于小雪来说再熟悉不过的平原加峡谷的地形图。

"好了,现在给你们……20分钟战术研究时间。先发出战的驯龙师站进各自的SDC操作舱中。"王一川边说边低头看了下手表。随后,他坐上了SDC设备的解说裁判主座。解说裁判的主座上有对双方恐龙进行催眠制裁的按钮,可谓是非常关键的位置。于是,双方驯龙师都聚集在队长身旁开始研究战术。

正在这时,满头大汗的牛畅出现在了门口。只见他上气不接下气地喊道:"不……不好意思,我来晚了!真的非常抱歉!"

正在跟随小雪研究战术的见习驯龙师们诧异地回过头去。

这时，小雪那洪亮的声音伴随着拳头敲击桌面而起："谁允许你们回头去关注局外人了？给我好好看战术演示！"

见习驯龙师们吓了一大跳，慌忙把注意力转回桌面的比赛战术板上。眼见场面略显尴尬，埃斯特莉娅只得快步走到惊魂未定的牛畅面前，以极快的语速说道："阿畅同学，因为你的迟到，先发比赛的资格被取消了，请到外面等候下一场比赛吧。"

"可是……小埃同学，我……"牛畅似乎还想为自己辩解。

"住嘴，你想让我也发火吗？"埃斯特莉娅却冰冷地打断了对方——此刻，从银发姑娘的脸上看不到丝毫怜悯。

"是……"牛畅只得垂头丧气地退了出去。

埃斯特莉娅顺手轻轻关上了门。

"好了，时间到！请双方驯龙师各就各位！"

随着王一川一声令下，战术研究时间结束，参加第一场比赛的驯龙师们纷纷钻进了SDC操作舱中。对于见习驯龙师和省队驯龙师来说，能够坐在如此高科技的设备内比赛，简直如梦一般；而对于已经身经百战的小雪等人来说，这却是一种无限的回味。

十一 新生恐龙竞技队

按照小雪在赛前的战术设定，A队兵分两路，一队由埃斯特莉娅指挥（包括4头食肉恐龙），穿过山谷挺进至C5号区域；小雪自己则指挥另外一队（同样也是4头食肉恐龙）从平原越过溪流，也到C5区域与埃斯特莉娅的队伍完成会合，而后共同前往对方营地。

无独有偶，B队的作战计划与A队类似，也是兵分两路行进，其中由清水遥指挥的一路优势兵力进入山谷，卜小黑则指挥剩下的3头恐龙在营地附近协防。这意味着，在山谷中将发生一场恶战。比赛开始后不久，就在裴小雪与埃斯特莉娅指挥各自的队伍向前推进时，银发姑娘突然打开了与队长的通话器。

"小雪，我有个计策。"

"小埃？"

"我建议你带队立即赶到E4区域。"

"E4区域……天哪，那不就是对方进入山谷的入口吗？"小雪似乎猜到了什么，立刻恍然大悟。

而另一边，对于两个女孩战术上的调整，卜小黑和清水遥却一无所知。但在出发时，清水遥对于卜小黑"一波流"的冒险战术持怀疑态度。

"这样真的好吗？小雪不是那种喜欢冒险的女孩，更何况……她身边那位银发红瞳的西班牙姑娘看起来深不可测。"

"兵贵神速——这也是一川学长教给我的战术技巧。难道你忘记了吗，去年中日之战，我们便是以争取速度的办法战胜了你们。"对于清水遥的质疑，卜小黑却不以为然。

5分钟后，清水遥将由7头恐龙组成的庞大进攻队伍带进了山谷，而这一切已经被拥有绝佳视力的异特龙亚罗尽收眼底。

"小埃，它们进去了。"

"该看你的了。"

"明白！接下来请欣赏'关门打狗'！"

尽管有所担忧，但清水遥并没有看到任何可能的危险征兆，只得指挥浩浩荡荡的恐龙大军在山谷中行进。小雪在指挥队伍靠近E4区域时，为了躲避可能潜伏在附近警戒的B队恐龙，要求所有恐龙必须隐蔽前进。但很明显，见习驯龙师没有能力很好地执行她的指令，一头莽撞的中华盗龙被正在巡视的特暴龙铁男捕捉到了身影。

"见鬼，敌人怎么都到这里来了，是想来偷袭营地吗？简直痴心妄想！"注意到对方恐龙行踪的卜小黑愤愤地自言自语着，招呼其他两头一同协防营地的恐龙准备拦截。那两头恐龙便是昔日中国恐龙竞技队大名鼎鼎的永川龙皇帝和吉兰泰龙阿鲁，只不过，如今他们的主人都暂时换成了年轻的精英驯龙师。

警觉的小雪也觉察到了情况的突变，在手下一名见习驯龙师指挥的中华盗龙暴露了自己后，3头食肉恐龙正迅速向自己靠近，一场恶斗已不可避免。尽管在数量上占据4∶3的优势，但由于除小雪所指挥的异特龙亚罗外，其他3头都是孱弱的中华盗龙，目前形势实际上对小雪是不利的。

"我被盯上了，真见鬼，对方协防营地的恐龙发现了我们。"小雪连忙将这边的情况通知埃斯特莉娅。

"既然如此，我按照原计划进攻。"

埃斯特莉娅听了，依旧镇定自若，并立即关闭了通话设备。情急之下，小雪只得指挥异特龙亚罗对付这3头恐龙竞技队的主力选手。尽管在一对一的情况下，异特龙亚罗能够轻松战胜这3头恐龙中的任一头，但此时此刻，小雪的心里却突然没了底。

"队长，我们该怎么办？"几个见习驯龙师顿时惊慌失措。

"你们配合我迎战！阿竺、阿瓜，你们从左侧进攻；小花，你随我从右侧进攻——我们上！"

几名见习驯龙师立刻指挥各自的恐龙跟随着异特龙亚罗向3头恐龙竞技队的主力选手发起攻击。对于眼前的状况，卜小黑愣住了。

"队长，3对4，我们能行吗？"一名驯龙师不安地问道。

"别担心，对面除了王牌异特龙亚罗外，都是由见习驯龙师指挥的中华盗龙，它们的实力远在你们之下。尽快把它们解决掉，之后一起围攻异特龙亚罗吧！"卜小黑不以为意地答道。也许只是想给队友打气，不过却令那两名省队驯龙师很快恢复了士气。3头恐龙竞技队的主力选手猛扑上来。

山谷中，带队前进的埃斯特莉娅已经通过食蜥王龙密涅瓦的视野注意到了对面来势汹汹的恐龙大军。由于暂时已经不可能指望小雪的队伍从后面夹击，因此她需要想办法独自解决眼前的对手。

"席尔瓦小姐！对方数量似乎比我们多！"一名见习驯龙师喊道。

"我们该怎么办，席尔瓦小姐？"另一个人的声音已经充满了恐慌。

"全队停止前行，让它们放马过来。"

埃斯特莉娅目不转睛地盯着前方的状况，十分轻松地向身边的3名见习驯龙师下达了指令。对面7头气势汹汹而来的恐龙显然并未对她的内心造成任何影响——局势似乎仍尽在银发姑娘的掌握之中。见分队指挥如此淡定，3名见习驯龙师反而显得更加紧张了。而他们的不安也影响了恐龙，只见3头中华盗龙开始焦虑地踱起了步子。

"我先出击，你们听我的指示去掩护侧翼。"在估算好攻击距离后，埃斯特莉娅胸有成竹地向见习驯龙师发号施令。

"对面只有4头恐龙……但里面有那头可怕的食蜥王龙密涅瓦，大家切不可轻举妄动。"清水遥在观察了对面情况后向省队驯龙师发出指示。

"1头巨型食蜥王龙外加3头孱弱的中华盗龙……即便那头食蜥王龙再强，也不可能敌得过我们7头恐龙吧？"一名省队驯龙师却不太相信眼前的对手能阻止他们前进的脚步。

"无须清水小姐亲自出马,由我来解决这头红黑巨兽(食蜥王龙密涅瓦的整体色调为红黑色)!"就在B队进攻大军在清水遥的谨慎要求下踟蹰不前时,一头与清水遥麾下特暴龙金刚体形相近,编号为6号的特暴龙突然将身子稍稍向前移出一步——那是头从省队调来的特暴龙。看起来,这头年轻的猛兽已经跃跃欲试了。

"阿瓜,不可冒进……"然而,还没听完清水遥的警告,这头特暴龙已经咆哮着向食蜥王龙密涅瓦猛扑过去。

"不自量力。"埃斯特莉娅抿嘴微微一笑,立刻指挥食蜥王龙密涅瓦迎面冲去。虽然只是一场训练赛,坐在控制室里的王一川无须向观众进行讲解,但他正全神贯注地关注着发生在山谷里的首轮较量。只见食蜥王龙密涅瓦开始提速。它的速度越来越快,显然不是特暴龙所能比拟的。电光石火之间,两头恐龙已经擦身而过。

"哒哒哒……"控制器发出恐龙出局的提示音。

"什么,电脑显示B队6号特暴龙已经出局了?这……这究竟是怎么回事?"王一川虽心中无比疑惑,但还是果断地按下了休眠B队特暴龙的按钮。

"太可怕了。"望着特暴龙竟被对方的食蜥王龙一击秒杀,清水遥不禁倒吸了一口凉气。

另一边,小雪指挥的异特龙亚罗也与卜小黑指挥的特暴龙铁男开始了激战,永川龙皇帝和吉兰泰龙阿鲁则前去盯梢小雪麾下的其他3头中华盗龙。战斗开始后不久,实力明显占优的永川龙皇帝和吉兰泰龙阿鲁很快便击败了那3头孱弱且实战经验不足的中华盗龙。总比分来到3∶1——B队实现了逆转。

小雪见情况不妙，立刻指挥异特龙亚罗向山谷撤去。

此刻山谷中的战斗，则是另一幅场景。

清水遥指挥包括特暴龙金刚在内的4头恐龙将食蜥王龙密涅瓦团团围住；另外两头强壮的吉兰泰龙则趁势去攻击埃斯特莉娅麾下的其他3头中华盗龙。不出一分钟，两头中华盗龙被击败，剩下的一头竟掉头没命地逃走了。

比分来到5∶1，局势对A队已经极为不利。

"清水小姐，我们该怎么办？"几名协助围攻埃斯特莉娅的省队驯龙师不约而同地呼叫清水遥。

"对方实力非同寻常，我们不能再分散行动。听我指示，同时出击。"

"明白！"省队驯龙师立刻来了精神。

这时，以最快速度撤向山谷的小雪也打开了与埃斯特莉娅的通话器。

"小埃，我这边……只剩我一个了。你那边情况如何？"

"也只剩我一个了。"

"不会吧……那你现在？"小雪大吃一惊。

"它们正围着我，看样子想等待机会同时攻击。"埃斯特莉娅轻描淡写地说道。

"别急，小埃，我这就来救你！"

小雪立刻关闭通话器，指挥异特龙亚罗一头扎入山谷，沿着B队进攻的线路向己方营地冲去。埃斯特莉娅的脸上露出一丝欣慰，但不服输的她仍自言自语地从嘴里挤出了几个字："笨蛋……谁要你救了？"

就在此时，随着清水遥一声令下，6头食肉恐龙（包括解决了见习驯龙师所指挥的中华盗龙的那两头吉兰泰龙）同时向埃斯特莉娅的食蜥王龙密涅瓦发起攻击。意想不到的一幕发生了，食蜥王龙密涅瓦竟如同人类一般灵活地做出各种避让动作，完美地躲过了这次攻击。甚至，两头吉兰泰龙竟愚蠢地撞了个满怀。

这还没完，躲过攻击的食蜥王龙密涅瓦开始先拿"软柿子"下手，以迅雷不及掩耳之势将一头正在发呆的中华盗龙打倒在地——比分被追至5∶2。

同样吃惊的还有清水遥。望着眼前如此神勇的猛兽，她简直不知道该如何形容此刻自己的心情。就在她恍惚的一瞬间，又一头中华盗龙被击倒在地，失去了全部分数。尽管不敢相信自己的眼睛，但清水遥毕竟是一名经验丰富的职业驯龙师，很快，她便打起精神指挥特暴龙金刚向食蜥王龙密涅瓦发动了攻击。几个回合后，终于在其后背上划出轻伤，但这仍旧无法阻止密涅瓦将一头吉兰泰龙和一头中华盗龙打倒在地。比分竟然被追平了！埃斯特莉娅所指挥的食蜥王龙密涅瓦不可思议地独得5分！

当小雪赶到战场时，山谷里已经横七竖八地躺满了B队恐龙的"尸体"。此时，A队与B队在山谷中的实力对比为2∶2。不得已，清水遥打开通话器向卜小黑求救。得知食蜥王龙以一己之力瓦解了这支绝对庞大的进攻队伍，B队队长愣了半晌。不过，卜小黑很快回过神来并指挥另外两头恐龙冲进山谷，当它们抵达战场时，清水遥指挥两头恐龙已经在苦苦支撑了。

"它们来了！小埃，要当心呀！"

眼见卜小黑指挥的3头主力恐龙拍马杀到，小雪连忙提醒埃斯特莉娅不要掉以轻心，然而埃斯特莉娅的回答却显得那样自信，给人以漫不经心的感觉。

"别太小看人了！5打2，我偏不信邪！"见异特龙亚罗和食蜥王龙密涅瓦从容不迫地等待着B队的攻击，卜小黑不由得怒火中烧，咆哮着指挥5头恐龙一齐发起攻势。

小雪的神经紧张了起来，就在她寻思着该如何应付时，埃斯特莉娅打开了通话设备。

"小雪，你去攻击特暴龙金刚，它只剩半血了。"

"你说什么？"

"别说废话了，其他的先交给我。"埃斯特莉娅的语气中透着威严和果断。

小雪不再犹豫，而是全神贯注地指挥异特龙亚罗朝位于B队攻击序列最外侧的特暴龙金刚猛扑过去。这一举动着实令对手有些措手不及——卜小黑慌忙下令让省队驯龙师指挥的永川龙皇帝和吉兰泰龙阿鲁去帮助特暴龙金刚。但还是慢了一步，埃斯特莉娅早已指挥食蜥王龙密涅瓦以闪电般的速度直插过来，阻断了增援。

在发现异特龙亚罗已经张开血盆大口等着自己时，清水遥的脸上露出了迷茫的神情。

"小雪同学……"

"清水姐，对不起……多有得罪了！"

小雪喃喃自语着，横下心，指挥异特龙亚罗腾空跃起，利用体重的巨大惯性将特暴龙金刚扑倒在地，并给予对方致命一击。

比分来到5∶6，A队反超。此时，距离第一场比赛结束还剩不到5分钟。食蜥王龙密涅瓦以一敌二，死死抵挡着永川龙皇帝和吉兰泰龙阿鲁，这两头中国队上届世界杯的主力食肉恐龙一时间竟毫无办法。另一头吉兰泰龙试图从侧翼绕过食蜥王龙密涅瓦的计策也被识破。由于这头吉兰泰龙实力较弱，埃斯特莉娅干脆指挥食蜥王龙密涅瓦进行了反杀——比分一路从5∶1如过山车般疯狂反超至5∶7。

"对，就是这样，这正是我所期待的。"新晋主教练王一川的脸上绽开了笑容。

"小埃，我来帮你了！"

在打败了特暴龙金刚后，小雪迅速指挥异特龙亚罗回援食蜥王龙密涅瓦。然而就在这时——

"啊！"

小雪的耳机里突然传来埃斯特莉娅的一声惊叫，这不同寻常的声音立刻勾起了小雪的紧张情绪。

"小埃？你该不会……"

"我……我的心脏好痛……"

埃斯特莉娅痛苦地揪住了胸口的衣襟——很明显，她的心脏病又发作了。同时，因为主人的异样，食蜥王龙密涅瓦似乎也在刹那间失去了威风，对于永川龙皇帝的一次尝试性攻击，它并未躲闪。作为B队中身形最长的恐龙，11米的永川龙皇帝继续用身体冲撞13米的食蜥王龙密涅瓦。说来也神奇，尽管体形悬殊，食蜥王龙密涅瓦还是被撞翻在地。

"小埃……你现在怎么样？快回答呀！"

小雪急切地冲通话器吼道，但耳机里迟迟没有埃斯特莉娅的回应。她恐怕不知道，可怜的银发姑娘此时已经陷入了昏迷。但B队的进攻选手并不知道埃斯特莉娅突发意外，仍旧对已失去指挥的食蜥王龙密涅瓦发动攻击。在失去了主人的指令后，原本彪悍无比的食蜥王龙密涅瓦如同待宰的羔羊一般束手无策，很快被由吉兰泰龙阿鲁协助的永川龙皇帝击败。

比分被追至6∶7。身处控制室的王一川也不明白，为何之前表现出压倒性优势的食蜥王龙密涅瓦会突然被反杀。

此刻，裴小雪心中的怒火被彻底点燃。她咬牙切齿地指挥异特龙亚罗迅速开始反击。在愤怒的小雪的驱使下，聪明灵巧的异特龙亚罗三下五除二解决了吉兰泰龙阿鲁，并与永川龙皇帝厮打在一起。见眼前局势再度突变，卜小黑连忙指挥特暴龙铁男前去助阵。但在12.2米的疯狂巨兽异特龙亚罗面前，这两头体形没有任何优势的亚洲恐龙如何抵挡？不多时，特暴龙铁男被异特龙亚罗掀翻在地。而在关键时刻，永川龙皇帝以血肉之躯挡住了异特龙亚罗的攻击。

"周珩？"卜小黑惊讶地叫道。那是指挥永川龙皇帝的省队驯龙师的名字。

"队长……快撤！我掩护你！"

比赛只剩下不到一分钟了。卜小黑只得指挥倒地的特暴龙铁男迅速爬起，在永川龙皇帝的掩护下后撤。没过多久，伴随着王一川摁下终场铃声，异特龙亚罗将苦苦抵抗的永川龙皇帝彻底击败。

"比赛结束！6:8，A队获胜！"王一川在控制室做出了比赛结束的手势。

得到比赛结束的指示，小雪第一个打开了SDC操作舱的舱门，并冲向埃斯特莉娅所在的SDC操作舱，从外部打开了舱门。只见银发姑娘倚靠在操作舱的舱壁上，似乎失去了意识。王一也发现了异样，忙呼叫队医。不过就在此时，埃斯特莉娅却艰难地睁开了眼。

"我……我这是怎么了？"

"小埃，你该不会心脏病发作了吧？刚才真是急死我了！"见室友恢复了知觉，小雪一把抱住埃斯特莉娅。

"刚才确实……一阵心绞痛，然后就什么都不知道了。不过现在已经感觉好些了。"

埃斯特莉娅心有余悸地揉了揉胸口，勉强地露出一丝笑容。这时，双方的驯龙师都围拢过来，想要一看究竟。小雪似乎想起了什么，只见她怒不可遏地撸起袖子，大踏步走到卜小黑面前，竟在众目睽睽下揪住B队队长的领子并狠狠打了对方一拳。

"你这个浑蛋！刚才小埃因心脏不适而昏迷，你为什么还要指挥手下趁势攻击她的恐龙？"

卜小黑被打蒙了，正欲解释，然而紧接着，小雪使出浑身蛮力，又是一记重拳——这个身高1.8米的壮小伙竟被打得踉跄着后退了好几步。

"给我住手！你们在干什么？"

幸好王一川闻声赶来，及时挡在小雪与卜小黑中间，阻止了小雪的攻击。气势汹汹的小雪看起来丝毫不准备退让，她打算推开王一川继续攻击卜小黑，却被王一川抓住了手臂。

"理智点！你知道自己在做什么吗？"

"这个浑蛋刚才纵容部下偷袭小埃……"

"嘴巴给我放干净点！在全真模拟比赛场的封闭环境里，小黑又怎么会知道小埃的情况呢？当然了，保护队友是一件值得称赞的事情，但必须适可而止！"

"教练……我……"小雪心中十分委屈。

"好了。既然小埃现在暂时没事，那就皆大欢喜。我会让队医对她进行检查和治疗的，你们快去准备下一场训练赛吧！"

"是！"

大家答应一声，四散开来。此刻，王一川却伸手搂住了正转身准备离去的小雪的肩膀。

"等一等，裴小雪队长。"

"教练？你刚才说什么？"小雪诧异地转过头。

"没错，我正在喊中国恐龙竞技队的新任代队长——就是你。"王一川的脸上露出神秘的笑容。

十二 记忆的伤痕

在王一川有条不紊的组织下，第二场训练赛也圆满结束。由于埃斯特莉娅因身体不适而缺席，A队在裴小雪一人的苦苦支撑下，最终以8∶9惜败。但尽管如此，小雪在逆境中的指挥和战斗能力还是令众人刮目相看——她指挥异特龙亚罗击败了对方5头恐龙，并且利用战术上的优势将比赛拖到了最后一刻。

这两场训练赛让王一川看到了见习驯龙师与正式驯龙师实力之间存在的巨大差距。在一对一面对省队驯龙师所指挥的恐龙时，见习驯龙师几乎没有胜算。当然，有一个人例外——那就是因为受到惩罚，在第二场训练赛中才出场的牛畅。在他的指挥下，剑龙女王以固若金汤的防守阻挡了两次省队驯龙师发起的对基地的攻击。他出色的表现得到了昔日同桌的赞赏。

除了A队表现出色的牛畅，王一川在B队中也有所发现，那就是指挥昔日他的爱龙永川龙皇帝的省队年轻驯龙师，出生于

2103年10月的周珩。一位原本应在第二场训练赛出场的省队驯龙师临时有事退出，周珩得以继续出场，他也很快回报了卜小黑的信任，在击败A队的整场比赛中表现得非常活跃并一直存活到最后。经过多方面的考量，王一川决定将牛畅和周珩征召进国家队，但首先要从队内的替补驯龙师开始做起——教练的这一决定令两个年轻人兴奋不已。

紧接着，激动人心的时刻到来了，王一川将公布新一届国家队的代队长人选。大家心里都清楚，国家队代队长肯定会在训练赛A队队长裴小雪与B队队长卜小黑之间产生。当王一川报出了"裴小雪"的名字时，人群中传来了一片欢呼声。

尽管已经提前从王一川口中得到了自己将会成为代队长，但发现自己如此受队友们爱戴，小雪还是颇有些意外。尤其是卜小黑竟摒弃前嫌，在第一时间为她送上祝福——

"恭喜你，小雪同学，你当之无愧！"

"啊……黑哥，我为……刚才的莽撞……向你道歉。"

"别放在心上，我本应该也注意到局势异常，该我向你和小埃同学道歉才对啊，哈哈哈……如果不介意的话，今晚咱们一起去吃烧烤吧，我请客哟！"

"真的吗？那我就不客气啦！小埃，你也会去的吧？"开心的笑容再次绽放在小雪脸上。

"可以。反正也没其他事。"看上去已经恢复了元气的埃斯特莉娅不假思索地点了点头。

在宣布完国家队新任代队长后，大伙儿热闹了好一阵子，王一川以愉悦的语气宣布今天的训练到此结束。不过就在小雪和埃斯特莉娅准备回宿舍去休息时，王一川却喊住了她俩，并将两个女孩领到了自己位于行政楼的办公室。不明缘由的小雪看上去有些紧张，埃斯特莉娅则依旧保持淡定。王一川请两个女孩在办公桌前坐下，并亲手为她俩倒上热咖啡。

"今天的训练赛你们表现得都很好，是当之无愧的王牌驯龙师。可以这么说，你们俩的配合天衣无缝，依我看，只消异特龙亚罗和食蜥王龙密涅瓦联袂出场，便可以瓦解一支实力中下等的正规恐龙竞技队了。"

"教练，我想，您太高看我们了……"裴小雪听罢，一脸正经地说道。

"我在控制室看得一清二楚。小埃同学，我无法用语言形容此时的感受——我真的感觉到，你指挥下的食蜥王龙密涅瓦简直神勇无比。如何，是否考虑一下加入中国恐龙竞技队呢？你和小雪真的是一对完美的搭档……"

"王教练，您的这个问题之前张教练已经问过我了。我的回答是：不。并且现在也不会改变。"面对王一川真诚的夸赞和劝说，埃斯特莉娅以极快的语速不动声色地做了回答。

"可是……众所周知，西班牙恐龙竞技队已经足够强大了。相较于回到西班牙队去锦上添花，为何不愿意加入中国队，与小雪一同去开创属于你们俩的神话呢？"心有不甘的王一川继续劝道。

"我是西班牙帕萨赫斯土生土长的女孩，我深深地爱着我的祖国。试问，如果我劝说你们去加入西班牙队，你们愿意吗？"埃斯特莉娅的一番反问令王一川与小雪都低头不语，屋里陷入了短暂而尴尬的静寂。不过很快，银发姑娘继续说道："但是我来中国就是为了和传闻中的驯龙天才小雪成为队友。我喜欢她，也喜欢你们大家。所以请放心，我会在这里读完大学的。"

埃斯特莉娅美丽的脸庞上露出了单纯而真诚的笑容。

走在回宿舍的路上，小雪紧紧地挽着室友的胳膊，如同最亲密的闺密一般。看起来，小雪的心情非常好。当她们走到校园内的绿林区时，小雪突然停住了脚步。

"小埃，你看这里多美呀……我们在这里坐一会儿吧，我想听听你的故事。"

"我的故事？"埃斯特莉娅略显吃惊。

"是呀！你一直提到你的家乡是西班牙的帕萨赫斯，以前你在那里一定有很多有趣的故事吧？"

"我还有点事，需要去一趟图书馆，你先回去吧。"说罢，埃斯特莉娅竟丢下惊愕的小雪，不由分说地转身朝图书馆的方向快步跑去——这已经不是银发姑娘第一次突然转变情绪了，她的心情似乎就如6月的天气那样阴晴不定。

在确定甩开了小雪后，埃斯特莉娅逐渐放慢了脚步。她并没有前往图书馆，而是在一个十字路口拐向了前往咖啡屋的小路。独自走在校园人迹罕至的小道上，她的思绪飞回了从前——那是2119年的3月，距今已经整整5年了。

在DMIG总部位于纽约曼哈顿岛的巨型大楼里，一场巅峰对决正在上演。一群DMIG高管正围在董事长冈萨洛·德·席尔瓦的办公桌旁，激烈地对其进行指责。

"董事长先生，难道你还不明白吗，强化新人类基因工程已经彻底失败了！"一个上了年纪的大胡子盛气凌人地将拳头狠狠砸在董事长的办公桌上，怒吼道。

"连续5次实验，让我们失去了5位DMIG精英驯龙师，这难道还不能证明这是一个失败的工程吗？"另一位瘦高的老者也怒不可遏地反问道。

"我们有最先进的设备和最顶尖的科学家，为什么就不能成功呢？你们这帮鼠目寸光的家伙，怎么不去看看国际刑警组织在这次实验成功之前付出的惨重代价呢？想要成功，必须付出代价！"

正在这时，办公室的门开了，一个浅金色长发、棕色瞳孔、皮肤白皙的女孩兴高采烈地冲了进来。

"爸爸！怎么有这么多人呀？"

"安赫拉？快出去……"

董事长席尔瓦先是一愣，紧接着连忙挥手让秘书把女孩带走，但一个戴着墨镜、面带狞笑、留着精致胡须的男子却将大门关上并堵在了门口。

"慢着。董事长，您也说了，想要成功必须付出代价，"只见他皮笑肉不笑地伸手拉住了安赫拉纤细的胳膊，将其带到董事长席尔瓦的面前，"既然已经白白牺牲了5位年轻小伙子的生命，那么接下来为何不拿您的千金来继续做这个实验？我相信，以'DMIG小公主'的高贵身份，她一定能完成这个实验。"

"凯文，你这个浑蛋……再说一遍试试？"

一听要拿自己的女儿当试验品，董事长席尔瓦只觉一股恶气涌上心头。

"这也是为了您好哟，董事长阁下，如果不这么做，恐怕难以平息那5位牺牲的小伙子家属的愤怒情绪。您可以仔细想一想，倘若事情被捅出去……会有怎样的后果呢？我们可不是国际刑警组织，没有资格做这种高科技实验……"

"爸爸，让我来试试吧。"安赫拉突然打断了他们的谈话。

"安赫拉……"

"不用担心，爸爸，我马上就14岁啦！我一定能完成实验！"安赫拉说着，提起裙边轻快地转了一圈，彬彬有礼地以欧式宫廷礼节向在场众人行礼。她那勇敢直率的行为引发了办公室内诸位DMIG高管的一致掌声，甚至淹没了董事长的绝望。

在地球另一边的美国戴德姆市POW摄影公司，贝尔格蕾雅仍在对营救韩娅等人的行动做着仔细规划。虽然大致已经推算出关押韩娅等人的秘密基地可能在遥远的南美洲最南端的火地岛，但关于那里的一切仍是未知数。作为一名国际刑警，贝尔格蕾雅深知探查清楚虚实后再行动的必要性。

这时，米娜·劳伦斯按照惯例进来为女上司倒咖啡——这个小巧玲珑的姑娘已经勤勤恳恳地为贝尔格蕾雅服务了4年，深得后者的赏识。注视着眼前的米娜，贝尔格蕾雅似乎想到了什么，嘴角边不由得露出一丝笑意。

"米娜，请你留步。"

"贝姐？您找我有什么事吗？"

"我想和你聊聊，请把门关上。"贝尔格蕾雅温和地说道。

米娜连忙放下手中的咖啡壶，将办公室的门关好后，乖巧地坐在女上司办公桌前的椅子上。见对方已经坐好，贝尔格蕾雅从抽屉里拿出那张明信片。

"你认识这个东西吗？"

"这是一张明信片？上面是去年您和清水由佳小姐比赛时的照片吧，很威风呢！"米娜手持明信片端详着。

"米娜，如果我没记错的话，你应该没有去现场看比赛吧？那么你又怎么能一眼认出是比赛的照片呢？"贝尔格蕾雅突然压低了声音问道。

"我是根据您事后对比赛的描述推测的呀，而且这照片上的霸王龙苏和特暴龙金刚可都是非常有名的哟！"米娜连忙为自己辩解。

"哦？但是你难道不知道吗，清水由佳的恐龙早就不是特暴龙金刚了，照片上的实际上是日本恐龙竞技队新引进的来自美国的霸王龙扶桑……"

米娜突然神色慌张地低下头去："其实……是清水小姐向我打听您的行程的。她说，如果您准备去中国，请一定要提前告诉她。"

"果然是这样。那么你和清水由佳之间是什么关系呢？不用害怕，你说实话，我不会责怪你。"贝尔格蕾雅边说边微笑着。

"其实我……"米娜说着，突然眼睛湿润了，"这4年来，您对我一直很好，我不忍心再隐瞒您了。其实我和清水小姐都是DMIG的人，而我的任务就是……向清水小姐汇报您的行程。"

面对米娜的坦白，贝尔格蕾雅看上去并不特别意外。只见她轻轻将明信片翻至背面，用手指着上面的帆船图案说道："很好。那么现在……我需要你帮我向清水由佳传递一条信息。"

"星·咖啡"屋里，埃斯特莉娅坐在熟悉的角落，默默地喝着最苦的美式咖啡。银发姑娘的思绪已经完全飞回了5年前那个特殊的日子……

"准备好了吗？"

"是的，我准备好了。"

面对实验室医生的询问，安赫拉毫不畏惧地点了点头。此刻，她那美丽的金发已经被盘起并戴上了特殊的发套，整个人被皮带固定在一张传送床上。一座巨大的封闭式全自动手术台的舱门已打开，按照计划，她将躺入手术舱中接受长达6小时的"强化新人类基因改良"手术。在这之前，她将被完全麻醉，也就是说在手术过程中不会感到任何痛苦。但危险也正源于此，先前的5位实验者在手术结束被推出时都没能再醒来。

"接下来要对您进行麻醉了，安赫拉小姐……祝您好运。"实验室医生鼓励道。

之后是长时间的静寂和黑暗。在黑暗深处，安赫拉仿佛听到了一个充满磁性的女声在呼唤自己。

"埃斯特莉娅，醒醒，埃斯特莉娅……"

"埃斯特莉娅……是谁？我叫安赫拉……"

"不，从今天开始，你将获得新生，埃斯特莉娅·德·席尔瓦。"

黑暗中打开了一道金光闪闪的大门——原来，安赫拉已经被推出了手术舱。手术舱两旁站着的实验室医生见她已经醒来，高兴地欢呼起来；但紧接着，其中一个医生却惊叫起来：

"安赫拉小姐的发色和瞳色都变了！怎……怎么会这样！"

当陷入回忆的埃斯特莉娅逐渐回过神来时，发现桌前竟坐着小雪！银发姑娘还是头一次露出如此惊讶的表情。

"我猜到你可能会来这里，果然是这样。小埃，你变了……变得会撒谎了！"小雪双眉紧锁。

"呵……你没发现吗？我一直都是这样。"

埃斯特莉娅很快恢复了她那一贯冰冷的表情。然而就在这一刻，小雪突然夺下她手边的咖啡，毫不迟疑地扔进了桌旁的垃圾桶。

"你想干吗？"埃斯特莉娅罕见地露出怒容。

"小埃，你得克制一下自己了，这些对你的身体不好。你看……你现在的身体已经很脆弱了。"

"关你什么事！"

"小埃……我是认真的，我担心你的身体，害怕……害怕我会失去你！"一向脾气火暴的小雪今天却无比温柔、耐心。

"真无聊……我不需要你关心我的身体，我的死活也和你没有关系。"埃斯特莉娅脸上的怒气稍稍退去，坐回了座位。

"不，当然和我有关系！

十三　强化人

　　面对情绪激动的小雪，原本失神的埃斯特莉娅脸上逐渐恢复了正常，脸上浮现出一丝温暖的笑意。

　　"原来如此，我很荣幸哟。"

　　"这才对嘛！我以后会照顾好你的哟，小埃！"

　　"如果我的寿命只剩下5年，你不觉得这样的许诺很傻吗？"埃斯特莉娅以极轻的声音说道，将右手摁在了心脏的位置。但激动的小雪并未关注这样的自言自语。埃斯特莉娅木讷地望着前方，她仿佛又看到了那时的情形……

　　当完成治疗，准备回去休息的安赫拉拖着虚弱的身子路过父亲的会客室时，却听到里面传来激烈的争吵声。好奇心迫使她伏在门边想听个究竟。

　　"你怎么能允许这种事发生呢！她是我们的女儿呀！她那么漂亮阳光，你居然让她去做这样可怕的实验。你的脑子里难道只有自己的事业吗？"女声大喊道。

"别说了！我也不想那样，但如果不那么做，我们可能都会死，包括安赫拉！难道这是你想看到的结局吗？"男声道。

屋里出现了短暂的沉默。站在门外偷听的安赫拉禁不住流下了眼泪。

"可是……好端端的一个金发女孩现在变成了奇怪的银发红瞳，这让她以后还怎么面对她的同学呀！"女声再次响起。

"这不是还没让她去上学吗？除了极少数内部人士，暂时没有人知道她现在变成这个样子了，容我想想怎么解决这个问题吧……"男声以迟疑的声音说道。

听到这里，安赫拉再也无法忍耐了，猛地推开了房门。

"安赫拉？"董事长席尔瓦惊愕地叫道。

"我的宝贝……"席尔瓦夫人也吃了一惊。

"安赫拉已经死了，我叫埃斯特莉娅。"女孩面无表情地说道。

"安赫拉……你怎么会？"席尔瓦夫人的泪水一下子流了出来。

"我说过了，我叫埃斯特莉娅！安赫拉已经死了！请不要再提起这个名字！"安赫拉突然提高嗓门怒吼起来，那张美丽的脸庞瞬间变得苍白。

"别这么悲观，我的宝贝，至少你现在还完好无损地站在我们面前。"此刻，似乎只有董事长席尔瓦尚且理智。

"哼……是这样吗？我的心脏已经不可逆地受损了，一位好心的医生悄悄告诉我，我目前的心脏只能支撑10年左右。"安赫拉苦笑着耸了耸肩，"所以，请你们就当我已经死了吧！"

说罢，安赫拉蹒跚着离开了董事长席尔瓦的会客室。一个年轻漂亮又阳光的女孩，此刻就像个老太太一般，吃力地迈着步子，走向黑暗……

几天后，董事长席尔瓦出人意料地给女儿安赫拉·德·席尔瓦举办了一场盛大的葬礼。安赫拉以一名旁观者的身份默默注视着自己的葬礼，全程没有落泪。

从那之后，"新生"的埃斯特莉娅进入了另一个学校继续她的学业。由于董事长席尔瓦已经秘密打通了关系，没有人知道她的背景和身份，她以普通女孩的身份成为了一名驯龙爱好者，并且一直将她的故事书写到5年后的今天。

"嘟嘟嘟……"

贝尔格蕾雅办公桌上的手机铃声一遍又一遍响起。碰巧路过此处的孙艾琳听到了门内那熟悉的铃声，好奇地推门进来。看到是美国恐龙竞技队主教练皮特·霍尔姆斯打来的电话，孙艾琳不假思索地接听了。

"Hello？"

"啊……原来是艾琳呀！你的贝姐呢？"

"找贝姐何事？"

"有一件奇怪的事。艾琳小姐一定还记得雅各布·梅森吧？"霍尔姆斯压低了声音。

"当然，那小子是加拿大的天才驯龙师吧，既有人品又有实力，我也很喜欢他哟，嘿嘿！尤其是他那铮铮铁骨，因不愿意为了拿好成绩而加入你们美国队……"一听到雅各布这个名字，孙艾琳的脸上露出了坏笑。

"正因为这样，我才觉得奇怪。雅各布他……他今天居然主动来申请加入美国恐龙竞技队！"霍尔姆斯说着，竟有些口吃。

此时此刻，西装革履的雅各布·梅森正笔直地坐在霍尔姆斯办公室的书桌前，霍尔姆斯则是借口上厕所外出打的电话。大半年时间过去了，雅各布看上去和2123年夏天参加世界杯时已经有了很大的变化：他的头发由平直变得曲卷，面相由温顺变得严肃，最大的变化莫过于他那双原本黑色的、充满对胜利的渴求的瞳孔——如今已变得灰暗。

几分钟后，看起来忧心忡忡的贝尔格蕾雅回到自己的办公室。当她推门看见孙艾琳呆坐在办公椅上时，不免非常吃惊。

"艾琳，你怎么坐在这儿？"

"刚才霍尔姆斯先生连续打了好几个电话找你，我接到了最后一个。他说……"说着话，孙艾琳感觉自己的嗓子仿佛被什么东西堵住了。

"他说什么了？"

"他说……雅各布突然主动申请加入美国队。"

"霍尔姆斯先生一定是在开玩笑吧？这是不可能的。"贝尔格蕾雅一听，微笑着耸了耸肩。

"听起来……不像是在开玩笑。霍尔姆斯先生还说，如果可能，希望我们尽快过去一趟。"孙艾琳有些木讷地说道。贝尔格蕾雅终于意识到事情的严重性，于是立刻披上外衣，拉上闺密一起冲出了办公室。

好在美国恐龙竞技队的训练营有一大半时间都被设在戴德姆市，这也是贝尔格蕾雅把自己的POW分公司开设在这里的重要原因之一。两辆重型摩托在街道上发出阵阵轰鸣并掀起一阵烟尘，不消20分钟，贝尔格蕾雅与孙艾琳已经疾驰至戴德姆市西北郊的恐龙竞技场。看起来，这里的驯龙师们正在进行一场SDC全真模拟训练赛。霍尔姆斯教练正焦急地站在竞技场门口张望着。直到看到两位美女出现，他总算松了口气。

"霍尔姆斯先生，真是不好意思，我们来迟了。"贝尔格蕾雅摘下头盔，一脸歉意地小跑过来。

"你们终于来了。因为在询问中也没有发现什么异样，至少可以确定并非他人顶替，所以我已经让雅各布先正常去参加驯龙练习赛了。但是……"霍尔姆斯忧心忡忡地说道，"我发现他的瞳孔从原本的黑色变成了灰色，就像是……眼睛得了某种疾病一样。"

"你确定他……瞳孔变色了？"贝尔格蕾雅突然以非常严肃的口吻问道。霍尔姆斯十分肯定地点了点头。

"没错，我怎么可能会忘记他那充满智慧和灵性的标志性黑色双瞳呢？当然……也不排除他戴了美瞳。"

"好。等训练赛结束请尽快安排我和他见一面。"贝尔格蕾雅立刻做出了决定。孙艾琳略感意外地扭头望着闺密那副认真的模样，一种不祥的预感油然而生。

咖啡屋里，埃斯特莉娅跟裴小雪讲述了一些自己在美国上中学时的故事。小雪听得入了迷，并时不时地打断她的话发表自己的想法。

"那么你是和父母一起在美国生活的吗？"小雪趴在桌上，饶有兴趣地问道。

"我……一直都是一个人，父母很早就不在了。"埃斯特莉娅停顿了一下答道。

"很遗憾听到这些……但是别难过，小埃，以后我会一直陪在你身边！"

小雪以为自己的问题勾起了埃斯特莉娅的伤心事，连忙张开双臂将她搂在怀里加以安慰。再一次依偎在小雪温暖的怀抱里，银发姑娘的思绪也随之向远方飘去……

不知不觉中，埃斯特莉娅在美国已经待了两个年头，并且从初中升至高中。得益于强化实验的成功，银发姑娘的智力水平明显在同龄人之上，这使得她可以轻松拿到全年级第一的成绩；不仅如此，埃斯特莉娅那引人注目的银发红瞳和出众的容貌也深受师生的喜欢。她开始逐渐适应新的角色和环境，对生活重燃信心。直到一天放学后，一个噩梦般的神秘电话打来。

"你母亲死了。"那是个明显使用了变声器的声音。

"你说什么？你是谁？"

"你没必要知道我是谁。你的母亲席尔瓦夫人已经在帕萨赫斯老家去世了。"

说罢，电话那头已经挂断。埃斯特莉娅望着手机显示的空号，泪流满面。

DMIG纽约总部董事长办公室里，电话铃声急促地响起，董事长席尔瓦正一边抽烟，一边看着一份长长的报告，有些不耐烦地熄灭烟头，按下了电话的免提按钮。

"哪位？"

"是我。"

辨出是女儿的声音，董事长席尔瓦脸色骤变。他向站在门口的侍从使了个眼色，侍从连忙出门并将房门关了个严实。待屋内无人后，董事长席尔瓦才继续问道："什么事？"

"刚才有个奇怪的电话告诉我，妈妈死了。"

"哦。"董事长席尔瓦的回答听起来相当平静。

"你知道这件事？"埃斯特莉娅立刻对父亲的态度产生了怀疑。

"那是因为她自己犯了错误。不论是谁，都必须为自己的错误行为付出代价，"董事长席尔瓦冰冷地说道，"并且作为DMIG的精英成员，你永远都要以集团的利益为重……"

"是你逼死了妈妈？"埃斯特莉娅突然提高嗓门，打断了董事长的话。

"是她害死了自己。作为DMIG的精英成员，竟然被国际刑警组织盯上，损害了集团利益——这是她应得的下场。"

"你不是我的父亲，是恶魔！"埃斯特莉娅怒不可遏。

"随你怎么想。我可以成为你口中所说的恶魔，但恶魔的女儿会是什么呢？当然也是恶魔……"董事长席尔瓦不慌不忙地说道，"尽管你从安赫拉蜕变为埃斯特莉娅，走上了新的人生道路，但你永远是我的女儿，DMIG的'小公主'、未来DMIG的掌舵人——这点永远都不会变。你要记住的是，在这个世界上，唯一能依靠的人只有自己。

听到这里，泪水早已布满埃斯特莉娅那稚嫩的脸庞。她默默地挂断了电话。

"小埃……你好点了吗？小埃……"见室友扑在自己的怀里许久不愿意抬头，小雪终于忍不住问道。

"嗯。"埃斯特莉娅忙一边揉眼睛，一边将身子坐直。这时，心细的小雪发现室友的眼角竟残留了几点泪痕。

贝尔格蕾雅等人在训练场等候多时，这场全真模拟竞技赛才宣告结束。拥有雅各布·梅森的一方以优势比分击败了由雷恩·马什指挥的另一方。不过当雅各布推开SDC操作舱的舱门后，还未接受大伙儿的祝贺，便被霍尔姆斯叫了过去。发现是金发女警在等待自己，加拿大少年的脸上掠过一丝意外，不过很快恢复了正常。

"久违了，威斯特哈根小姐！"他热情地伸出手去。

"你也是哟，雅各布同学。很意外会在美国队训练营看到你！还有，你的异特龙艾伯塔不在这里吗？"贝尔格蕾雅紧紧握住了雅各布的手。她仔细观察了一下对方，很快便明白了什么，嘴角露出一丝难以察觉的笑意。

"是的，它正在接受特殊训练，估计可能还要过些日子才能抵达这里。"雅各布毫不遮掩地点了点头。

"在哪里接受训练？"贝尔格蕾雅看似漫不经心地问道。

"这个……我也不清楚，已经全权交给DMIG的相关部门了。这次我来的目的就是要与美国恐龙竞技队一起实现蝉联冠军的梦想!"雅各布看起来信心十足。

"那么我只能献上我衷心的祝福了。加油吧,雅各布同学!"贝尔格蕾雅说着,拍了拍雅各布的肩膀,接着转身向霍尔姆斯教练道别,并带着孙艾琳迅速离开了恐龙竞技场。

"贝姐,刚才到底是什么情况?为什么我们这么轻易就离开了?"孙艾琳终于忍不住问道。

"因为已经调查清楚了,没必要再在那里耗时间了。"贝尔格蕾雅一脸轻松地露出笑容。

"你说什么!难道……你已经知道雅各布同学突然决定加入美国队的原因了?"孙艾琳大惊失色。

"情况已经十分明了,此雅各布同学非彼雅各布同学,他已经成为一名出自DMIG实验室的强化人了,所以说他的恐龙才会正在接受所谓的'特殊训练'。如果我猜得没错的话,这恐怕也和裴博士的失踪有关!"

"贝姐……抱歉,我实在听不懂你在说什么。什么是强化人?你又怎么会知道这些事?"孙艾琳依旧一脸茫然。

"什么是强化人?呵……站在你面前的就是。"面对闺密连珠炮般的疑问,贝尔格蕾雅面带神秘笑容地指了指自己。

十四　救　援

　　天色已经很晚了，从咖啡屋离开后，小雪与埃斯特莉娅互相搀挽着向宿舍走去。在不经意的聊天中，埃斯特莉娅透露了自己在全真模拟赛中因心脏病发作而导致昏迷实际上是在演戏，她真实的目的是想以此激发小雪全部的斗志和潜能。得知这一真相后，小雪惊讶得半晌说不出话来。

　　"小雪，我能问你个问题吗？"自从表示愿意做小雪的闺密之后，埃斯特莉娅变得比以往温和了许多。

　　"当然啦！"小雪不假思索地点了点头。

　　"假设有一天你发现我并不是你想象中的'小埃'，还会把我看作闺密吗？"埃斯特莉娅的表情突然变得认真起来。

　　"从今天开始，不论发生什么事，你都是我的闺密——我装小雪说到做到。"小雪非常庄重地承诺道。

　　"假设我死了，你会为我落泪吗？"埃斯特莉娅露出一丝欣慰的笑容，继续问道。

"好啦，不许你胡思乱想，小埃才不会死呢，你可是要陪我一辈子的好闺密！"小雪一听，立刻故意装出生气的模样。

"不，我想知道答案。"埃斯特莉娅却并不放弃。

"果真有那一天的话，我……我肯定哭得稀里哗啦的吧！说不定……我可能也不想活了！"

小雪说着，故意做出了掩面哭泣的样子。埃斯特莉娅却一直注视着眼前的室友，露出些许感激的神色；她想要再说些什么，但还是沉默了。就这样，两个女孩依偎着，继续向前走去。

带着满腹疑问，孙艾琳跟随贝尔格蕾雅回到了POW分部的办公室。一进门，孙艾琳便把门关得严严实实的。

"贝姐，现在总可以告诉我了吧，你说你也是强化人？这……太荒谬了吧！"

"没错，我真的是强化人。不仅如此，我应该还是史上第一个试验成功的强化人。"

"可是……强化人究竟是指怎样的人呢？这么做的意义是什么呢？"

面对闺密急切的询问，贝尔格蕾雅却显得不慌不忙。只见她踱到咖啡机前为孙艾琳和自己各冲泡了一杯浓咖啡，而后示意对方坐下，开始讲述关于强化人的故事。

原来，产生强化人的手术又叫"强化新人类基因工程"，是一项始于2115年年初，由国际刑警组织的秘密研究项目，由位于日内瓦的国际刑警第32号实验室主导完成。目的是通过科学基因融合手段，对普通人类的某一项能力进行大幅强化，也称作"半强化"（Half Strengthened）；同时，第32号实验室还在研究为同一个人类强化两项能力，这被称为"全强化"（Full Strengthened）。由于同时强化两项能力对人体的损伤极大，到目前为止，国际刑警组织还没有成功案例。而作为首例成功完成"半强化"的人类，贝尔格蕾雅从2116年夏天开始了她全新的人生。由于被加强的内容是身体运动神经，贝尔格蕾雅展现出了超强的格斗能力，成为国际刑警组织里单兵作战能力最强的人。

"但凡事往往都具有两面性，有好的一面就必然会有坏的一面。作为一名强化人，在某项能力加强的同时，身体其他部分必然会付出代价。而我付出的代价是……"说到这里，贝尔格蕾雅停住了。

"怎么了，贝姐，你付出了什么代价？我看你平时并无异样呀！"

"我付出的代价就是……失去了生育能力。"贝尔格蕾雅以极为苦涩的语调缓缓说道。

就在办公室里弥漫着沉重的气息时，米娜·劳伦斯站在门外轻轻叩了几下门："威斯特哈根小姐，请问我可以进来吗？有重要消息。"

贝尔格蕾雅冲孙艾琳使了个眼色，后者立刻起身将房门打开。只见米娜抱着一叠报纸走了进来——

"这是今天的报纸，还有……"米娜说着，有些不安地扫视了一下身旁的孙艾琳。贝尔格蕾雅立即明白了她的意思，但并未让闺密离开。

"没关系，艾琳是自己人。你说吧。"

"清水由佳让我给您传个口信，您想找的人都在火地岛高山冰川下的秘密基地里。"

"有高山冰川的具体位置吗？"贝尔格蕾雅追问道。

"这是清水由佳提供的示意图。"米娜似乎早有准备，从兜里掏出一个微型芯片递到贝尔格蕾雅手上。金发女警娴熟地将其打开，一张巨大的虚拟电子地图出现在三人面前。经验丰富的金发女警很快便看懂了一切。

"原来是这样……"她的脸上露出了笑容。

"贝姐，你看到什么了？"孙艾琳更加迷惑了。

"我知道他们被关在哪里了。谢谢你，米娜。清水由佳有没有说具体对接的时间？"

"她说在春分月圆后的第一个周日。"米娜犹豫着一字一句地说道。

"复活节？"一旁的孙艾琳很快便反应过来。

"这么说，就是本周日了……"贝尔格蕾雅的眼神变得认真起来。

3天后的早上。

埃斯特莉娅被闹铃声惊醒，不过就在她准备关闭闹铃，睡回笼觉时，另一部手机的振动引起了她的警觉。见小雪还在呼呼大睡，银发姑娘忙以最快速度起床，拿着那部手机悄悄地走出门去，到了一个没人的角落才小心翼翼地滑动接听。

"密涅瓦大人！"

"海格力斯，是谁允许你这个点给我打电话的？你想害死我吗?"

"对不起,属下罪该万死!但是情况紧急……"海格力斯的声音有些颤抖。

"给我冷静点!说。"

"宫本美和子小姐最近的情绪极不稳定,随时有早产的可能。而且……属下探听到一个可怕的消息,他们准备杀死胎儿。"

在听到"杀死胎儿"这几个字时,埃斯特莉娅红色的瞳孔因受到刺激而放大失神,不过从言语中却听不出半点慌张。

"他们指谁?"

"尼普顿大人和伏尔甘大人。并且……朱庇特大人原则上也同意了他们的意见。"

"我不是说过,在我回来之前谁都不允许动宫本美和子吗?而且包括朱庇特大人在内的所有理事也都同意了!"埃斯特莉娅的声音逐渐显露出不满和威严。

"是的。可是……尼普顿大人和伏尔甘大人说,这并不包括宫本美和子小姐腹中的胎儿。"海格力斯的声音中透露出无奈。

"这两个无耻的浑蛋!"埃斯特莉娅气得咬牙切齿,但她很快控制住了自己的情绪,"听着,立即给我安排前往火地岛基地的航班!"

埃斯特莉娅挂断了电话,发觉自己隐隐作痛的心脏正怦怦地狂跳着,额头也沁出了些许汗珠。在努力使自己平静下来后,银发姑娘迅速回到房间穿戴好,背着挎包便悄然离开了宿舍,只留下一张字条。

几小时之后。

当睡到日上三竿才醒来的小雪发现对面床上的埃斯特莉娅早已无影无踪时,才觉察到了异样。她理好散乱的长发,从床上爬起,跌跌撞撞地向对面床铺走去,在床头柜上拿起一张以工整的汉字写的小字条:

亲爱的小雪:

事发突然,来不及向你道别,我必须立刻赶回西班牙老家。处理完事情后我一定尽快回到你身边。勿念。

小埃

"小埃……你又离开我了吗……"小雪自言自语道。

此刻,埃斯特莉娅已经坐在了前往澳大利亚墨尔本的洲际飞船上。她将在抵达墨尔本机场后秘密换乘一架早已为她准备好的私人高速飞船前往位于火地岛的DMIG秘密基地。坐在飞船上,望着窗外的蓝天白云,埃斯特莉娅不禁从包里掏出了那枚金色的怀表,打开的表盖里镶着一位贵妇的头像。看着头像,银发姑娘陷入了沉思。

在另一边的美国,此时正是周六的晚上。贝尔格蕾雅等人正在收拾行李,准备前往火地岛。出于对可能发生的各种危险情况的担忧,贝尔格蕾雅突然做出了一个令闺密意外的决定。

"艾琳,这次你留下。"

"贝姐!你在胡说什么,不是说好我们3个一起去的吗?"

"不,我想了一下,这次行动其实充满了未知数。如果我们3

个人都去的话，万一是个圈套那怎么办？我需要你留下来作为后援。"贝尔格蕾雅将手搭在闺密肩上，语重心长地说道。

"不行！哪怕是个圈套，我也要和你一起去！我的亲妹妹在里面呀……我怎么可能坐视不管？"

"艾琳，你冷静一点！听着，作为一名警察，你经验尚浅，不适合执行这次不确定性极高的任务。假若那里真的是DMIG的罪恶基地，我们会与你联系；到那时，你向上级单位汇报并请求增援。"

"可是……贝姐，我……"

"这是命令！别忘了，我也是你的上级——如果连最简单的命令都不能服从，那么你就不配做警察！"

在这强硬的语气下，孙艾琳终于低头不再吭声，头也不回地离开贝尔格蕾雅的办公室，并重重地带上屋门。

"艾琳小姐生气了。老大，这样做真的好吗……"

望着孙艾琳愤然离去的背影，凯因茨有些犹豫了。不过贝尔格蕾雅并没有回答，只是默默地收拾行李。

几个小时后，埃斯特莉娅乘坐的洲际飞船稳稳地降落在墨尔本的国际机场。早有一辆小车在停机坪等待。当银发姑娘走下飞船时，小车将她迅速带至机场另一处隐蔽的停机坪。在那里，另有一架小型飞船正等着她。埃斯特莉娅快步登上飞船，海格力斯那熟悉的高大身影以及20多名全副武装的面具人正恭敬地在飞船里等候。

"密涅瓦大人！很高兴能看到您安全抵达！"海格力斯说着，做了个手势，飞行员立刻开始启动飞船引擎。船体立时悬浮起来，准备起飞。

"现在情况如何？"埃斯特莉娅以惯常的口吻问道。

"据可靠消息，他们计划在周日晚些时候对宫本美和子进行强制性引产。"海格力斯慌忙答道。

"我回去的事情，他们不知道吧？"

"请放心，按照您的指示，您的行踪至少在落地之前是保密的。"

埃斯特莉娅满意地点了点头，不再作声。等到飞船起飞后，海格力斯恭敬地打开电子展示屏，向埃斯特莉娅介绍了最新的强化人实验情况和根据盗取的恐龙基因进行实验的进展。

"强化人实验已经结束。为降低副作用并提高成功率，此次实验仅仅对志愿者进行了'半强化'，目前效果得到了实验室的一致肯定。"

"谁是志愿者？"

"雅各布·梅森。

"他的目的是什么？"

"据说，他想要让自己变得更强，能够击败像您、何塞·费尔南德斯和斯黛拉·裴那样的顶级驯龙师。再加上他自身超强的驯龙能力，是此次实验再好不过的试验品了。"

"那么强化恐龙就选取了他的异特龙艾伯塔？"

"是的。实验室计划将提取的异特龙亚罗和蛮龙托沃的部分基因注入异特龙艾伯塔体内。如果一切顺利的话，实验将在月底前结束。他们将会把新的恐龙定义为'野蛮异特龙'。"

“知道了。”埃斯特莉娅以威严的声音答道，并再次下意识地看了下怀表，“我们还有多久能到？”

“我们应该能够在当地时间周日上午抵达，请密涅瓦大人抓住宝贵的时间休息！”

“辛苦你了，海格力斯。”埃斯特莉娅突然罕见地以温和的口吻说道。

“能为密涅瓦大人服务是属下的无限荣光！”海格力斯立刻诚惶诚恐地俯身半跪，向埃斯特莉娅致敬。

与此同时，贝尔格蕾雅与凯因茨正身处从戴德姆飞往火地岛首府乌斯怀亚的洲际飞船上。由于是民用航班，速度较慢，他们到达乌斯怀亚的时间预计在周日早上。不过从乌斯怀亚到清水由佳所指示的地点还需要花费不少时间。根据贝尔格蕾雅的预估，最快可能要到中午才能与清水由佳接头。然而，能否救出韩娅等人，等待他们的将是什么——金发女警一无所知。

连日忙碌导致的困倦令贝尔格蕾雅的精神已经有些恍惚了，虽然她还在硬撑着，但那昏昏沉沉的脑袋终于自然地偏向一旁，靠在了凯因茨那结实的肩膀上。望着终于安然入睡的女上司，凯因茨的脸上露出欣慰的笑容。

窗外，明月的清辉洒在他们身上……

十五　火地岛

火地岛是南美洲大陆最南端的岛屿，地势险要，长久以来一直被称作"世界尽头"。1520年，葡萄牙航海家麦哲伦在进行环球航行时来到这里，传闻其因看到南侧的岛屿上到处跳跃着印第安人点燃的篝火，心怀激动之情，便给这个岛屿取名叫"火地岛"。

虽然这并不是埃斯特莉娅第一次来到这个位于"世界尽头"的DMIG秘密基地，但此次她的心情却是无比复杂。通常来说，DMIG中贵为最高领导层的9位理事不会轻易来到这个偏僻的基地，因此，当佩戴着密涅瓦特殊面具的埃斯特莉娅出现在基地入口时，警戒人员惊恐万分。

"密涅瓦大人，请恕属下失礼，您事先并未说过要来访火地岛基地，所以我们没有做任何准备……"基地指挥官普鲁托神色慌张地跟在埃斯特莉娅身旁，喋喋不休地说着。

"这不怪你们，我是临时决定来探视关押在这里的重要犯人的。"埃斯特莉娅昂首快步前行着，丝毫未理会普鲁托。

"您是说宫本美和子吗？但是上面的要求是拒绝一切探视……"

"混账东西，你在说什么？贵为第四理事的密涅瓦大人即代表最高层，难道你的意思是她无权探视？"身强力壮的海格力斯一听，立刻气势汹汹地揪住了普鲁托的衣领。

"啊……属下岂敢！这就带密涅瓦大人去探视。"普鲁托吓得魂飞天外，连忙乖乖地指引埃斯特莉娅与海格力斯向位于基地深处的监狱走去。在转过一个通道口时，埃斯特莉娅敏锐地看到了几个穿着与曼哈顿岛基因研究所研究员工作服类似的"白大褂"，这令她不禁产生了怀疑。

"普鲁托，为何这里会出现基因研究所的人？"

"回密涅瓦大人，那是因为上面临时决定将恐龙基因研究的实验转移到这里进行。"普鲁托毕恭毕敬地答道。

"什么？难道尼普顿大人也在？"埃斯特莉娅愣了一下。

"没错。"走廊尽头传来一个洪亮的声音，"没想到尊贵的密涅瓦大人会来，真难为你为宫本美和子如此操心。"

埃斯特莉娅反应灵敏地转过身去，只见一名头戴尼普顿面具，身材高大的男子正朝自己一步步走来。见尼普顿朝自己的主人步步进逼，海格力斯下意识地挡在了埃斯特莉娅前面。

"是你提出要杀死宫本美和子腹中胎儿的吗？"埃斯特莉娅毫不畏惧地提高了嗓门。

"哼……可不仅仅是我，你父亲朱庇特大人也非常赞同哟!"尼普顿冷笑着,继续向埃斯特莉娅走来。

"别再靠近了,尼普顿大人!"海格力斯突然拦住了他。

"嘿……你这个头脑简单、四肢发达的下等人,竟敢这样对我说话!"

"再靠近密涅瓦大人一步,别怪我不客气!"

面对第三理事尼普顿的威吓,海格力斯竟力挺不退;位于其身后的几名面具人也摆出了警戒的姿态。

"海格力斯,你退下吧。"

"密涅瓦大人?"海格力斯大吃一惊。

"给我退下!"

在埃斯特莉娅的训斥下,海格力斯只得乖乖地让到一旁,但仍死死地盯着尼普顿的一举一动,做好了随时出手的准备。只见埃斯特莉娅主动向前一步,在距离尼普顿仅一步之遥的地方停下,仰首望着对方那张戴着面具的脸庞。

"尼普顿大人,我无意和你们作对。但是如果你们执意要取宫本美和子腹中胎儿的性命,我密涅瓦也决不会袖手旁观。"

"哦?果然女人都是一样地软弱。"尼普顿冷笑一声,"这么说,你还是要插手这件事喽?"

"宫本美和子是我派人带回来的,未经我允许,谁都别想动她一根毫毛——哪怕是朱庇特大人。"

"哼!我明白了。不如你先去见见那个可怜的女人吧。"

在一个隐蔽的房间里,披头散发的韩娅正躺在一张多功能床上。她的四肢已被皮带牢牢固定,额头满是汗珠,胸前衣襟和左右枕边都有明显被呕吐物污染的痕迹;肚子高耸,并不时颤抖一下，显然已经到了生产前的最后阶段。她的床头坐着一位短发女士，一直紧握着韩娅的手，看上去有些难过。突然，门开了，短发女士连忙起身扭头望去，只见埃斯特莉娅等人出现在门口。

"密涅瓦大人？"短发女士认得那特殊的面具。

"你是清水由佳吧，也就是……宫本美和子的表妹？"埃斯特莉娅不紧不慢地开口问道。

"是的，最近一直由我来照顾表姐。"清水由佳连忙起身，恭敬地向埃斯特莉娅行了屈膝礼。埃斯特莉娅等人走到床边，一股恶臭扑面而来，普鲁托不禁嫌弃地以手掩面。埃斯特莉娅从容地扫视了一下眼前这个昔日DMIG里最光彩照人的大美人，其现状简直可以用惨不忍睹来形容。

"表姐，有人来探望你了，是密涅瓦大人。"清水由佳附在韩娅耳边轻声说道。

"密涅瓦大人？她……是来取我性命的吗？来吧……但是……请放过我的孩子……"韩娅一边挣扎一边说道，已无力睁开眼睛。尽管她的声音微弱且断断续续，但埃斯特莉娅听得非常清楚。

"宫本美和子，毋庸置疑，你背叛组织的行为是不可饶恕的。不过……"埃斯特莉娅终于开口以严厉的口吻说道，"我以理事会的威信担保，你的孩子会平安出生。"

"可是密涅瓦大人，上面的意思是……"普鲁托一听，慌了神，忙插嘴道。

但不等他把话说完，埃斯特莉娅已经无情地打断了他，"普鲁托，我让你说话了吗？"

见埃斯特莉娅似有发怒的迹象，普鲁托只得把后半句话咽回肚里去。埃斯特莉娅思索片刻后，吩咐海格力斯留下两名最优秀的面具人守护韩娅。听了这话，普鲁托本想以"上面不允许"为由拒绝，但在海格力斯蛮力的胁迫下只得乖乖就范，允许两名埃斯特莉娅的面具人留在房间内。一切安排妥当后，埃斯特莉娅要求去探望被关押在他处的裴博士和孙娀，普鲁托也只得照做。不过就在埃斯特莉娅一行离开后不久，清水由佳收到了一则信息，而后便开始露出不安的神色。过了一会儿，她终于忍不住了："二位先生，实在不好意思，麻烦你们帮我照看一下表姐，我有急事必须离开一下。"

"请清水小姐放心，我们一定以生命守护宫本小姐的安全！"两位负责警戒的面具人异口同声地答道。清水由佳一再表示感谢并很快离开。

此刻，在基地外的冰川上，贝尔格蕾雅与凯因茨正艰难地在风雪中行走着。尽管已经是4月，但对于最接近南极的"世界尽头"来说，这里几乎没有温暖的时候。按照先前清水由佳留下的提示，刑侦能力极强的贝尔格蕾雅很快便找到了基地暗门所在的崖壁。幸运的是，他们没有等太长时间——只见一扇被冰雪覆盖的石门缓缓打开，清水由佳那熟悉的身影出现在金发女警的视野中。

"由佳。"

"贝姐！不好意思，我来晚了！"

清水由佳的脸上露出欣喜之色。她连忙招呼两人进去，并拿出事先准备好的白大褂给二人换上，带着他们小心翼翼地向基地内部走去。

"这么说，韩娅他们真的被关押在这里？"贝尔格蕾雅终于开始相信之前发生的一切了。

"是的。表姐、裴博士还有孙娀都在这里。"清水由佳点了点头。

"我刚才还看见前面的空地上有一架小型飞船，四周零星地站着几个面具人。难道他们也来了？"贝尔格蕾雅继续问道。

"那些面具人都是密涅瓦大人的部下。密涅瓦大人是专程赶来保护我表姐的，所以这次出现的面具人应该没有恶意。"清水由佳的脸上浮现出感激之情。

"密涅瓦……总觉得这个名字很熟悉。"贝尔格蕾雅若有所思地自言自语道。

在普鲁托的指引下，埃斯特莉娅一行来到了关押孙娀的牢房前。与关押韩娅的房间相比，这是一间真正且简陋的牢房；但孙娀并没有像韩娅那样被完全限制自由，只是双脚套上了脚镣。当埃斯特莉娅下令打开牢门时，可怜的中国姑娘正蜷缩在角落里瑟瑟发抖。

"谁？"从她的嘴里发出紧张微弱的声音。

"密涅瓦大人驾到！"普鲁托扯着嗓子叫道。

"密涅瓦？那……不是恐龙的名字吗？"孙娀诧异地抬起了头。她那原本美丽的脸庞已经变得脏兮兮的，头发如稻草般散落在肩头。

"你叫孙娀，是天才驯龙师裴小雪的闺密，同时也是中国恐龙竞技队队长韩娅的密友，对吧？"埃斯特莉娅开口问道。

"是的。但我和你们没有任何瓜葛呀，我是无辜的！求求你们放了我吧！"孙嬷点了点头，掩面哭泣起来。

"我知道。但很遗憾，你在错误的时间出现在了错误的地方。"从埃斯特莉娅的声音里听不到任何怜悯之情。

"求求你了，密涅瓦大人！"

埃斯特莉娅不再搭理她，而是带着海格力斯等面具人转身离去。

在普鲁托的指引下，埃斯特莉娅继续向前走去。在拐到再下一层的第一间房门口时，普鲁托停住了脚步。

"卡西尼奥斯就在这里。您要进去吗？"

"等等。"埃斯特莉娅突然抬手示意，她身后的面具人立刻呈立正状态恭敬地站定，"我就不进去了。现在带我去恐龙基因研究实验室，我要看看目前的进展。"

"是……密涅瓦大人！"普鲁托略显犹豫地点了点头。

走在基地的通道里，清水由佳突然轻声问道："所以贝姐，你们的营救计划是？"

"计划？"贝尔格蕾雅愣了一下。

"对呀，你肯定已经计划好了如何把我表姐他们救出去了吧？"清水由佳的脸上充满了期待。

"我得先观察一下实地情况，再决定如何营救。放心吧，交给我。"也许是意识到自己略有些失态，贝尔格蕾雅立刻恢复了她那一贯充满自信的语气。

"好，那么我先带你们去我表姐那里。"

或许是被贝尔格蕾雅的话所鼓舞,清水由佳原本疲惫苍白的脸上恢复了神采,就连迈出的步子也显得更加有力了。跟在后面的凯因茨也露出了会心的笑容——每当女上司说出"放心"这个词语时,他的内心总会有一股莫名的安全感。

在普鲁托的指引下,埃斯特莉娅一行来到了恐龙基因研究实验室,数十名穿着白大褂的曼哈顿岛基因研究所研究员正在紧张地忙碌着。负责恐龙基因总项目的第三理事尼普顿正站在中间的高台上发号施令。发现埃斯特莉娅走入,他停下了手中的活儿并鼓起掌来。

"欢迎我们勇敢、美丽的密涅瓦大人莅临指导。"

埃斯特莉娅的注意力并不在尼普顿和他的研究员身上,而是搜索着恐龙。很快,她在里间一座巨大的牢笼里发现了正在熟睡的异特龙艾伯塔——此次基因实验的对象。

"现在进展如何了?"仔细观察片刻后,埃斯特莉娅问道。

"回禀密涅瓦大人,目前进度已经达到70%。"尼普顿以阴阳怪气的语调说道。

"听说在本月底可以完成实验?"埃斯特莉娅快步走到牢笼前,一边观察,一边问道。

"是的。这也是我个人的时间表——不知在完成之后,密涅瓦大人有何指示?"

"我要亲自对这头恐龙进行驯龙实验。"

"如您所愿,密涅瓦大人。"

就在此时,沉睡的巨兽突然微微动了动身子,渐渐地睁开了它那与众不同的血红色眼睛……

十六　意料之外

"它醒了!"一名实验室工作人员高声喊道。

所有人的注意力都被吸引至异特龙艾伯塔的身上,当然也包括埃斯特莉娅——贵为DMIG第四理事的她很快便注意到恐龙眼睛的颜色是那样奇特,就像当时自己刚完成强化手术时那样。

"它现在还没有完全苏醒,"尼普顿一边说,一边从中间的高台上走下来,"不过,主要基因已经合成完毕,现在的难点是让它能像异特龙亚罗那样完美地服从驯龙师的指令。"

"尼普顿大人,你知道吗,要想让一头恐龙听话,并不需要想尽办法去征服它,而是……"埃斯特莉娅故意干咳了一声说道,"同化它。"

对于"同化"这个词,尼普顿显然不能理解,竟愣在那里。

"驯龙的最高境界是'人龙合一'。想要做到这点,首先要能够同恐龙'对话'。"埃斯特莉娅继续说道。只见她缓步走到牢笼前，想要伸手触碰异特龙艾伯塔的头。这一危险举动可吓坏了海格力斯——壮汉连忙一个箭步想要上前阻拦。就在他伸出手去拉女上司的瞬间，那原本面露凶相的巨兽竟在埃斯特莉娅面前乖巧地低下了头。

全场哗然。

"真不愧是第一驯龙高手密涅瓦大人。"面对这样喧宾夺主的场面，尼普顿竟用力鼓起掌来，"看来，由您亲自执行驯龙实验是再合适不过的事情了。"

埃斯特莉娅没有搭理尼普顿，而是在轻轻抚摸了异特龙艾伯塔的脑袋后从容不迫地转身走到科研人员的工作台边仔细观察其研究的药剂。当埃斯特莉娅走到一个工作台前时，不由自主地停下了脚步，并以不快的口吻问道："这是布洛奇芬多巴胺（一种国际上明令禁止，可过分刺激神经的兴奋剂类药物，但会严重影响寿命），你们居然在用这种药？"

"哼，那是国际刑警组织为自娱自乐所公布的禁药名单罢了，我们DMIG才不会承认……"

"一派胡言！不管是否是公开禁用的药物，关于它的毒性，我想，在座各位实验室的精英都知道。"埃斯特莉娅突然提高嗓门，打断了尼普顿，"倘若使用它，那就是在犯谋杀罪。"

"谋杀罪？哼……密涅瓦大人哟，您是最没资格以谋杀罪评判我们的人，"尼普顿再次露出不屑的笑容，"谁都知道您麾下的面具人所做的那些勾当，而您的手上又沾染了多少鲜血呢？"

埃斯特莉娅那颗受到尼普顿言语刺激的脆弱心脏正怦怦乱

跳着,她不由自主地伸手按住了自己的胸口。

另一边,在清水由佳的指引下,贝尔格蕾雅和凯因茨已经顺利潜入韩娅所在的囚室。由于二人穿着白大褂,守卫的面具人并未起疑心。不过,观察敏锐的贝尔格蕾雅不消几分钟就已经注意到,想要在这里"越狱",几乎难如登天——尤其是要带一个大腹便便,几乎丧失行动能力的孕妇离开。

"很遗憾,我办不到。"在确定没有办法带韩娅离开后,贝尔格蕾雅附在清水由佳的耳边以极快的日语轻声说道。

"怎么会……求求你一定要想办法救救我表姐!"清水由佳非常失望,但又不甘心。

"我再想想。由佳……刚才你说面具人是你口中'密涅瓦大人'的部下,而这个大人是站在你们这一边的,是这样吗?"贝尔格蕾雅思索片刻后,一边装作给韩娅检查身体,一边轻声问道。

"没错。密涅瓦大人向我保证,我表姐能平安生下孩子。所以……我确定她是站在我们这边的!"清水由佳使劲点了点头。

"我有办法了,但是可能会冒很大的风险。我需要立即见到密涅瓦大人。"

"是,我这就去找密涅瓦大人!"

不过就在这时,凯因茨有些不安地凑到贝尔格蕾雅耳边低语道:"老大……这样做会不会把我们往火坑里推?"

贝尔格蕾雅铁青着脸没有回答。她紧紧地盯着正处于昏睡中的韩娅,表情复杂。

基地走廊里,心中不悦的埃斯特莉娅埋头快步行走着。也许是对刚刚主人被尼普顿当众羞辱心有不甘，海格力斯气恼得攥紧了拳头。确实，若不是当时埃斯特莉娅再次阻止，这个暴躁的护卫可能就要对尼普顿"开炮"了。

当他们走过一个十字道口时，埃斯特莉娅突然停住了脚步。

"密涅瓦大人，您怎么了？"海格力斯连忙问道。

"好像有点不对劲。我总觉得……有什么人在盯着我。"埃斯特莉娅以罕见的迟疑语气说道。

"会是敌人吗？在哪里？"海格力斯立刻紧张起来。

"不……也许是我多虑了。"

埃斯特莉娅摇了摇头，继续向前走去。

没过多久，迎面快步跑来的清水由佳映入了埃斯特莉娅的眼帘。

"密涅瓦大人！"

清水由佳边跑边急切地喊了起来。埃斯特莉娅挥手让身后的面具人随自己一同停止前进，静待日本姑娘一路跑到面前。

"密涅瓦大人！刚才有医生前来替宫本美和子做检查，似乎有些情况，能否请您移步囚室？"

埃斯特莉娅先是一愣，紧接着示意清水由佳带路前往。很快，一行人便来到了关押韩娅的囚室前。当清水由佳推开房门，贝尔格蕾雅那虽身着白大褂，但无比熟悉的脸庞出现在视线中时，埃斯特莉娅竟惊讶地站在门口，迟迟没有往里面迈步。

"您就是密涅瓦大人吗？我是霍华德医生。我们能私下聊一下关于宫本美和子小姐身体的状况吗？"

很显然，贝尔格蕾雅没有意识到自己眼前站着的这个"密涅瓦大人"是何人。埃斯特莉娅伸出手,在空中打了个响指,海格力斯立刻带着所有面具人退出了房间。紧接着,贝尔格蕾雅也向凯因茨和清水由佳使了个眼色,那两人也退了出去。

"你的胆子不小嘛,警察姐姐。"埃斯特莉娅以极轻但充满威慑力的语气说道。

"什么? 这熟悉的语气……难道你是……"贝尔格蕾雅突然意识到了什么,脸上露出惊讶之色。

"哼……睁大眼睛看清楚了。"

埃斯特莉娅冷笑一声,伸手缓缓摘下了带有发套的特殊面具,露出了她那盘起的银色长发和红色瞳孔。

"埃斯特莉娅……真没想到竟然是你! "贝尔格蕾雅摇了摇头。

"哼,没想到我们真的再次见面了,而且竟是在这种地方。"埃斯特莉娅伸手理了理头发,微微一笑。

"废话就不多说了。你肯定也不希望看到韩娅——哦不,宫本美和子有意外发生,而且……"

"宫本美和子的死活和我有什么关系?"埃斯特莉娅突然打断了贝尔格蕾雅的话,露出不屑的笑容。

"你说什么! 那不是你的同伴吗?"贝尔格蕾雅皱起了眉头。

"她背叛了我们,结局只有一个——那就是死。"埃斯特莉娅冷漠地说。

"见鬼,可是清水由佳说你明明答应她,会保住韩娅的孩子——难道你不是站在她们那边的吗?"贝尔格蕾雅说着,愤怒地想要上前去揪住埃斯特莉娅的衣领，却被她一个侧身灵巧地躲过。

"没错，我确实说过会保住宫本美和子的孩子，但这并不代表我就认可她的背叛行为。"埃斯特莉娅说着，眼神变得认真起来，"孩子出生之际，就是一切结束之时。"

这时，门外突然传来嘈杂声，埃斯特莉娅忙将面具重新戴好。不多时，门开了，一名佩戴着特殊面具的高大男子和几名身着迷彩服的卫士出现在埃斯特莉娅和贝尔格蕾雅的面前。由于认得那是九理事之一的面具，埃斯特莉娅不禁吃了一惊。

"伏尔甘大人？你竟然也在这里。"

"嘿嘿，密涅瓦大人，多有得罪了。我们接到上级命令，需要立即带走宫本美和子、卡西尼奥斯和那个中国女孩。"戴着特殊面具的高大男子冷笑着说道。不过就在伏尔甘挥手示意动手时，埃斯特莉娅突然张开双臂挡在了对方面前。

"站住！我好像说过吧，在宫本美和子把孩子生下来之前，谁都别想动她。"

"就凭你吗？嘿嘿……"伏尔甘说着，抬手做出想要把埃斯特莉娅推开的动作，却间接撞到了她心脏的位置。刹那间，银发姑娘感到一股绞痛涌上心头，身体颤抖着，不由自主地蹲了下去。意识到不对劲的贝尔格蕾雅迅速上前，牢牢抓住了伏尔甘的手腕。

"好大的力量！你这下贱的医生竟胆敢碰我！"

"不好意思，我可不是什么医生……"贝尔格蕾雅说着，猛地一拳将伏尔甘打倒。那力道是如此之大，甚至将对方的面具都掀飞在地。

"汉斯?居然是你……"

在看清对方的真面目后,贝尔格蕾雅的心情如坐过山车一般——这个贵为DMIG第七理事的伏尔甘大人居然是德国恐龙竞技队队长汉斯·施魏格勒,同时也是贝尔格蕾雅的……表弟!

"嘿嘿……其实我刚才就想认你了呢,但是……纪律不允许呀。"施魏格勒抹去嘴角的血丝,咧嘴笑着,站了起来。

"海……海格力斯……"埃斯特莉娅捂着心口,痛苦地蹲在地上。

"哼……密涅瓦大人,你那几个头脑简单、四肢发达的奴仆都被我们的人控制住了哟,现在喊也没用了。我们早就猜到消息放出来,你会过来碍事,哼哼哼……"

"你们算计我……"

埃斯特莉娅似乎明白了些什么,挣扎着站了起来。也许是下定了某种决心,她突然用力将面具扯下来扔在地上,露出了因心脏不适而布满汗珠的苍白脸庞。这一幕被站在门口的清水由佳看见——DMIG理事会两位身份高贵的理事在普通成员面前暴露自己的面容,这是从未有过的事情。

"哈哈哈……现在发觉又如何,你已经做不了什么了。"施魏格勒望着略显狼狈的埃斯特莉娅,大笑起来。

"威斯特哈根小姐,这里交给我,你去E-36牢房带走孙娥,再去G-05牢房带走裴博士。"埃斯特莉娅的眼神突然变得认真起来。

"密涅瓦大人，你这么做算是叛变了吗？果然和那位大人预料的一样啊！"

施魏格勒冷笑着，打算做出阻拦的姿势，却不料贝尔格蕾雅已俯身从他身旁如闪电般一掠而过，同时打倒了站在门口的两名卫士。与此同时，埃斯特莉娅掏出微型对讲机，轻语几句，也迅速开始行动。只见看似瘦弱的她三两下便把屋内施魏格勒的两名卫士打倒在地。施魏格勒发觉情势不妙，转身想跑，却被一堵比自己更为庞大的"人墙"拦住了去路。

"喂……你想去哪里？"那是凯因茨的声音。

"砰——"只听一声闷响，凯因茨的拳头已经结结实实地打在了施魏格勒的脑门上，这家伙便直直地倒了下去。见囚室内发生躁动，原本被卫士控制在外面的海格力斯和几名面具人趁机反抗。斗殴很快演变成一场你死我活的争斗，双方都被迫使用了武器。一时间，枪声四起，几名卫士和两名面具人都倒在了血泊中。很快，施魏格勒和他带来的卫士都倒下了。海格力斯冲入囚室，见女上司暂时平安无事，总算松了口气。

"密涅瓦大人，您的面具……"

"不用在意这个。把留守外面的人都叫进来，赶紧把宫本美和子送出去。"埃斯特莉娅捂着心口、喘着粗气说道。

"可是……这样做的话，您就等同于……"

"不要多嘴，执行命令！"埃斯特莉娅粗暴地打断了海格力斯的担忧之辞。清水由佳和幸存的两名面具人立刻围到韩娅床前，商讨如何把可怜的孕妇搬走。但床上的绑带似乎坚韧无比，并非普通刀具可以割断。不多时，海格力斯得到了外面传来的坏消息：基地卫士竟然已经开始与留守在外面的面具人交火以阻止其进入基地。这大大出乎埃斯特莉娅的意料——银发姑娘原本以为基地只有很少的武装力量，并且当她在普鲁托的指引下参观基地时，看到的情况也是如此。

"海格力斯、清水由佳，这里交给你们了，我要离开一会儿。"埃斯特莉娅交代几句后，从海格力斯腰间拿走一把电磁手枪，转身准备离去。不过就在这时，海格力斯却喊住了她。

"密涅瓦大人！"

埃斯特莉娅扭过头来，有些诧异。

"请您务必要保重！"

裴小雪猛然从睡梦中惊醒。她感到自己的心在怦怦直跳，慌忙打开台灯，发现台钟此时显示时间为凌晨。刚才，她明明"看见"埃斯特莉娅尖叫着倒在血泊中，而自己在旁边哭得泪流成河。

欧洲那边应该还是前一天的晚上吧？小雪这样想着，终于忍不住拨通了埃斯特莉娅的手机，但手机那头并没有出现那个她期盼已久的声音。

"小埃，你……究竟在哪里……"

小雪喃喃自语着，将手机放在胸前，又沉沉睡去。

十七　命　运

　　奔跑在基地走廊里，埃斯特莉娅的脸上沁满了痛苦的汗珠。只见她从兜里掏出一粒药丸吞下，揉了揉胸口，原本难看的脸色总算舒缓了些。不多时，她便来到了E-36牢房前，只见牢房门已经被打开，门口躺着两名被打晕的卫士，说明贝尔格蕾雅来到这里时已经发生了战斗。银发姑娘面无表情地走入房中，只见金发女警正在想办法给孙嬿解开镣铐。

　　"加快速度，我们的时间不多了。"埃斯特莉娅轻声道。

　　"你是……小埃？你怎么会在这里？"孙嬿认出了埃斯特莉娅那标志性的瞳孔和发色，不禁惊呼起来。

　　"她是来帮我们的。见鬼……这个镣铐竟如此坚固！"

　　"让我来试试。"埃斯特莉娅一边说，一边掏出刚从海格力斯那里拿来的大威力电磁手枪，瞄准了孙嬿的脚镣。但那脚镣和孙嬿的双脚缠在一起，目标实在太小了。贝尔格蕾雅正欲阻拦，不料埃斯特莉娅早已果断地扣动扳机。只听两声脆响，孙娀的脚镣断成了3截，而她的双脚完好无损。

"你拿这把枪去救裴博士。"完成枪击后，埃斯特莉娅镇定自若地一边说，一边把电磁手枪递到了贝尔格蕾雅手里。贝尔格蕾雅感激地点点头，立刻起身向裴博士的牢房奔去，孙娀则在埃斯特莉娅的搀扶下走出了牢房。

"小埃……你究竟……是什么人？"孙娀忍不住问道。她的声音听起来很虚弱，显然是因长期监禁折磨所致。面对同班同学的疑问，埃斯特莉娅却淡然一笑："不该问的事最好别问，就像你本不该出现在不应该出现的地方那样。"

埃斯特莉娅这看似不经意的回答如利刃般刺痛了孙娀，可以清楚地看到，孙娀的脸上露出惊恐的神色。

贝尔格蕾雅身手敏捷地摸到了G-05牢房附近。果然，这里也有两名卫士守卫。不过与之前相比，手持武器的贝尔格蕾雅已经没有了烦恼——只见她从远处精准地开了两枪便将两名守卫撂倒。打开牢门后，金发女警发现裴博士正抱着头缩在墙角。

"别过来……求求你们，饶了我吧！"

"裴博士，嘘……是我。"

在辨出那久违的声音后，裴博士方抬头望了望，在确定了眼前的"白大褂"是贝尔格蕾雅后，裴博士立即激动得站了起来，但由于铐着脚镣，站立不稳的他向前摔了一跤。

"别动，我来打开它。"贝尔格蕾雅示意裴博士别乱动，自己掏出了电磁手枪，瞄准了镣铐，就像埃斯特莉娅先前扣动扳机那样，裴博士的脚镣也被干净利落地打成了3段。望着自己恢复自由的双脚，已经是中年人的裴博士竟然如孩童般笑了起来。

"此地不可久留，我们赶紧离开这里。"

贝尔格蕾雅不由分说地拉起裴博士的手便要出去。

另一边，埃斯特莉娅并没有立刻带孙娥离开基地，她心中隐隐有一种不祥的预感，于是带着被救的中国姑娘折返回了韩娅的囚室。这里早已空无一人，地上横七竖八地躺着几个人。埃斯特莉娅皱起眉头，扫视四周。当她发现囚室的地上没了施魏格勒，却多了一名面朝下趴着的短发女性时，不禁大惊失色。

"糟了，是清水由佳。"

"清水由佳？那不是日本恐龙竞技队的……"孙娥恍然大悟。

"清水小姐，振作一点！"

埃斯特莉娅蹲下身，抱起清水由佳使劲摇了摇，但对方毫无反应。银发姑娘立刻注意到对方太阳穴处有个血肉模糊的伤口，于是将手伸到对方鼻孔下方，发现她已经没有了呼吸。

"我们快走！"嗅觉灵敏的埃斯特莉娅忙拉着孙娥离开囚室。不过当埃斯特莉娅的一只脚踏出囚室时，那种有双眼睛在暗中盯着自己的压迫感再次产生，这使得她那颗脆弱的心脏再次加速了跳动。

在拐过两个十字道口后，她们前面出现了一名持枪的卫士。由于已经摘掉了彰显身份的特殊面具，卫士并不认识埃斯特莉娅，只道她是正出逃的囚犯，于是举起了枪。不过银发姑娘毫不畏惧，而是迎着卫士俯身来了个飞铲，竟将壮实的卫士铲倒在地。不等对方再次做出反应，身手敏捷的埃斯特莉娅已经缴了对方的枪，并挥起拳头狠狠命中对方的太阳穴，将其击晕。

这时，两人的身后出现了几名闻声赶来的卫士。眼见已经无法逃脱，埃斯特莉娅突然停下了脚步。

"孙嬂，你快跑，我来掩护你！"

"可是，小埃……我要和你在一起！"孙嬂潸然泪下。

"别婆婆妈妈的，快跑！"

埃斯特莉娅有些生气地提高了嗓门。在她的催促下，孙嬂只得独自往相反方向跑去。埃斯特莉娅则将手中的子弹上好膛，坦然地等待敌人的到来。

失魂落魄的孙嬂在走廊里一阵狂奔。当她来到一个拐角时，撞上了一名身材高大的卫士，吓得坐到了地上，并不停地向后退去。

"别……你别过来！"

"嘿……孙嬂，别紧张呀，是我！"

卫士却突然摘掉了头盔。孙嬂定睛一看，发现竟然是凯因茨。他的脸上有血污，头发乱蓬蓬的，看样子刚经历过激战。凯因茨伸手拉起孙嬂，两人开始结伴逃跑。

"我刚才已经找到了应急出口的位置，正准备回来搜寻贝姐他们，没想到在这里碰到了你！这说明贝姐已经成功解救你和裴博士！"凯因茨边跑边问道。

"我……不知道！我是跟着小埃逃跑的，但被几名卫士追上了。为了让我逃跑，小埃她……凯哥，求求你赶紧回去救小埃吧！"孙嬂急切地说道。

凯因茨愣了一下，但并没有因此停下脚步。

"孙嬿……听着，埃斯特莉娅是DMIG的人。当务之急是离开这里，没有精力去管外人。"

"我不管小埃是什么人，她一个女孩子怎么可能敌得过那么多人……"孙嬿的声音颤抖了。

面对步步紧逼的4名卫士，埃斯特莉娅丝毫未显露出畏惧之色。此刻，从她背后传来一个熟悉的声音。

"放走一个无关紧要的小角色并没有什么，我们此次真正的目标其实就是您呀，DMIG曾经光彩无限的'公主殿下'。"

"尼普顿……不，凯文博士，你这个无耻的家伙。"此时此刻，埃斯特莉娅已经气得咬牙切齿。

"哼，比起这个，我还是更喜欢被别人叫'K博士'哟！"终于显露真容的DMIG第三理事冷笑着说道，"投降吧，你的同伴都已经被逮捕，你也无路可逃。"

"海格力斯呢？"

"那个傻大个早已被打晕并关押起来，你带来的面具人已经被那位大人的亲卫队解除了武装。"K博士以轻蔑的语气说道。

"'那位大人'是指朱诺大人吗？"埃斯特莉娅惊讶地回过身去。K博士摘下了面具，露出那张令人生厌的脸。

"随便您怎么想了。我替那位大人向您献上诚挚的问候。"K博士说罢，突然一个箭步上前，挥拳准确地打中了埃斯特莉娅那刚刚受创，已经虚弱不堪的心脏。银发姑娘的嘴角瞬间流下了鲜血，只听她"啊"了一声，表情痛苦地捂着胸口瘫倒在地。经过这近乎致命的一击后，她已完全失去了知觉。

见埃斯特莉娅已被彻底打垮，K博士吩咐几名卫士将其抬走。这时候，从走廊深处传来一个年长女性的声音："干得不错，尼普顿。其他几个亡命之徒最好也别放过。"

　　"是，朱诺大人。"K博士立刻毕恭毕敬地答道。

　　另一边，带着裴博士狂奔的贝尔格蕾雅与带着孙娀疾行的凯因茨终于幸运地在一条通道里相遇。在此之前，他们都已经分别击倒了数名基地卫士。凯因茨告诉了贝尔格蕾雅关于运送韩娅失败、自己侥幸逃脱的消息。这使得金发女警清醒地意识到，眼下只能尝试把孙娀和裴博士救走而无法再顾及韩娅了。

　　"你说什么，我们要放弃韩娅姐姐？"面对贝尔格蕾雅的决定，孙娀显然不能理解。

　　"如果再消耗时间去找韩娅，那么我们谁也别想活命。"

　　"怎么会……难道贝姐你不是为了韩娅姐姐来到这里的吗？"孙娀急得再次流下了眼泪。

　　"我是为你而来，"贝尔格蕾雅突然用她那浅绿色的双瞳盯着孙娀的眼睛，语气严肃地说道，"作为艾琳的闺密，我不想看到她因失去你而心碎。"

　　"凯因茨，你刚才说的应急出口是在F-06？"贝尔格蕾雅突然停住了脚步。

　　"是。那是埃斯特莉娅小姐的部下……好像叫作海格力斯的人告诉我的。"

　　"F-06应该直走。如果我没记错的话，清水由佳领我们进入的出口上的编号是B-28，应该向左拐。我认为在目前形势下我们还是分头行动比较好。"贝尔格蕾雅思索着说道。

"我没问题，但是裴博士和孙嫄恐怕……"凯因茨耸了耸肩。

"我们一人带一个。凯因茨，你和裴博士去F-06；我带孙嫄去B-28。如果都能顺利逃脱，我们就在……"贝尔格蕾雅说着，从怀中掏出一张已画好简易地标的纸片，用铅笔在上面画了个圈，"这个区域会合。"

"是，老大！"

恰在此时，孙嫄仰头偷瞟了一眼身材高大的贝尔格蕾雅，只见她目光坚毅，似乎暗暗做出了某种决定——只见中国姑娘紧紧攥起了拳头，眼神也变得坚强了许多。

贝尔格蕾雅预料得没错，形势对他们来说确实已变得极为不利。在K博士和施魏格勒的指挥下，整个基地的警卫力量都被调动起来，数十名基地卫士，包括朱诺带来的精锐"亲卫队"都开始地毯式搜寻贝尔格蕾雅等人。不仅如此，在朱诺的亲令下，火地岛基地的每个应急出口都安排了几名卫士严加看守。最先抵达出口的是以F-06为目标的凯因茨与裴博士。

"见鬼……这帮浑蛋是有所准备了吗？"发现出口处有4名全副武装的卫士把守，凯因茨的脸上露出为难的神色。

"请你一定要想想办法，我还有老婆和女儿，不想死……"

"你给我闭嘴，这不是在想办法吗！"

凯因茨不耐烦地打断了裴博士的唠叨，额头沁出了汗珠。突然间，背后传来一声闷响——这名壮汉感到腿部一阵剧痛，低头看时，发现竟是一枚由后方射来的子弹击穿了他的大腿。

裴博士惊恐地回过头，发现那竟然是K博士！同时，对方的身旁还有两名身着DMIG亲卫队特殊白色制服的壮汉。

"哼……猫捉老鼠的游戏该到此结束了。"K博士咧嘴笑着，举起了手中的电磁手枪。

"别……别开枪！我愿意回到牢房去，请饶了我吧！"裴博士连忙一把推开受伤的凯因茨，面朝K博士下跪，苦苦求饶。

"哼！晚啦！"

只听见几声沉闷的枪响，走道里恢复了死一般的寂静。

另一边，贝尔格蕾雅还在带着孙娀狂奔，她并不知道凯因茨与裴博士那一队已遭遇不测。很快，她俩来到了B-28出口处，金发女警发现门口站着3名全副武装的卫士。虽然这3名卫士对贝尔格蕾雅来说构不成威胁，但要同时确保手无缚鸡之力的孙娀也能逃脱，还是非常有难度的。正犹豫中，孙娀突然挺身而出，镇定地向卫士走去。

"3位大哥哥，请问这里是出口吗？"孙娀边走边用手摆弄了下自己的头发，露出一副妖媚的模样。

"是的。请问这……这个小姐是……"一名卫士看得入了神，以略带口吃的声音问道。

"我是尼普顿大人的女儿。请问我能出去透口气吗？这里污浊的空气实在是让人窒息。"孙娀说道。

"原来是尼普顿大人的千金！当然……当然可以！"卫士连忙许诺，并招呼另外两人打开通道出口的大门。而就在他们背对着贝尔格蕾雅的刹那，金发女警果断开枪，将三人撂倒在地。

"太棒了，贝姐！"孙娀开心得跳了起来。

"快走！"贝尔格蕾雅抓起孙娀纤细的胳膊就向门外

撤退。

"砰——"一声枪响后，贝尔格蕾雅后肩中弹，一个踉跄带着孙娀一同摔倒在应急出口门外的雪地上，鲜血将身旁的雪染得殷红。

"哼……想逃？似乎还早了点。多有得罪了，我亲爱的表姐。"那是施魏格勒的声音。几秒钟后，这个身材高大的德国壮汉从黑暗中走了出来，手中正握着那把射出罪恶子弹的电磁手枪。

"贝姐……贝姐！你醒醒啊，你怎么了，别死啊！"孙娀吓得趴在贝尔格蕾雅的背上，心疼地抚摸着她的伤口，放声大哭。

"这种大威力电磁手枪对于女人来说一枪毙命。你可怜的贝姐……不，我可怜的表姐已经……"施魏格勒面带狰狞地说着。贝尔格蕾雅却突然翻身，出其不意地将一柄警用战术匕首精准地插入了表弟的腹部。

"但是不好意思，我穿了防弹衣。"金发女警补充了一句。

"你……你……"施魏格勒惊讶地看着眼前的表姐，血从他的嘴里涌出。德国壮汉挣扎了两下，瘫倒在地，不再动弹。

"贝姐……你没事吧？"孙娀惊恐地问道。

"没事……我们快走！"

贝尔格蕾雅似乎毫不在意依然流血的伤口，起身拉起孙娀便不顾一切地向前继续奔去。然而，谁都没有注意到，基地的高台上悄然无息地出现了一个人影。任贝尔格蕾雅与孙娀在开阔的雪地里狂奔，这个身披白色伪装服的人却在不慌不忙地组装着一把狙击枪，并在完成组装后从容不迫地瞄准了正在奔跑的

"猎物"。

"砰——"

伴随着第一声枪响，贝尔格蕾雅的脚旁溅起了纷纷扬扬的雪花。经验丰富的金发女警立刻意识到这意味着什么："糟糕！"

"可是贝姐，前面好像是……悬崖！"孙娖看清了前面的断崖后焦急地大喊道。

阳光映射在那名狙击手的脸上，熠熠生光——那是一副雕刻着古罗马神话中排位第二的天后朱诺女神面容的面具。

"别管那么多……快，跟我一起跳！"

冲到悬崖边，贝尔格蕾雅突然以自己的身躯推着孙娖向前一跃而去；几乎在同一时间，第二声枪响了——保护着孙娖的贝尔格蕾雅那坚实的背部飘散出阵阵血雾，如鲜花般怒放在空气中。

飞跃而下的贝尔格蕾雅将孙娖紧紧搂在怀里，嘴角流出鲜血，滴在了孙娖的额头上。

"贝姐……你？"孙娖的眼睛湿润了，她感受到自己被一股强大的力量保护着，毫发未伤。

"好好活下去……"已经闭上双眼的贝尔格蕾雅轻声说道，脸上洋溢着欣慰的笑意。

紧接着，两人如箭一般猛地扎进了悬崖下冰冷的汪洋大海中……

十八　安魂曲

伴随着撕心裂肺的呼喊，小雪再一次从梦中惊醒。

说来也奇怪，一向睡觉非常踏实的女孩这一夜竟睡得如此不安。这回，她梦见了父亲、韩娅和孙娥，甚至，还有埃斯特莉娅、贝尔格蕾雅与凯因茨在向自己道别。再也无法忍受这些奇怪梦魇的小雪把宿舍内的灯全部打开。她拿起手镜，呆呆地望着镜中披头散发、因哭喊而满脸泪痕的自己，陷入了沉思。

窗外，第一缕晨光在黑暗中扯开了一道口子，仿佛在为即将过去的黑暗注入光明和希望。小雪走到窗前，伸手轻拭脸上的泪痕，揉了揉眼睛，努力使自己平静下来，随即拿起手机，搜索出埃斯特莉娅的手机号码。

但没过多久，手机那头传来的提示音却是令人沮丧的"该用户已经关机"。

"搞什么……这么早就睡觉了？"

小雪嘟囔着，只得悻悻地挂了电话。床头时钟显示此时才清晨5点多，但已经无法再入睡的小雪决定出去走走。于是她迅速洗漱完毕，穿上运动服，夹起心爱的篮球出了门。

当天的早课课堂上，当任课教授发现一向学习认真的埃斯特莉娅没有来上课时，还特意问了一下班长裴小雪有关学习委员的情况。

第二天、第三天……一周的时间很快悄然溜走，埃斯特莉娅依然杳无音信，手机也一直处于关机状态。出于对闺密的担心，害怕她像父亲他们那样被绑架，焦虑的小雪甚至去公安局查询过有关埃斯特莉娅的信息，但得到的回答无一不是"查无此人"。

很快，周日到来了，距离埃斯特莉娅离去已经整整7天。

当天晚些时候，辅导员李老师突然很反常地把小雪叫到了自己的办公室。当她告知小雪自己收到了一封从国外寄来的有关埃斯特莉娅的信件时，女孩的心不禁咯噔一下。

"埃斯特莉娅·德·席尔瓦小姐……因为严重的心脏疾病不能继续正常学业，现恳请办理休学手续……"

当李老师读到"休学"这个字眼时，小雪一把夺过那张信纸，认真地一字一句读起上面的英文来。

"怎……怎么会这样……"

"我还不知道埃斯特莉娅同学有心脏病，这是真的吗？"见小雪反应激烈，李老师出于关心地问道。

"是的，她的确有心脏病。但是……不至于严重到需要休学吧？她……她甚至还能和我一起打篮球呢！"小雪的泪涌了出来。

"可是信上就是这么写的，而且……我们也没法联系上她的家人，只能接受休学的请求。"李老师也很无奈。

与此同时，在一间漆黑的审讯室里，埃斯特莉娅正低头端坐在正中间的一张椅子上，四周几乎看不到任何人影。

"第四理事密涅瓦，对于复活节当天在火地岛基地做出的错误行为，你可知罪？"不知何时，DMIG主理事朱庇特那浑厚的声音在黑暗中响起。

面对质问，埃斯特莉娅低头不语。

"你以为拒不承认就可以蒙混过关了吗？你以为我会容忍这样的行为吗？哪怕你贵为……"

"如果想要杀我，就请便吧！反正我已经死过一回了！我不会为自己的行为忏悔，决不！"埃斯特莉娅突然抬起头，怒目圆睁地吼道。

"哼，我怎么会杀死自己的女儿呢？听着，你不会被处决，而是会被切断与外界的一切联系，囚禁在一座公寓里。没有人能够见到你，你也不会再见到除看守之外的任何人。就这样度过余生。"

"我谢谢你——对自己的女儿真够仁慈。"埃斯特莉娅露出绝望而无奈的苦笑。

"另外，你麾下的面具人指挥权将移交给第三理事尼普顿。就这样吧。"朱庇特又补充了一句，在此之后，他的声音没有再响起。审讯室再度恢复了死一般的静寂。

已经一周了，孙艾琳一直在等待着贝尔格蕾雅的消息，然而贝尔格蕾雅并没有按照约定给闺密发送任何信息，手机也处于关机状态；不仅如此，凯因茨也杳无音信——这已经达到了国际刑警内部"执行任务一周静默期"的规则极限。心急如焚的孙艾琳本想向上级寻求帮助，又担心上级知道此事后会因这是一次未经上报的私人行动而处罚贝尔格蕾雅。思来想去，孙艾琳只得把米娜喊来，请她与清水由佳联系，以获取贝尔格蕾雅的消息。然而令混血女警惊讶的是，清水由佳也失去了联系！

"怎么会这样？难道……她们出事了？"孙艾琳的脸上终于露出了惊慌和恐惧的神情。

"艾琳姐，他们一定会没事的，可能只是暂时失联而已。"

米娜及时对孙艾琳加以安慰，才使得混血女警稍稍安神一些。这时候，孙艾琳突然想起了清水由佳的妹妹清水遥。

"能和清水遥联系上吗？说不定她知道一些消息。"

"我试试！"

米娜点了点头，快步离开了办公室。而恰好在她离开的刹那，收音机里开始播放音乐家莫扎特的《安魂曲》。在辨出那熟悉的旋律后，孙艾琳陷入了沉思。

"啊啊啊……"

一间产房里，正传出产妇声嘶力竭的惨叫声——那是正在临盆的韩娅。而她的床边不只有医生，还有数名全副武装的面具人和第五理事玛尔斯。几分钟后，在两名医生的联手努力下，产房中传来一阵婴儿的啼哭。

"报告玛尔斯大人，是个健康的女孩！"抱着婴儿的医生以惊喜的语气向玛尔斯汇报道。

"但未足月,孩子太小,建议立刻送入保温箱。"另一名医生以急切的语气说道。

玛尔斯做了个许诺的手势。医生连忙把新生儿放入早已准备好的保温箱中。这时,满脸汗珠的韩娅开始不安地躁动起来。

"孩子……孩子呢,我的孩子呢?"

"你没有资格见你的女儿。"玛尔斯走到床头,以威严的语气说道,"现在,你必须做出抉择——本来你连选择的余地都没有,这是密涅瓦大人搭上自己的性命给你换来的一次机会。"

"密涅瓦大人她……"韩娅露出吃惊的神情。

"因为违抗命令来营救你,她已经被处死了。"玛尔斯冰冷地说道。

"你说什么?"

"你可以选择留下孩子,或是自己的命——但是只能二选一。"玛尔斯没有理会韩娅的惊讶,继续说道,"我建议你选择后者,在组织内改过自新,重新做人——这样对大家都好。"

"父亲大人……你为何如此狠心!"韩娅露出了绝望的神情。

"放肆!能让你活到现在已经很不容易了!"玛尔斯突然咆哮起来,"别辜负我和密涅瓦大人做出的努力,别做傻事!"

韩娅惊惧地望着玛尔斯那熟悉的冰冷面具,终于,她的眼神变得坦然,将头歪向一旁,不再说话。

"给你一天时间考虑,明晚我会回到这里听取你的决定。"

玛尔斯说着，转身离去。不过当他走到门口时，这个理事又停住了脚步，"美和子，你曾经是我们DMIG的骄傲、一颗璀璨的明珠，我希望未来依然能够以你为荣。"

此时此刻，韩娅的泪水已经浸湿了枕巾……

一间简陋的茅草屋里，孙婌艰难地睁开双眼。此刻，她视线模糊，想要动动自己的手脚，却没有一丁点儿力气。但这至少说明她还活着——两双陌生却充满善意的眼睛正期盼地盯着她。

"我……这是在哪里……"

孙婌以极度虚弱的声音动了动嘴唇，但似乎对方无法理解她的语言，因而没有任何反应。当她的视线由模糊逐渐转为清晰时，才注意到眼前的两双眼睛属于两名拥有印第安人面孔的原住民。

"请问你们是……"孙婌想了想，用英语问道。

这下，两位原住民似乎听懂了一些，但从他们嘴中传来的咿咿呀呀的当地土话对于孙婌来说仍旧是天外之语。不过通过对方的手势，孙婌发现自己的腰部和右腿均被厚厚的绷带缠绕着——她立刻明白了所发生的一切。

"谢谢你们救了我！"

孙婌挣扎着坐起身，双手做出了一个感谢的动作，而看懂了她动作的原住民也双手作揖回了礼。这个中国姑娘开始尝试进行更多的交流，她非常想弄清楚自己此时身处何处。经过不懈的努力，孙婌终于在原住民拿出的地图上找到了自己的位置——

原来这里是道森岛东部米西翁沿岸的一个小渔村——位于火地岛西侧。根据原住民的描述，孙嬎大致了解到自己与贝尔格蕾雅一同从悬崖坠海后，在冰冷的海洋里漂流了好一段时间后才来到了这里。而令人惊讶的是，身负重伤的她竟然没有被冻死，就连当地的村民都将这视为"上天的福祉"。

很快，更多的原住民来到这里探望已经苏醒的孙嬎，甚至包括酋长——这次，酋长带来了一位精通英语的翻译，终于可以与中国姑娘顺畅地交流了。于是，孙嬎把自己所遭遇的一切原原本本地说了一遍……

"请问……你们在发现我的时候，有没有看到一位个子很高，留着金色长发，高鼻梁，浅绿色瞳孔的女士？"

翻译将原话忠实地传达给了酋长，酋长托腮认真思索片刻后，吩咐身旁的一个男孩去取来一样东西。没多久，男孩便回来了，手里拿着一副有些裂纹的墨镜。眼尖的孙嬎一眼便认出了那是贝尔格蕾雅常戴的那副墨镜！

"这就是贝姐的物品，她现在在哪里？"孙嬎激动地追问起来。

"我们并没有发现您所描述的另一位女士，只是在距离您几十米外的岸边捡到了这副墨镜。"翻译将酋长的意思表达了出来。

"怎么会……拜托你们再仔细找找。我和贝姐一同落海，她肯定也还活着！"孙嬎焦急得握住酋长的手恳求道。

酋长无奈地耸了耸肩，但同时又友好地拍了拍孙嬎那单薄的肩膀。

"我们会继续搜寻的，一有消息就通知您，"翻译继续说道，"同时，在您养好伤之后，我们会安排人将您送回您的家乡。"

孙娀听罢，连连道谢。年迈的酋长露出了慈祥的笑容。没想到在这天寒地冻的"世界尽头"竟有如此朴实友善的人们——孙娀的心里顿时如沐浴春阳般温暖……

而在遥远的中国，新的一天的太阳正从东方徐徐升起。

"我们的女儿……"

"就托付给你了……"

"女儿……"

"托付给你……"

虽然还未完全从睡梦中醒来，使得他翻来覆去，但一些莫名其妙的语句却久久萦绕在王一川的耳边。

"刚才是……韩娅？"王一川从床上坐了起来，环顾四周后，自言自语道。公寓里的陈设和往常一样——双人床上空置许久的另一半床铺，依然孤独地维持着先前的模样。

"韩娅……你在哪里？你还好吗？你已经生了吗？明明距离预产期还有几天……难道刚才是一场梦？"王一川伸手轻抚着韩娅曾经枕过的枕头，继续自言自语道，"我们的女儿？放心吧，我一定会让她拥有这个世界上最温暖的家……"

一名护士打着哈欠，打开了产房的门，发现屋里窗帘紧闭、一片黑暗；韩娅躺在床上，似乎还在睡觉。护士嘴里一边嘀咕着"这人怎么这么懒"，一边不情愿地走到窗前"哗"地拉开了窗帘。阳光直射进来，护士视线下移，地上一把沾满血迹的医用剪刀令她大吃一惊。

此刻，第五理事玛尔斯正站在书房巨大的落地窗前享受着难得的阳光浴。突然，老管家急匆匆地打开了房门。

"老爷，大小姐她……"

"不用说了，我已经知道了。"玛尔斯推了一下眼镜，铁青着脸打断了老管家的话。

"是……"

老管家面露悲哀之色，退了出去。待屋内无人后，玛尔斯缓缓转过身来，布满皱纹的脸上已老泪纵横。

　　

篮球馆里静悄悄的，只有小雪一个人。这些天，以往爱说爱笑的篮球女孩仿佛变了个人似的，不再与同学交流，而是独自出没在宿舍—篮球馆—教室这三点一线之间。不知何时，门外进来了一个人。小雪用余光瞥见那人竟是王一川——自从韩娅失踪后，他就再也没有来过篮球馆。

尽管是熟人，但小雪似乎并没有打算搭理对方，仍旧独自练习着中距投篮。然而王一川却出人意料地背着包来到了小雪所在的场子，也不搭话，拿出包里的篮球便投——那球不偏不倚地将小雪出手后原本能入筐的一球砸飞了。

小雪扭头瞪了一眼王一川，本想发作，但还是忍住了。只见她气呼呼地快步走到篮下，拿起自己的包和篮球，头也不回地移到另一块场地去。但令她没有想到的一幕发生了，王一川竟再次追过来以远投破坏了小雪的投篮。这下，她再也忍不住了。

"有病吧！你想干什么？"

"没事儿啊，来找点乐子罢了。"王一川却以一副玩世不恭的样子俯视着站在自己面前的小雪。

"我警告你，别以为你是我的教练我就会怕你！"小雪一手将篮球背到身后，一手指着王一川的鼻子，气势汹汹地高声喝道。

"我打我的球，碍你什么事了？"王一川继续无理取闹。

小雪咬牙切齿地狠狠瞪了王一川一眼，再次拿起自己的东西移到另一个场地去。当篮球女孩完成一次三分线远投时，王一川突然从侧面杀出、凌空跃起，在空中接住了那一球并反手凶狠地来了个"暴扣"。

这一在篮球场上带有羞辱性的行为彻底激怒了小雪。只见她怒气冲冲地大踏步走到篮下，毫不畏惧对方强壮的体格和十几厘米的身高差，一把揪住了对方的衣领："想打架就直说啊，以这种拐弯抹角的方式挑衅，算什么男人！"

"跟你打架？那还不是分分钟就解决的事……"

王一川话音未落，小雪已经抢起她的拳头，一拳打在了前者的脸上。那力道如此之大，竟把体重170斤的男人打得连退几步，并且在脸上留下了明显的伤痕。王一川捂着脸，大笑起来。

"臭小子，有两下子……"

"你说谁是臭小子？闭上你的嘴！"

小雪咆哮着，如同一头凶猛的狮子扑了上去，利用自己身体的惯性将高大的王一川撞倒在地；紧接着用双腿卡住对方的身体，挥起双拳一阵乱打。一时间，王一川竟无还手之力，被打得鼻青脸肿,甚至眉骨都出血了。

"啊……川哥,你不要紧吧?"见对方受伤,小雪连忙住了手。

"打得好!连自己老婆都无法保护的废物,就该得到这样的下场。"王一川抹去血迹,悲怆地喊道。

"川哥……我……我也是个废物!"听到王一川说出这样的话,小雪突然也悲伤地低下头去,"小埃是我最好的朋友,可是……可是我却让她从我身边离开了!"

在这一刻,篮球馆里突然陷入了死寂。小雪站起身,原本沮丧悲伤的眼神突然变得认真了起来:

"但是我相信,总有一天小埃会回来的!还有韩娅姐,她也一定会带着你们可爱的孩子回来的!"

说着,小雪向依旧坐在地上的王一川伸出了友好的手。刹那间,这个大男人原本几乎冰封的心彻底融化了。在愣了几秒钟后,王一川也伸出手去——两个人的手紧紧握在一起。只见小雪一用力,王一川被带得站了起来。

十九　重　逢

5月的南美洲，天气渐寒。此刻，火地岛乌斯怀亚国际机场上出现了一名中国姑娘的身影，她就是已经伤愈、即将回国的孙娴。在救助过她的酋长和其他原住民友人的注视和欢送下，孙娴登上了回国的洲际飞船。不过由于乌斯怀亚无法直飞中国国内，孙娴计划先在美国中转，顺便将自己的遭遇告诉姐姐。

坐在宽敞的洲际飞船上，孙娴拿出了酋长赠送她的新手机，努力回忆姐姐的号码，但试了几次后都不正确。她的脸上露出自嘲的笑容——那就给姐姐一个惊喜吧。

与此同时，孙艾琳则是度日如年。前些日子，她曾经接到过王一川打来的电话——电话那头的大男人欲言又止。孙艾琳罕见地安慰起曾经并肩战斗的队友。然而，她自己的内心却久久不能平静。

时间已至傍晚，又是毫无进展的一天。孙艾琳早早地离开办公室，骑着摩托车回到了和贝尔格蕾雅的共同住处——那栋妹妹和小雪也曾经生活过很长一段时间的小别墅。然而当她走进房屋后，却发现显然有人来过。难道是遭贼了？混血女警心中暗想着，不由自主地拔出手枪握在手中，小心翼翼地向里屋走去。

"哇——"当她走到衣柜前，孙婌突然打开柜门，一边做鬼脸，一边扑到姐姐怀里。

这可把孙艾琳吓了一大跳，甚至连握在手中的手枪都差点走火。不过当她看清楚眼前的女孩确实是妹妹时，不禁喜极而泣："我不是在做梦吧！婌婌，真的是你吗？"

"当然不是做梦啦！姐姐，难道你忘了我了吗？"孙婌俏皮地冲孙艾琳眨了眨眼。

"太好了！"孙艾琳不顾一切地抱起妹妹，好像做梦一样。

"姐姐，轻点啊，你快把我勒死了！"孙婌挣扎着。

"不，我不想松开手，再也不！"孙艾琳依然在用自己的方式表达惊喜之情，"快告诉姐姐，你都经历了什么？还有韩娅、裴博士和贝姐他们呢？"

听到那一连串名字，孙婌脸上的笑容骤然消失。显然，那是一段悲伤的记忆。不过，孙婌并不想掩饰这种伤痛，在调整好情绪后，她开始向姐姐讲述她所知道和经历的一切……

"丁零零……"

伴随着一阵清脆的铃声，正准备走出教室去稍微运动一下的小雪发现自己的手机响了——那是一个来自美国的陌生电话号码。带着满腹狐疑，小雪接听了手机。

"小雪，是我呀！"电话那头传来一个熟悉的声音。

"娴娴？不会吧……真的是你？"小雪瞬间惊愕了。

"嗯！我算好了时间，现在应该是上午第一节课下课的时间吧，希望没让你挨老师骂，嘿嘿！"

"娴娴……真的，真的是你！"小雪突然激动地掩面哭泣起来。这反常的举动吸引了身边所有同学的注意。

"班长居然哭鼻子了？"一个男生不解地说。

"不会吧……班长被人欺负了？"一个女生脸上写满了疑惑。

"怎么可能……都是我们的班长大大去欺负人家好吧，哪有人能欺负得了她。"牛畅的脸上露出了不屑的笑容，但紧接着恍然大悟，"难道说……"

为了弄清究竟是怎么回事，好奇心驱使牛畅尾随着小雪走出了教室。细心的男孩发现，班长在抹去眼角的泪水后，开心地蹦蹦跳跳起来。

"小雪同学，刚才是有什么好事发生了吗？"牛畅走到小雪身边问道。

"当然啦，娴娴给我打电话了！你敢相信吗，她终于要回来了！"小雪激动地一边说，一边把手搭在了牛畅的肩膀上。

"可惜……不知道同样休学的小埃同学啥时候能回来呀！话说，她居然有严重的心脏病。"牛畅突然想起了埃斯特莉娅，于是随口说道。

"笨蛋，我不是说过不许在我面前提起小埃的吗？"小雪听后，突然变了脸。

"为什么不能提……"

"给我闭嘴！我说不能提就不能提！"

见此情形，牛畅只得迅速服软。然而，就在他低头的刹那，却发现小雪的眼里再次噙满了泪水。

此刻，埃斯特莉娅正坐在一张圆桌前发呆。自从被软禁在此，原本就瘦弱的她因终日闷闷不乐而更加憔悴了。由于不能使用通信工具，每天几乎没有什么事可做，可怜的银发姑娘就这么坐在这里，也许在回忆，也许在悔恨，也许在……

"吱嘎——"

那扇老掉牙的破门被推开，在看守的指引下，一位老嬷嬷端着饭菜走了进来。

"大小姐，这是您今天的饭。"

埃斯特莉娅自顾自地盯着地板，没有说话。

"大小姐，您已经……3天没进食了，再这样下去，您的身体恐怕……"似乎连老嬷嬷都看不下去了，十分真诚地劝了她几句。

埃斯特莉娅没有任何回应。

老嬷嬷摇了摇头，将饭盘轻轻放在圆桌上，准备离去。然而就在这时，从埃斯特莉娅的嘴里发出一个微弱的声音。

"请给我一把吉他。"

"大小姐？"老嬷嬷愣了一下，转过身，疑惑地看着埃斯特莉娅。

"一把吉他。"

埃斯特莉娅勉强挤出一丝笑容。老嬷嬷连忙领命而去。不知过了多久，她真的带回了一把看上去很普通的木制吉他。

"谢谢。请让我一个人待着。"

老嬷嬷点点头，走出屋子，但她并没有离开，而是站在门外，想通过观察孔察看里面会发生什么。只见埃斯特莉娅用略微颤抖的手将吉他握在手中，先是俯首亲吻了一下琴弦，紧接着便习惯性地跷起一条腿开始了弹奏……

她那原本动听的声音此刻充满了沧桑感，刚唱了两句便破了音，这导致她不得不中断演唱。老嬷嬷听出了这首歌曾是几乎每一个法国女孩都会唱的《我的名字叫伊莲》。由于埃斯特莉娅的母亲曾是一位小有名气的法西混血模特儿，她的体内实际上流淌着四分之一法兰西自由的血液……

很快，不甘心失败的银发姑娘再次唱起来……

从埃斯特莉娅嘴中蹦出的法语音符竟如此温婉且富有诗意，伴随着那仍旧挥之不去的沧桑和沙哑，飞入老嬷嬷和看守的心中，令人陶醉，并陷入无尽的回味和伤感之中。

一天之后。

小雪、王一川、卜小黑等人早早地来到国际机场，等待着从美国飞来的航班。当巨大的洲际飞船缓缓降落在停机坪上后，小雪等人站在落地玻璃窗前紧张地盯着远处缓缓打开的舱门。

"是她！"小雪第一个发现了拎着行李，正紧随人群走下扶梯的孙娀，尖叫起来。

"真不敢相信，简直跟做梦一样！娀娀她……居然回来了！"卜小黑激动地攥紧了拳头。

王一川没有说话。此时此刻,他的心情是复杂的。

在返回南方大学宿舍区的路上,当卜小黑和小雪热情地向孙娅询问这一个月时间她究竟经历了什么的时候,女孩却三缄其口,并不愿意多谈。

重回校园的孙娅被暂时安置在一间空宿舍里单独居住,兴奋的小雪忙里忙外地帮闺密兼昔日室友收拾房间。忙碌中,得知埃斯特莉娅因身体原因而无限期休学的消息后,孙娅突然露出了不安的神色。

"小埃休学是因为心脏病?"

"嗯……李老师是这么告诉我的。那段时间我很伤心,你和小埃都离开了我,我……不知道该怎么办了。"小雪说着,黯然神伤。

"我不知道我是否该说这件事。事实上……我在某个地方……已经见到过小埃了。"孙娅终于犹豫不决地说出了心中埋藏的故事。

"你说什么?"小雪大吃一惊。

另一边,在将孙娅送到宿舍后,王一川与卜小黑在返回公寓的路上也聊起了天。在自己的老大哥面前,卜小黑终于露出了些许担忧。

"一川学长,你有没有觉得……这次娅娅回来好像变了?"

"哦,是吗?"王一川未置可否。

"原本她应该对我很热情的,可是这次回来……聊天的时候总感觉她心不在焉的,而且不愿意多说。"卜小黑摇了摇头。

"女孩的心思别乱猜……"王一川心不在焉地笑了笑,随后表情逐渐变得严肃，"说不定她遇到了一些不寻常的事。"

卜小黑听罢，住了口，低头继续走路。

"什么，你说在DMIG的监狱里遇到了小埃？你……不会是看错人了吧？"对于孙娥的描述，小雪显然一万个不相信。

"我虽然当时已经很虚弱，但也不至于看走眼。更何况，小埃那标志性的银发红瞳，我怎么也不可能认错吧？"

面对闺密的质疑，小雪惊讶地张大了嘴，埃斯特莉娅那独特的外貌确实不容易被认错。

"还有，小埃暗示我她很可能和这次事件有关——至少……是知情者。"

听了这话，原本正在喝水的小雪竟失手将水杯滑落在地。

自从得知真相后，孙艾琳的心情似乎比之前更加沉重了。根据警察的直觉判断，中枪后从悬崖坠海还能生还的概率微乎其微，再隐瞒下去已经没有任何意义。于是，混血女警怀着失落的心情，把贝尔格蕾雅与凯因茨私自执行任务且失踪的消息汇报给了上级单位。

很快，上级单位给了孙艾琳明确回复，要求她首先须尽快找到贝尔格蕾雅和凯因茨的遗体，其次要确认DMIG是否在火地岛有这样的非法秘密基地——这无疑是两个巨大的难题。

一天晚上，孙艾琳正准备下班回家，突然接到一通来自中国的电话。混血女警有些疑惑，这是个座机号码。但是犹豫再三，她还是接通了电话："哪位？"

"艾琳……是我。"是王一川的声音。

"哈哈……稀客嘛！一川，你有何贵干？"孙艾琳先是一愣，紧接着笑了起来。

"我……可能很快就要去一趟美国。"王一川平静地说，"下个月就要期末考试了，按照惯例，学校计划在期末考试结束后组织交流学习团队前往美国参加世界驯龙夏令营活动。这次的夏令营设在纽约，并且由我带队。"

"哦？好事呀！距离戴德姆也不算太远，没想到我们居然能在美国重逢。嘿嘿……你要请我吃饭吗？"孙艾琳立刻恢复了二人之间昔日的对话语气。

"当然！但是这次你妹妹应该不会去，学校在对她进行心理疏导。"王一川继续说道，"这次的交流成员主要是见习驯龙师，由我和小雪带队。"

"听说那黄毛丫头现在居然是中国队的代理队长了？"孙艾琳突然问道。

"嗯。小雪的进步非常大——不仅是在驯龙能力上，她现在也具备一名成熟队长所应具备的威望和亲和力。相信明年的世界杯上，她一定能大放异彩。"谈起裴小雪，王一川赞不绝口。

"哼……这也意味着我们已经老了。现在贝姐也不在了，属于我们的时代已经彻底结束……"孙艾琳说着，不由得伤感起来。

"你说什么？'贝姐不在了'是什么意思？"王一川吃了一惊。

"没什么。"孙艾琳说罢，迅速挂断电话，眼角落下了一颗晶莹的泪珠。

二十　驯龙夏令营

一个多月的时间转眼便从眼皮底下溜了过去。

期末考试一结束，小雪便开始收拾行李准备与王一川一同出发去美国。一个人的时候，小雪不禁想念起埃斯特莉娅，但从孙婳嘴里所得知的那些关于"小埃"的消息究竟是不是真的呢？小雪决心借此次前往美国的机会弄个清楚。

交流队伍主要由见习驯龙师组成，裴小雪昔日的同桌牛畅也有幸随队前往美国。当洲际飞船盘旋在美国纽约市的国际机场上空时，坐在飞船上的这些年轻见习驯龙师们全都露出了欣喜的表情。

很快，洲际飞船停在停机坪。王一川带队在一群早已等候在此的学生的欢呼声中走下飞船。裴小雪很快便发现了人群中一个熟悉的身影。

"雷恩哥！"

"斯黛拉,我等候已久啦!"

这对5年前在这座充满激情的城市首次相遇的少男少女飞跑到对方面前,热情地拥抱在一起。

"斯黛拉,你真是越来越漂亮了!想必驯龙技术也越来越高了吧——我已经期待很久了哟。这回,我决不会输给你!"雷恩眨着迷人的蔚蓝色双眸,露出无穷的求胜欲望。

"很好!那我会毫不留情地再赐给你一败哟!"小雪一听,立刻露出了充满挑衅的严肃神情。

面对昔日好友那认真的表情,雷恩摸着脑袋哈哈大笑起来。不过,当他环顾四周后,却显露出了些许失望的神情。

"那个⋯⋯埃斯特莉娅没有来吗?如果我没记错的话,她应该是你的同学吧?"

"啊⋯⋯小埃她⋯⋯最近身体不太好,所以这次就没来。"一听到室友的名字,小雪的情绪立刻变得复杂起来。

"是吗⋯⋯那真的很遗憾。在我看来,她是一个近乎完美的女孩——不仅是她的美貌,还有她的驯龙技术。"

雷恩的话令小雪霎时变得更加伤感,因而愈加怀念这个从自己身边离去的密友。孙娀的话究竟意味着什么?埃斯特莉娅离去的背后到底是偶然还是另有隐情?

"斯黛拉,我差点忘了告诉你,这次你还能见到一位意想不到的老朋友哟!"

雷恩的话把小雪扯回现实中。中国姑娘有些木讷地点了点头,但双眼显然失去了神采。

很快,在雷恩的热情指引下,中国队的年轻驯龙师们坐上了前往训练营地的大巴。在路上，雷恩告诉小雪，西班牙恐龙竞技队的代表也如期参加了训练营，带队的正是西班牙年轻的队长何塞·费尔南德斯。

"不仅如此，连哈梅斯与费利佩也来到了美国。可惜呀，最强的西班牙恐龙竞技队只差埃斯特莉娅了……"

"别再提她！"小雪突然有些粗暴地打断了雷恩的话，但随后露出了一丝伤感之色，"或许……小埃她，再也不能驯龙了。"

"你说什么！为什么？"雷恩心中咯噔一下。

"因为……小埃她……患有严重的心脏病，已经休学了；而且她前段时间离开了，现在不知道她在哪里。"

小雪说着，眼睛湿润了。雷恩见状，连忙把悲伤的小雪抱在怀里安慰："别难过，斯黛拉。我相信埃斯特莉娅一定会回来的——我们的驯龙世界里不能没有她。"

"请别把这个消息告诉何塞哥他们，我不想他们为她过于担心。"小雪抹去眼泪，抬头眼巴巴地望着雷恩。

"我答应你会守口如瓶。斯黛拉，我向你保证，一切都会好起来的。"雷恩认真说道。

一个小时后，大巴车开进了训练营。

营地里，已经有不少驯龙师在驯练自己的爱龙。小雪第一个跳下大巴，迫不及待地前往运输车所在的位置，准备与自己的恐龙会合。就在她兴奋地奔跑时，远处一头与亚罗一样高大的恐龙引起了她的注意——那头恐龙浑身暗灰色，前肢的爪子似乎比普通异特龙更长、更锋利。也许是关注那头恐龙时过于投入，中国姑娘没有注意到面前的行人并与其撞了个满怀。

"啊……真是不好意思！"小雪慌忙用英语道歉。

"没关系。这不是斯黛拉同学吗？"

对方的声音引起了小雪的注意。当中国姑娘抬起头时，却发现站在眼前的男生是雅各布·梅森！

"雅各布同学？"

"哈，斯黛拉同学，没想到竟能在这里见到你！"雅各布兴奋地说道，"我现在已经加入了美国恐龙竞技队，我是为了更远大的梦想站在这里的！"

听了这话，小雪却有些疑惑地上下打量起雅各布。注意到对方那有些异样的灰色瞳孔后，中国姑娘不禁嘟起了嘴巴——这还是当年那位被自己感化而誓死效力祖国加拿大队的雅各布·梅森吗？为了所谓"远大的梦想"，他竟然投靠了别的国家。

"雅各布同学，你的梦想是什么呢？"小雪紧锁双眉问道。

"我的梦想自然是获得恐龙竞技世界杯的冠军。而想要实现这个目标，我必须做出改变，那就是加入这个世界上最好的两支队伍之一——美国恐龙竞技队。"

"哼……是吗？你口中最好的两支队伍，想必另一支是西班牙恐龙竞技队吧？"小雪冷笑着反问道。

"当然。我的母亲出生在美国，因此我也是这里的一分子。"

"那你为什么当初选择加入加拿大恐龙竞技队？雅各布

同学，不，恐怕我叫你'孬种'更合适……"

这时，一只手从背后拍了拍她的肩膀：

"确实，和这种人没什么好说的。小雪，你过来一下。"

"琳姐？"

辨认出这熟悉声音的小雪诧异地转过身去，果然，身着帅气警用马甲、迷彩裤和战术靴的孙艾琳出现在自己面前。混血女警将手搭在小雪肩上，将其拉到一个角落："不要和那家伙过多交流。他已经不再是原来你心里那个'雅各布同学'了。"

"为什么？"小雪显然并不清楚其中的缘由。

"晚上再和你详细说。"孙艾琳转动着她那深蓝色的眸子，兴奋地说道，"今晚你川哥请客，狠狠宰他一顿。"

"川哥请客？哇噻！我要吃最好的牛排！"小雪一听，高兴得一蹦三尺高。

初到驯龙夏令营，中国恐龙竞技队并无训练任务，更多的是跟随东道主美国队成员进行参观和交流。很快，西班牙队的主要成员也加入其中。对于王一川等人来说，这帮西班牙青年才俊也算是老朋友了。大家愉快地回忆去年世界杯交锋时的情景，何塞更是向小雪下了战书：明年的第六届恐龙竞技世界杯一定要击败她，拿到冠军！对面何塞的信心满满，雷恩立刻不服气地予以反击。很明显，他对于去年凭借运气拿到冠军并不满意。于是，这对老对手陷入了争论之中。

晚上，王一川带着小雪如约来到了孙艾琳所指定的一家高档西餐厅。这果然是一家奢华且极具古典风格的饭店：屋顶装饰着琳琅满目的玻璃吊饰和烛灯，所到之处皆铺着丝绒地毯，每张餐桌上都摆着旧式欧洲青花瓷盘和银质餐具，身着欧洲绅士礼服的服务员站在餐桌前彬彬有礼地服务着……小雪望着眼前这一切，一边在内心默默惊叹着，一边摸着自己为了这顿大餐而特意饿得咕咕直叫的肚子，随王一川来到了孙艾琳所预定的位子。入座后没多久，孙艾琳也来了，她的身后还跟着一位面容羞涩的姑娘——小雪发现那是米娜·劳伦斯。

"这个是你的新助理？"王一川并不认识米娜，于是开口问道。

"嗯。不过她之前一直都是服务贝姐的。"孙艾琳举起酒杯，犹豫了一下。

"对了，之前你说'贝姐不在了'是什么意思？"王一川也举杯与孙艾琳轻轻碰杯。

"字面意思而已。"孙艾琳显得有些不快。

"难道贝姐她……真的死了？"尽管已经从孙嫄那里得到了一些模糊的信息，但小雪仍不愿相信这件事。

"那个……关于韩娅和裴博士，还有什么线索吗？"王一川突然岔开了话题。

对于这个问题，孙艾琳面露难色："目前没有任何消息，甚至不能确认他们是不是还在火地岛的DMIG基地——这些情况我都已经向上级汇报过了。至于火地岛的DMIG基地究竟在哪里，嫄嫄说她已经记不清了，我们警方目前也是毫无头绪。"

"从时间上来看，韩娅应该是早已生产过了。不知道孩子现在怎么样了。"

王一川的话令所有人陷入了沉默。不知过了多久，孙艾琳的声音才打破了这令人窒息的气氛："小雪，我现在告诉你在雅各布·梅森的身上发生了什么。你有没有注意到他瞳孔的颜色已经变了？"

　　"瞳孔的颜色？如果我没记错的话，好像……是非同寻常的浅灰色瞳孔，就像小埃的朱红色瞳孔、贝姐的浅绿色瞳孔那样特别！"

　　"那么你还记得他原先瞳孔是什么颜色吗？"孙艾琳微微一笑，继续问道。

　　"当然是透露出宝石般光泽的纯黑色，就像我一样——这是世界上最美丽的瞳孔的颜色！"小雪故意装出一副赞叹的模样。

　　"啧……还真会往自己脸上贴金。"孙艾琳没好气地耸了耸肩，"既然你已经注意到差别了，应该不难理解接下来我说的话了。雅各布，包括小埃和贝姐，他们都是……经过实验室特殊强化后的人类，我们称之为'强化人'。"

　　孙艾琳的话语令在场其余三人大吃一惊，甚至丢下了手中正在切割牛排的刀叉。

二十一　不速之客

　　见小雪还不能完全接受强化人的存在，孙艾琳开始把从贝尔格蕾雅那里得知的关于强化人的信息和盘托出，令在场其余三人听得了迷。渐渐地，小雪感到成为一名强化人似乎也是一件不错的事。但就在这时，孙艾琳却把话锋一转：

　　"但是，强化人都会为他们获得超能力而付出代价。贝姐因为接受强化实验失去了生育能力；至于小埃，我猜她那严重的心脏病恐怕也和强化实验有关吧。"

　　小雪露出了惊愕的表情。但孙艾琳所言有理有据，令她不得不相信。

　　另一边，美国队的几名青年才俊——雷恩·马什、雅各布·梅森和卡卡拉瓦·劳伦斯正在一家小有名气的中餐店聚餐。餐厅里的服务员似乎认出了雷恩和雅各布，纷纷上来索要签名，雷恩十分大方地接受了请求。但轮到雅各布时，这个曾经温文尔雅的少年却在将笔拿在手中后又放了下去。

"做好你的本职工作,记住,你是服务员。"

遭遇闭门羹的服务员十分尴尬地退了下去。雅各布的举动令两位队友颇为尴尬。不过就在这时,加拿大少年突然捂着脑袋,痛苦地趴到了桌子上。

"雅各布,你怎么了?"眼疾手快的卡卡拉瓦连忙伸手去搀扶队友,却被他一把推开。

"我的头……好痛!"

"雅各布,你生病了吗?服务员……嘿,服务员,请问能给我们来一杯热开水吗?"

雷恩着实吓了一跳,连忙向服务员讨要热水,但刚刚被雅各布拒绝的那位服务员却装作没看见,悄然离去。

西餐厅里,晚餐已接近尾声。在这个难得的"放纵"的夜晚,小雪点了两份精品牛排套餐,并且将这两种不同口味的牛排吃得干干净净。

此时,服务员毕恭毕敬地献上了消费单——他很自然地将单子递到了餐桌上唯一的男性——王一川的手里。

"尊贵的先生,这是您的消费单,一共是1279美元。"

王一川先是一愣,紧接着有些疑惑地向孙艾琳看了一眼。只见对方正抿嘴偷笑,顿时明白了一切。于是,认栽却又不失风度的大男孩微笑着掏出银行卡交到服务员手中。

"十分乐意为女士们效劳。"他那副认真的模样逗得3位女性同伴都捂嘴笑了起来。

夜渐渐深了。位于纽约曼哈顿的DMIG总部大楼的董事长办公室里依旧灯火通明。董事长席尔瓦正批阅着桌上堆积如山的文件，墙上精致的金壳时钟的指针已指向11点。然而，这个点仍在办公，对于年过六十的董事长席尔瓦来说已是家常便饭。

办公桌上的电话响起，由于屋内没有外人，老董事长习惯地摁下了免提按钮："我是冈萨洛·德·席尔瓦，请讲。"

"董事长阁下，请救救您的女儿吧！"一个明显使用了变声器的小丑般的声音请求道。

"嗯？你是谁？喂！"

不等席尔瓦话音落下，电话已经挂断。须发花白的老董事长惊魂未定地坐回自己的座位，额头上突然沁出了些许汗珠。他用那点缀着老人斑的手慌张地拉开了抽屉，从抽屉深处取出一张照片。照片上是一家三口：头发还是棕黄色的、正处壮年的董事长席尔瓦，年轻娇美的妻子，以及被他捧在手中的看上去只有三四岁的女儿。小安赫拉一头浓密卷曲的浅金色长发自然地披在肩头，一对楚楚动人的棕色瞳孔惹人爱怜，天使般的脸上挂着暖人的笑容，足以让任何寒冰融化。

"安赫拉……"老董事长微微抿了下干裂的嘴唇。

两天后，驯龙夏令营的第一场训练赛开始，对阵双方是东道主美国队和公认强队西班牙队。由于双方登场的驯龙师多为见习驯龙师，因此比赛的火药味并不如以往那么浓。中国队全体成员都在王一川的带领下认真观战。当由雅各布·梅森所指挥的异特龙艾伯塔出场时，小雪露出了迷惑的神情。

"怎么，有什么不对劲的吗？"王一川注意到了小雪的表情，立刻追问道。

"我总觉得艾伯塔看起来和原先并不一样……川哥,你注意到了吗?"小雪伸手指向异特龙艾伯塔。

　　"你问我?老实说,我没有注意过它的外貌。难道异特龙不都是长的一个样吗?"王一川耸了耸肩。

　　"当然不是啦,我的亚罗就是独一无二的!"小雪立即不服气地噘起了嘴,"川哥,你仔细看,艾伯塔前肢上的爪子和以前相比不仅更长,而且锋利得多!"

　　"听你这么一说,似乎还真是。"王一川手托下巴,目光变得认真起来,"不仅如此,好像那家伙嘴里的牙也都长得龇出来了,宛若匕首一般锋利……"

　　小雪似乎想起了什么,露出恍然大悟的神情。

　　"所以,我认为小埃就是DMIG的一员。"孙娍的那句话开始反复萦绕在小雪的耳边。她正思考着,看台上突然掀起了一股狂热的欢呼。小雪慌忙回过神来,发现那是异特龙艾伯塔正在攻击西班牙队主力——食蜥王龙迦南。原本应该在实力上并不占优的艾伯塔竟轻松掀翻并击败了迦南。

　　"那……真的是一头异特龙吗?"坐在小雪旁边的牛畅吃惊地问道。

　　"白痴,那可是货真价实的'强化'异特龙。"

　　小雪习惯性地伸手捏了捏昔日同桌的脸。不过就在此时,兜里的手机却传来了清脆的铃声。当她掏出手机时,却发现这是个空号。犹豫片刻后,她还是接通了电话。

　　"请问是裴小姐吗?"一个使用了变声器的男子用不算太流畅的英语问道。

"是的，请问你是哪位？"

"2号出口旁边的观众通道，我在那里等您。"

说完，对方挂断了电话。心中充满疑惑的小雪尽管意识到这可能会有危险，但一向好奇心重且充满勇气的她还是决定去那位神秘人士所说的地点一探究竟。于是，中国姑娘在没有和任何人打招呼的情况下悄悄离开座位，来到了2号出口的观众通道。在通道的最深处，小雪发现了一个高大的身影。

训练场上，美国队中的异特龙艾伯塔逐渐显露出势不可当的节奏。面对西班牙队年轻的见习驯龙师所指挥的较弱的食肉恐龙，艾伯塔几乎是"一击必杀"，并且攻击动作极具观赏性，赢得了观战的其他国家驯龙师的掌声。不过很明显，西班牙队长何塞不会允许比赛就这样呈现出一边倒的态势，只见鲨齿龙熙德以一己之力击败了3头美国队的食肉恐龙，并且在一次一对一决斗中解决了美国队的新秀王牌——霸王龙凯南德斯（由卡卡拉瓦·劳伦斯指挥）。

很快，美西之战演变成异特龙艾伯塔、霸王龙杰克与鲨齿龙熙德、蛮龙恺撒之间的决战，这两对"黄金搭档"究竟谁更胜一筹呢？

过道里，小雪仰视着眼前这个身高差不多两米、体形差不多是自己3倍的魁梧壮汉，有些不知所措。但壮汉身着笔挺的西装，胡子剃得干干净净，并且戴着斯文的眼镜，看上去并不像是恶人。

"您就是裴小姐吗？"壮汉有些腼腆地开口问道。

"是的，您是哪位？"小雪稍稍放松了一些。

"我是席尔瓦小姐的护卫,名叫海格力斯。"壮汉恭敬地回答道。

"席尔瓦小姐?是埃斯特莉娅·德·席尔瓦吗?"听到"席尔瓦"这个姓氏,小雪的眼里立刻放出光芒。

"是的。之前曾听说过您是席尔瓦小姐的同学……"

"快告诉我,埃斯特莉娅在哪里?"

不等海格力斯把话说完,小雪已经神情激动地冲上去踮着脚揪住了壮汉的领子——尽管双方的身高差看上去是如此可笑。海格力斯并没有伸手阻止,而是看着小雪将力气耗尽,自己松开手后,面露难色地摇了摇头。

"我也不知道。"

"浑蛋!你在说笑吗?那你过来找我有什么用?"

"那是因为我知道有一个人肯定知道席尔瓦小姐的下落,但……我没有资格去见那位大人。"

"是谁?"小雪的脸上立刻又充满了希望。

"冈萨洛·德·席尔瓦先生,也就是席尔瓦小姐的父亲。"海格力斯说着,额头沁出了汗珠。

"你说什么!这绝不可能,埃斯特莉娅明明告诉我,她的父母早就不在了呀!"小雪的双眸中露出极度惊讶的神色。

"她那么说是因为不能轻易暴露身世——她的父亲席尔瓦先生是高高在上的DMIG创始人和现任董事长。"

海格力斯的话让小雪惊讶至极。几乎在同一时刻,她再次回想起了孙娀曾经提及的关于对埃斯特莉娅是DMIG一员的猜测,现在看来,那看似天方夜谭的猜测竟然是真的。

"比赛结束！美国队10∶9战胜西班牙队，获得胜利！"

驯龙夏令营的第一场正规驯龙练习赛就这样在紧张而激烈的气氛中画上了句号。最后时刻，凭借着异特龙艾伯塔更胜一筹的表现，鲨齿龙熙德最终还是败下阵来。对于自己的失败，何塞惊诧不已——要知道，他曾经也与雅各布多次交手，但无一例外，在他的指挥下，鲨齿龙熙德均战胜了异特龙艾伯塔。

"真是让人感到意外呢，美国队居然击败了西班牙队。"望着黯然离去的何塞，王一川面露惋惜之色，"异特龙竟然能正面击败鲨齿龙，这……强得有点不现实呀！"

"教练，好像……小雪同学不见了。"牛畅突然凑上来附在王一川耳边说道。王一川诧异地回头扫视一圈，确实发现小雪没了踪影。按理说身为一队之长，这是不该有的事。王一川没好气地哼了一声，拿起手机拨通了小雪的手机号码。

"嘟嘟嘟……"

正与海格力斯热聊的小雪发现王一川的来电，顿时慌了神。一方面，她不好不接电话；另一方面，她又想继续和海格力斯聊下去——那可是她目前最关心的问题。

"没关系，裴小姐，我觉得我也该告辞了。如果您真的愿意帮助席尔瓦小姐，我会静候您的消息。"

见小雪左右为难，海格力斯笑着指了指自己的手机，迅速转身离去。见对方离开，小雪连忙接听电话："啊……川哥，不好意思，我才看到！"

"你在搞什么！人跑哪儿去啦！"

电话那头传来了王一川怒不可遏的声音。但对于小雪来说，只不过是这奇妙下午的小小配乐罢了——左耳朵进，右耳朵出。因为她已经得到了最想知道的信息。

当天下午，中国队与同样来访的澳大利亚队进行了抵达营地后的第一场训练赛，中国队大获全胜。晚餐时，王一川得到了第二天中国队暂时不参加训练赛的通知，于是当机立断决定给全队放假，以奖励大家今天的优异表现。在得到这一消息后，所有见习驯龙师都高兴得跳了起来。当然，也包括满腹心事的小雪——在得知明天放假后，她意识到这是一个寻找海格力斯继续探求真相的最佳机会。

晚上，王一川、小雪和牛畅走在返回宿舍的路上。营地的宿舍是三室一厅式的豪华居室，王一川和裴小雪作为驯龙队的"领袖"，按照规定可以享受到这里规格最高的住宿标准。原本这里应该空一个房间，但这天晚上，小雪突然一反常态要求牛畅也住进来。王一川拗不过她，只得同意。

"既然阿畅也搬过来了，不如明天我们去看个电影吧，听说最新大片《星辰谍影》明天首映呢。怎么样，感兴趣不？"

"耶！"牛畅激动得跳了起来，却被小雪揪住了耳朵。

"耶什么耶！明天你小子要陪姐去逛街购物。至于电影嘛……川哥要和琳姐去看呢，我们别打扰他们。"

"唔？你俩有情况？"王一川一听，愣了一下。

"没什么啊，女孩子逛街不是需要一位男士跟着拎包吗？"小雪说着，习惯性地用手捏了捏牛畅的脸。

"我懂了！所以你才给人家临时升级了宿舍。你这丫头真是坏透了。好吧！我们大人不管你们小孩的事，明天自个儿玩去吧！"王一川露出恍然大悟的神色，没好气地耸耸肩，表示同意。

于是，脸上写满问号的牛畅被小雪拽着胳膊，跟随王一川来到了今晚他的新住所。小雪帮牛畅把他的个人物品全部搬了过来。见堂堂驯龙队队长竟然帮一名见习驯龙师搬家，其余见习驯龙师都露出了羡慕的神色。

"小雪同学……快告诉我，明天为啥咱们要……"

"以后叫我'雪姐'，不然你就给我乖乖地叫'队长'！"正在帮牛畅收拾东西的小雪突然抬头瞪了他一眼。

"啊……好吧，雪姐，我的好雪姐，明天我们到底为啥要逛街？"

"啰唆什么，让你陪我，你有意见啊？"小雪继续一边干活儿，一边歪头瞪了他一眼。

"不敢，不敢，雪姐说什么都是对的！"牛畅连忙摆了摆手。

"算你识相！"小雪说着，直起身子活动了几下腰——为了帮昔日同桌搬家，她已经累得满头大汗。

"记得之前琳姐曾说小埃是'木头人'，我看你小子才是吧！小埃在我们家可比你勤快得多！"见牛畅实在没有准备搭把手的意思，小雪终于怒不可遏地发作了——拿起一把扇子狠狠敲了下牛畅的脑门。

"啊……不好意思，雪姐，我刚才走神了！"牛畅连忙像上了发条的机器般忙活起来。

二十二　学生访问

第二天早上。

与孙艾琳约好一起吃早餐，然后一起去看电影的王一川早早起了床，离开了宿舍。作为新的"居客"，牛畅起得也挺早。但当他起来时，王一川已经离开，于是他只能一个人无聊地在客厅里一边玩手机，一边等待他的"雪姐"。大约9点，小雪的卧室内终于有了动静，不多时，门开了。牛畅下意识地扭过头，但很快被眼前的景象惊呆了："雪姐，你……"

裴小雪一改以往的运动风格，穿着一条造型时尚的修身连衣裙出现在昔日同桌的面前。同时，她那一头乌黑靓丽的长发很明显被精心打理过，并且脸上化着淡妆。

"怎么样，我这个样子好不好看？"小雪自信地撩了撩头发。

"雪姐，你……真的好美！"牛畅激动地站起身。

"算你会说话！不过我还差一双皮鞋。走，跟我逛商场去！"小雪说着，背起挎包，拉着牛畅的胳膊就兴冲冲地向外走去。

另一边，王一川和孙艾琳正漫步在纽约繁华的街市上。距离电影开始还有些时间，两人缓步向一处公园的小湖边走去。

"一晃竟然快10年了……"望着湖中心戏水的天鹅，孙艾琳突然发出感慨。

"什么？"王一川没有跟上节奏。

"我是说，我们相识竟然快10年了。"孙艾琳说着，扭头瞪了一眼一脸茫然的王一川，"见鬼……你该不会忘了吧？"

"怎……怎么可能！我当然记得。"王一川习惯性地挠了挠自己的后脑勺。不过紧接着，他的目光突然变得严肃起来，"韩娅真的不可能再找到了吗？还有贝姐和裴博士……"

"警方也在想办法，但截至目前还是没有任何线索。"孙艾琳有些不快地说道。

"我知道你担心你的老婆和应该已经出生的孩子，但我总觉得这个事情比较唐突，为什么会是她们？嬷嬷很明显是被牵连进去的，那么……那帮人的目标应该是韩娅——这说明在韩娅身上有些不为人知的事情。"孙艾琳继续说道。

"事实上我也感觉到了。自从跟我在一起之后，韩娅似乎非常珍惜眼下的生活，好像生怕这一切会消失似的——这一点不像是个普通的女孩子。"听了孙艾琳的话，王一川陷入了沉思。

"更令人无法理解的是，在贝姐实施营救行动后，连小埃也突然病休并销声匿迹——这也太巧合了吧？"孙艾琳皱起了眉头。

"那个银发红瞳的女孩，她的背后肯定隐藏着巨大的秘密……"回想起埃斯特莉娅在全真模拟赛中令人称赞的表现，王一川自言自语着，额头沁出了汗珠。

熙熙攘攘的商场里，面对患有严重选择综合征的"雪姐"，提包的牛畅已几近崩溃，却又不得不跟着她转场于一个又一个商铺中。逛了大约一个小时后，小雪再次驻足在一家店铺中——她看中了一双精致的矮跟小皮鞋。

小雪用英语问店员有没有自己的码。服务员恭敬地点了点头，很快拿来一双新鞋。小雪把鞋穿在脚上，对着落地镜走来走去，看上去似乎十分满意。

"1.5英寸的矮跟——阿畅，你觉得如何？"小雪将步子踱到牛畅面前，喜笑颜开地问道。

"很适合你哟，雪姐。你的个子本来就高，配上矮跟很有气质！"牛畅对此赞不绝口。

"好！就是它了！"小雪打了个响指，回头向店员询价并准备购买。但当店员开出账单并用笔勾画出应支付189.99美元，向小雪询问由谁付款时，只见她伸出大拇指指了指身后不知所措的牛畅："我男朋友，他付款。"

店员立刻会心一笑，将账单恭恭敬敬地递给了牛畅。望着手中的账单，牛畅只得极不情愿地掏出了手机。

很快，拎着战利品，装小雪和牛畅再次出现在大街上。牛畅看起来完全摸不着北，频频低头玩手机的小雪则看起来信心满满。没过多久，她就改变路线，带着牛畅穿过几条小巷，来到了一间门面不太大的咖啡屋。由于时间仍是上午，咖啡屋里的顾客并不多，小雪拉着牛畅直奔位于最内侧角落处坐着的一名彪形大汉而去。

那名彪形大汉正是海格力斯。见装小雪穿着如此靓丽并且还带来了一名同伴，海格力斯稍显意外。

"但愿我来得不算迟。请允许我介绍一下，这个是我在驯龙队的队友牛畅。"小雪放下包，立刻开始为双方做起介绍，"阿畅，你眼前这个魁梧的先生是DMIG的海格力斯。"

"很高兴认识你，牛先生。"海格力斯伸出了他那宽大并带有伤疤的手。

"海格力斯先生，之前你说过普通人很难见到董事长先生，但我已经想出办法了！我想和阿畅同学作为此次驯龙夏令营的见习驯龙师学生代表，对董事长先生进行访问，然后伺机套出埃斯特莉娅的下落。"简单寒暄后，小雪便开门见山说出了自己的计划。当然，这还是牛畅首次得知此行的真正目的。

"这个办法听起来不错。但是近期DMIG总部大楼的安保非常严格，你们可能连大门都进不去，更别提拜访董事长先生了。"海格力斯先是微微点了点头，但紧接着又摇了摇头。

"该死的，难道就没有其他办法了吗？"小雪失望极了。

"办法肯定是有的，你需要这个东西。"海格力斯说着，从口袋里掏出一张小卡片，递到小雪面前。小雪接过卡片，发现这是一张镀有奢华金边的黑色卡片，上面印有"Minerva"（密涅瓦）的红色字样，后面的背景则是古罗马神话中十二主神之一密涅瓦的头像。

"这是席尔瓦小姐进出总部的绿色通行证。她自己持有一张，另一张则放在我这里，以备不时之需。凭借这张卡，您可以轻松进入总部大楼，随后只要通知董事长的秘书请求见面即可。"

小雪激动地望着手中的卡片，仿佛从若隐若现、美丽而神情肃穆的密涅瓦女神头像上看到了埃斯特莉娅那久违的脸庞，双手情不自禁地颤抖起来。

时间来到中午12点40分，电影已接近尾声。与一直全神贯注观影的王一川不同，孙艾琳似乎对电影的内容并不太感兴趣，只见她时而闭目冥想，时而玩玩手机，一副消磨时间的样子。也许是被女性特有的好奇心所驱使，这个混血女警突然想看看小雪和牛畅究竟去哪里玩了，于是悄悄地打开了警察特有的监控系统。然而，监控屏幕上出现的定位令孙艾琳大吃一惊——那是DMIG总部的位置！

"一川，出事了！"孙艾琳下意识地捅了捅王一川的胳膊。

"别妨碍我看电影，到关键时刻了。"

"小雪出事了！快跟我走！"孙艾琳火了，怒吼着，拉起王一川的胳膊，不由分说地向外走去。

DMIG总部大楼董事长办公室中，一阵清脆的电话铃声响起。正在批阅公文的董事长席尔瓦有些不耐烦地伸手摁下了免提按钮。

"董事长阁下,有一位手持席尔瓦小姐身份卡的年轻女孩带着她的同伴请求见您,说是作为驯龙夏令营的见习驯龙师学生代表拜访您。请问您有时间吗?"

董事长席尔瓦心头一怔,似乎想到了什么。

"让他们上来吧。"

"是,我这就领他们上来。"

几分钟后,在女秘书的指引下,满怀希望的小雪与忐忑不安的牛畅来到办公室。

"董事长阁下,如您所愿,我把想要拜访您的学生代表带来了。"

"谢谢你,卡塔丽娜。"

"需要给您做学生代表访问的会议笔记吗?"女秘书补充了一句。

"不必了,谢谢。"董事长席尔瓦有些不耐烦地摇了摇手。

办公室里只剩下董事长、小雪和牛畅三人。望着眼前有些拘束的两位年轻人,董事长席尔瓦微微一笑,挥了挥手,示意他俩坐在会客用的沙发上,自己则手持水壶和茶杯走过来——贵为董事长的他竟亲手为年轻客人倒上茶水,这一举动令小雪顿感不安;与之形成鲜明对比的是,惊魂未定的牛畅依然端坐在那儿。

董事长席尔瓦在二人面前的单人沙发上坐下,悠然地点燃一根雪茄:"想必二位都是中国恐龙竞技队的精英代表。你们想从我这里了解些什么呢?不用紧张,我接受任何提问。"

望着董事长席尔瓦那充满期待的眼神，小雪深吸了一口气，努力使自己的情绪平复下来，紧接着，她转动着乌黑的眸子开始提问："尊敬的董事长阁下，我的第一个问题是，作为恐龙基因工程的创始人，您是否认为现在流行的恐龙竞技运动基本符合您的预期？"

　　小雪一边问，一边有些紧张地从包里翻出一个笔记本和一支签字笔，准备认真地把"访谈内容"记录下来。面对提问，董事长席尔瓦深吸一口雪茄，然后开始从容地作答。

　　"这是个很好的问题。首先，我给你讲讲当年我发起恐龙基因工程研究的故事……"

　　伴随着一阵由远及近的马达声，一辆印有戴德姆POW公司图案的小车在大街小巷穿梭着。驾驶座上坐着孙艾琳，副驾驶位置则坐着因飙车而惊慌失措的王一川。当他们来到一个路口时，一名交警将车拦了下来。

　　"您超速了，小姐，请出示您的驾照。"

　　孙艾琳立刻将自己的警官证递给了交警："警察，现在正在执行特殊任务。"

　　"不好意思！需要支援吗？"交警连忙立正行礼道。

　　"不，等我通知。"孙艾琳向交警使了个眼色，意思是自己还要赶路。交警连忙放行。于是，这辆小车继续奔驰在大街小巷。对于前往位于曼哈顿的DMIG总部大楼的路，混血美女似乎非常熟悉，她甚至不需要借助任何导航设备便能记得每一条街巷的位置。

　　"我们究竟要去哪里？"艰难地将自己因飙车而产生的恐

惧情绪稳定下来后，王一川参着胆子问道。

"DMIG总部大楼，我刚才通过警察定位系统发现小雪来到了这里。她为什么会来这里？依我看，恐怕只有一种可能性，那就是……她被绑架了！"

"你说什么？"

面对孙艾琳的推断，王一川简直不敢相信自己的耳朵。

办公室里，董事长席尔瓦已经耐心回答了小雪提出的6个问题，这对于一贯视时间如生命、对下属惜字如金的DMIG掌门人来说简直是件不可思议的事。不过看起来，小雪似乎并不打算就这样结束今天的"学生访问"。

"请允许我问您最后一个问题，尊敬的董事长阁下。"小雪理了理被汗水浸湿的鬓发，深吸一口气，终于说出了此行真正想要提出的问题，"事实上，您女儿埃斯特莉娅·德·席尔瓦是我在中国南方大学的室友，并且是很好的朋友。前段时间，您女儿突然因病休学，我很想念她——能告诉我她现在在哪里吗？我想去探望她，哪怕只看一眼……"

董事长席尔瓦突然冷笑一声，紧接着从座位上拂袖而起，径直走到自己办公桌背后的巨型落地窗前。一时间，小雪惊得不知该如何继续话题，只能默默地注视着董事长站在落地窗前向外张望。牛畅更是因害怕紧紧抓住"雪姐"的胳膊。

在玻璃窗前停顿了大约一分钟，董事长席尔瓦转身从办公桌上拿起一张卡片，向装小雪走来：

"抱歉，最后一个问题我不能回答你。这是我的名片，感谢你今天的采访，期待有缘再次相见。"

没过多久，被称作"卡塔丽娜"的女秘书再次出现，将两位年轻人带出了办公室。

与此同时，孙艾琳驱车狂飙到了DMIG总部大楼院外的门口。外来车辆至此便无法更近一步。由于情况不明且自己是单枪匹马，混血女警不敢轻举妄动，只得一边远远盯着院内大楼门口的情况，一边继续观察手机上显示的定位。然而令她吃惊的是，定位显示小雪正在离开大楼。

"快看，小雪出来了，还有阿畅！"王一川早早发现了正从总部大楼大门走出来的小雪与牛畅，立刻拍了拍孙艾琳的肩膀。混血女警连忙顺着王一川手指的方向望去，只见两个人从行为举止来看完全正常，丝毫没有被胁迫过的痕迹。

"难道是我想多了吗？可是，他俩跑到这里来究竟是何目的？"

孙艾琳自言自语着。这时，她突然瞥见距离自己不远处还有一辆小车，车里坐着一名戴墨镜的男子，好像也在等人。警察灵敏的嗅觉令孙艾琳立刻警惕起来。更令她吃惊的还在后面，小雪与牛畅出门后径直向那辆小车走去。王一川本想下车喊住他俩，却被孙艾琳阻止了。

"嘘……让我们跟着他们，看看他们究竟去哪里。"

两辆小车几乎在同一时间启动……

二十三　希　望

　　海格力斯的小车在接上裴小雪和牛畅后，迅速向先前双方见面的那个咖啡屋驶去，孙艾琳则驾车紧随其后。坐在海格力斯的车里，小雪惊魂不定地喘着粗气。

　　"裴小姐，请问您知道席尔瓦小姐的下落了吗？"海格力斯边开车边问道。

　　"没有。董事长阁下拒绝回答关于埃斯特莉娅的任何问题。"小雪以充满遗憾的口吻说，"不过，他给了我一张名片。"

　　"名片？"

　　见海格力斯有些诧异，小雪立刻将名片递过去。壮汉拿起名片看了看，并未发现什么异样。

　　"这就是一张普通的集团高管名片，席尔瓦小姐也有，并且有一部分保存在我这里。"海格力斯将名片归还给小雪。

　　"是吗？看来……此行真的是一无所获。"听了这话，小雪彻底如泄了气的皮球般瘫了下去。

"雪姐,我们等会儿再商量一下呗,说不定还有别的办法呢。"

一直没发表看法的牛畅突然安慰起小雪来,使小雪失落的内心稍稍好受了一些。就这样,经过半个多小时的车程,载着小雪等三人的小车回到了他们出发时的那家咖啡屋。不久之后,一直尾随其后的孙艾琳也将车稳稳地停了下来。

"居然是个咖啡屋!这两个小家伙和那个墨镜男究竟想干什么?"王一川自言自语地摸了摸脑袋。

"走,我们也进去。"

孙艾琳拉着王一川就向咖啡馆走去。而海格力斯与裴小雪、牛畅早已回到了上午先前坐过的位置。此时,咖啡屋里仍然没有多少人。

"已经过了午饭时间了,想必二位已经饿了吧?我去给二位点一些简餐。"海格力斯看了看手表,以温和的语气说道。

"一杯咖啡和一份鸡蛋三明治即可。阿畅和我一样。"

小雪勉强挤出一丝笑容。海格力斯点点头,起身往吧台走去。小雪有些灰心地摆弄着手中的名片,正想将其扔进脚旁的垃圾桶,突然,两个高大的身影坐在了二人桌前。

"你俩胆子不小嘛,竟敢私闯DMIG的总部大楼。"那是混血女警的声音。小雪和牛畅猛地抬起头来,发现对面竟坐着王一川与孙艾琳。两个年轻人吓得抱在了一起,但很快,在发觉失态后又嫌弃地将对方一把推开——惹得王一川与孙艾琳哈哈大笑起来。这笑声也吸引了正在吧台前等待的海格力斯的注意。

也许是认为突如其来的二人可能会对自己构成威胁, 壮汉忙放下餐盘, 打算离去, 却被眼疾手快的王一川一个箭步拦下。

"你是谁, 想干什么?"海格力斯警惕地问道。

"不妨一起来聊聊。"王一川冷笑一声, 拉拽着海格力斯向座位走去。尽管在体形上海格力斯明显占优, 但在王一川那股蛮力的拉拽下, 他竟然被拖回了座位处。为了防止他逃跑, 王一川与孙艾琳将其夹在中间。

"你是什么人, 为何会与小雪、阿畅混在一起?"孙艾琳眯着眼, 以一副"大佬"的架势开始讯问。

"我……我们是来商量事的。"海格力斯紧张地说。

"没错, 我们来商量如何才能找到小埃并救出她! 这个海格力斯先生是小埃的护卫, 因为小埃的事情特意来向我求助!"见海格力斯陷入困境, 小雪立刻主动接过话去。

"向你求助? 哈哈……别自不量力了, 你一个黄毛丫头能做什么?"孙艾琳听罢仰首大笑, 同时掏出自己的警官证放在桌上, "这种事应该向我们警方求助才对。"

"什么, 你竟然是警察?"

海格力斯的脸上登时露出恐惧的表情。

此刻, 在那间拉着窗帘的阴暗房间里, 已经被关了快两个月的埃斯特莉娅正在屋中缓慢地踱着步子。相比刚刚被关在这里时, 银发姑娘已经明显消瘦了许多, 甚至因为营养不良, 已微微有些驼背。不知何时, 她发现有扇窗户一角原被钉死的窗帘松动了, 露出了一点久违的阳光, 于是连忙凑上前去。尽管透光孔很小，但银发姑娘急切地将眼睛对准了透光孔，想看看外面是什么样的景色。然而，她的视野里出现了正在向这里走来的K博士和两名全副武装的面具人。

埃斯特莉娅心头一紧，忙将窗帘假装扣回钉子上，自己则理了理两个月未打理的又长又乱的银发，坐回那张她常坐着发呆的圆桌旁。不多时，门被推开了，出现在门口的果然是那张银发姑娘最不想见到的面孔。

"好久不见了，密涅瓦大人，近来您可好？"进门后，K博士以阴阳怪气的声音问候道。埃斯特莉娅双眉紧锁，没有搭理他。

"最近心脏没有感到不适吧？我托人给您带的药收到了吧？"

"黄鼠狼给鸡拜年。"埃斯特莉娅稍稍抬头瞪了K博士一眼，从嘴里挤出了愤恨的话语。

"哎哟，在中国待的时间长了，竟然连歇后语都脱口而出了，真是值得赞赏！"K博士故意郑重其事地鼓起掌来，"听闻最初几天您曾经绝食，一度生命垂危，为何现在又能适应您口中的'猪食'了呢？"

"那是因为我已经想明白了，我决不能输给你这种人。我会活下去，并且从这里出去。"埃斯特莉娅异常坚决地说道。

"突然变得有信心了嘛！很好！那么让我来告诉您一件事：就在刚才，裴小雪去找您父亲了。"K博士故意压低了声音说。

"你说什么？小雪她……怎么会……"埃斯特莉娅那苍白的脸瞬间露出了迷惑的神色。

"哼……那个傻丫头妄图从您父亲口中套出关于您的信息，但很可惜，您父亲还是识时务的。哈哈哈哈……"

K博士说着，不禁仰天大笑起来。听着那瘆人的笑声，埃斯特莉娅有些烦躁地捂住自己那因受刺激而隐隐作痛的心口。此时的银发姑娘，不知是该高兴还是该悲伤。

咖啡屋里，孙艾琳手持那张董事长席尔瓦的名片，在灯光下反复翻看，却看不出任何门道。

"只有这一张卡片吗？"孙艾琳沉吟道。

"是的。其他记录的其实都是无关紧要的事情。"

"笔记给我看看。你确定记录的都是董事长实际所说的话吗？"

小雪边点头边把笔记本交给了孙艾琳。混血女警接过笔记本，仔细推敲着小雪的记录，但是果然如她所说，其中并没有什么值得在意的事情。就在这时，王一川没好气地打了个哈欠并插了一句："真无聊，一群小孩的幼稚把戏竟打扰了我把电影结局看完——真想知道埃德蒙顿·西姆科最后有没有拿到解开谜团的钥匙！"

这看似不经意的一句话却让人茅塞顿开，孙艾琳如获至宝地再次拿起名片反复端详，嘴角露出一丝难以察觉的笑意：

"没错……如果是隐形墨水的话，就能办到了！"

"你说什么？"其余四人几乎异口同声地反问道。

"名片背面的某处在强光照射下有细微的反射现象，像是涂了一层薄薄的东西。可以肯定，这不是名片上本来应该有的，待我拿回去研究一下再做定论吧!"孙艾琳说着,把那张名片小心翼翼地放进兜里并拉上了拉链。望着她那副认真的模样,其余四人似乎猜到了什么,脸上都露出了兴奋的笑容。

目送着K博士和他的手下离去,阴暗的小屋里又只剩下了埃斯特莉娅一人。这个银发红瞳的可怜女孩已经独自度过了两个月光阴。这份孤独还会持续多久?她说不清楚,也不愿去多想。此刻,她唯一希望的,就是自己还能与小雪再见上一面。

"活下去,从这里出去……"埃斯特莉娅喃喃自语着,张开双臂躺倒在那因长时间无人打理而脏兮兮的床上,脸上却露出一丝欣慰的笑容。她脑海中似乎浮现出自己刚刚来到中国时的情形——

那是一个阳光明媚的早晨。

"今天,我要向大家介绍一位新同学,来自西班牙的埃斯特莉娅·德·席尔瓦。"

辅导员李老师带着一位高挑纤瘦的外国女生来到同学们面前。这个女生拥有一头如月光般柔美的银色长发;一对柳叶般浅金色的细眉下点缀着同样浅金色的长睫毛和仿佛会说话的水灵灵的朱红色双眸;高贵笔挺的鼻梁与红润的樱桃小嘴是如此无可挑剔;用"瓜子脸"已经无法形容她脸型的美——因为那白里透粉的脸庞从内到外都散发着高雅的气质。

"大家好!"女孩稍稍弯腰屈膝向同学们行礼。霎时间,男生们疯狂地鼓起掌来,女生们则议论纷纷,只有一个人面露惊讶之色,那就是小雪。只见她快步走到埃斯特莉娅面前,以不可思议的口吻说道:"你居然来我们学校……并且成为我的同学?"

"我很荣幸。"埃斯特莉娅那看起来相当冷漠的脸上露出一丝难以捉摸的笑意。

课后，埃斯特莉娅像往常那样独自走在返回宿舍的路上，裴小雪则快步从后面追上她："埃斯特莉娅同学！"

银发姑娘先是一愣，但并没有停下脚步。小雪有些急了，一个箭步冲上前去拉住了对方纤细的胳膊。

"别碰我。"埃斯特莉娅却如触电般将小雪的手迅速推开。小雪见对方如此傲慢，不禁皱起了眉头，但她并未立即发作，而是选择与她并肩前行。

"小埃同学！你是个没有感情的机器人吗？为什么我跟你说话，你都不搭理我？对人要有起码的尊重，你不懂吗？"

"什么？'xiao ai'？"也许是没听懂小雪口中最先说出的那句中文词语的含义，埃斯特莉娅突然露出了一本正经的神情。

"对呀……你在我们班里是年纪最小的，所以就是'小埃'呀！中文的'小'加上你的首字母发音'埃'。以后我就这么称呼你了哟！"小雪转了转她那机灵的黑色眸子，笑嘻嘻地说。

埃斯特莉娅却不屑地看向别处："无聊。"

二十四　卡帕阿

第二天上午，还在呼呼大睡的小雪被卧室门外一阵急促而猛烈的敲门声吵醒。只见她十分不情愿地从床上爬起，迷迷糊糊地走到门口，一边拨开门锁，一边嚷嚷道：

"天塌了吗，吵死人了！"

"不是天塌了，而是天亮了！"站在小雪眼前的是喜笑颜开的牛畅，"琳姐的调查结果出来了，那张名片上果然有端倪！"

"你说什么？"刹那间，小雪完全清醒了。

客厅里，王一川仍在一边踱步，一边打着电话。当满腹疑惑的小雪随牛畅走出卧室时，这个年轻的教练刚好挂断电话——只见他的脸上充满喜悦的神情。

"川哥，快说，到底什么情况？"小雪赤着脚，一个箭步冲到王一川面前，急切地问道。

"刚刚艾琳给我的回复是名片上确实使用了隐形墨水，内容是：夏威夷·卡帕阿。"王一川边说边点了点头。

"夏威夷·卡……卡……卡？"从未认真上过地理课的小雪显然不明白这是何意，竟复述得口吃起来。

"卡帕阿是夏威夷州考艾县的一个普查规定居民点，在美国公文里叫'census-designated place'，也被译作'人口普查指定地区'；位于该县最大岛屿——考艾岛东部临海处，同时也是岛上最大的镇。"牛畅则不慌不忙地说道。

"所以你们的意思是，小埃应该就在那个什么'可怕娃'？"小雪变得认真起来。

"是卡帕阿！雪姐，你……你真的是大学生吗？"牛畅打断了小雪的话。

"阿畅你这臭小子……看姐不把你的嘴撕成'可怕娃'！"小雪一听昔日同桌竟然讽刺自己，立刻喊起来。

"好了好了，你俩别闹了！"王一川将打闹的两人分开，若有所思道，"既然大概知道了目标，我们便要开始下一步行动了。不过……依我看，我们不能破坏夏令营的气氛，不然很可能会引起处于暗处的敌人的怀疑。所以我个人建议在夏令营结束后再着手去营救。"

"不行！万一敌人对小埃……"小雪立刻表示反对。

"我亲爱的雪姐，麻烦您动动脑子！都这么久了，敌人如果想动手，还会在乎这几天？"牛畅一听，连连摇头。

"嗯。阿畅讲得有道理。小雪，这件事急不得，我们必须考虑周全。因为……我隐隐觉得，如果能找到小埃，那么失踪的裴博士和韩娅的下落也一定能水落石出！"王一川信心满满地说道。

"老爸……"小雪埋藏在内心深处、迟迟不愿面对的那份担忧猛然被唤醒。

戴德姆市POW分部的办公室里，孙艾琳正仔细研究着夏威夷考艾岛的地图——对于从未去过夏威夷甚至并未听说过"卡帕阿"这个地名的混血女警来说，研究如何查出埃斯特莉娅的关押地确实相当艰难。不知不觉中，时间已经到了中午，米娜端着盒饭轻轻推门走了进来。

"艾琳姐……有件事，其实我一直……想对您说。"米娜将盒饭轻轻放在茶几上，以一副拘谨的姿态低声说道。

"你说。"孙艾琳瞟了米娜一眼，并未停下手中的事情。

"其实，我一直想……加入警察的队伍。"米娜的脸红了。

"不可能。"孙艾琳终于扔下手中的铅笔，把目光移到米娜身上。

"可是我真的很想替贝姐和清水姐报仇……"

"够了！我可不是贝姐，没有她那样的好脾气和耐心。做好你该做的事，这个话题到此为止。"孙艾琳突然提高了嗓门。

"艾琳姐，虽然您没有告诉我，但是我知道您现在最需要什么。事实上，我是地地道道的夏威夷卡帕阿人。"

"你说什么？你是卡帕阿人？"果然，米娜的话立刻吸引了孙艾琳的注意力。

午后，王一川带着小雪等驯龙师回到了驯龙场地。按照时间表，中国恐龙竞技队将和东道主美国恐龙竞技队进行一场训练赛。对此，小雪可谓期待已久。然而，就在比赛开始后不久，王一川却被孙艾琳叫走了。

"什么？你们马上就去卡帕阿？上午我们不是约好等驯龙夏令营结束一起去的吗？"在得知孙艾琳的决定后，王一川显然大吃一惊，脸上露出不满的神色。

"我觉得还是先去踩个点比较好。"

"可是……"王一川正欲进一步询问，孙艾琳已经挂了电话。

就在孙艾琳给王一川打电话的时候，这个一向雷厉风行的混血女警已经与米娜抵达戴德姆市的国际机场，准备搭乘最近一班洲际飞船前往夏威夷的火奴鲁鲁，然后从那里转机前往卡帕阿。她计划在确认了目标位置后再寻求警方增援，一举将埃斯特莉娅等人解救出来。

然而，总有一些事情是始料未及的。

正通过透光孔向窗外张望的埃斯特莉娅发现一大群西装革履的黑衣人簇拥着一位身材矮小、气质非凡的黑衣女性正向这边走来，不禁心头咯噔一下，连忙转身回到自己熟悉的木椅上，端坐着等待接下来可能发生的任何事情。不多时，门开了，几名黑衣人抢先冲到屋内立定，站好。

埃斯特莉娅竟因为有些紧张，不由自主地站起了身。很快，那个矮小的身影出现在银发姑娘面前——她摘下头套，露出了白发苍苍的慈祥面容。

"卡波特夫人？"埃斯特莉娅脱口而出。

"席尔瓦小姐别来无恙。"卡波特夫人声音温和。

"您为何会来这里？"埃斯特莉娅微微屈膝向对方行礼。

"想看看你怎么样了，孩子。几年不见，你真是长成大姑娘了。和你母亲一样，美得无与伦比。"

"谢谢您，卡波特夫人，我现在很好。"

"我们难得见一面，想跟你好好说话，有没有时间？"

"当然。"埃斯特莉娅立刻毕恭毕敬地说。

"孩子，现在能否告诉我，两个月前你为什么会做出那种事？"卡波特夫人面带笑容，以缓慢的语速问道。此刻的埃斯特莉娅却低下头去，不敢再正视对方的眼睛。

"不想说也没关系。孩子，你还年轻，千万别误入歧途。"卡波特夫人顿了顿，再次露出笑容，并伸手握住了埃斯特莉娅的手，"其实我此次前来是想带你离开这里——当然，前提是你愿意。"

"当然，我愿意！"埃斯特莉娅急切地说。

"孩子，从你呱呱坠地开始，虽然我们见面次数并不多，但我却见证了你的成长。还记得上一次见面吗？4年前，你还在美国上学，那也是你化身'埃斯特莉娅'后我们唯一的一次见面——算上今天，就是第二次了。"

"卡波特夫人，我想跟您一起回美国。"

此刻，埃斯特莉娅的眼神非常无助。只见她向前两步，跪坐在卡波特夫人面前，将头埋在对方膝前。卡波特夫人伸手轻抚着她那丝绸般的银发。

"比赛结束！美国队12：5战胜中国队！"

随着一声哨响，这场原本备受关注的训练赛就这样草草收场——一场看似势均力敌的对决竟变成了单边倒的"屠戮"。身为队长，从SDC操作舱中走出的小雪脸色铁青，拒绝一切采访。本场比赛的失利与她过早地在与对方异特龙艾伯塔的对战中战败有关。

不过，赛后王一川却没有过于责备小雪。他在安排好其余见习驯龙师后，将小雪拉到一旁，愤愤地说道："艾琳那家伙擅自行动，现在已经出发去夏威夷了！"

"川哥，那……我们该怎么办？要不现在我们也一起去吧！"小雪想了想，把目光投向王一川。

"不，先看艾琳她们侦查的情况吧。我们不能随意离开驯龙夏令营，这样做会引起更大的负面效应。"王一川沉吟道。

虽然心中仍存疑惑，但此刻，无计可施的小雪只得接受王一川的建议。两人把希望暂时全部寄予孙艾琳。

飞行在一望无垠的云海之上，洲际飞船里的孙艾琳正出神地望着远处逐渐隐没的夕阳。米娜则抓紧时间使用便携式电脑搜索可能关押埃斯特莉娅的地方。

"艾琳姐，我认为席尔瓦小姐很有可能被关押在这一区域。"米娜突然兴奋地低语道。

孙艾琳闻声回过神来，迅速将电脑移到自己面前。原来米娜所指的区域是一片滨海别墅区。

"这片别墅区名叫'库奴巴瓦'，其中东南面几栋相连的豪华别墅是DMIG高层的房产。"

"所以小埃很可能被关在这几栋别墅中的一座里，是不是？"孙艾琳瞬间明白了米娜的意思。

窗外，夕阳已经褪去最后一抹橘红。

几小时之后，夏威夷岛上最后一缕阳光也消散而去。送走了卡波特夫人的埃斯特莉娅拉上了窗帘，带着复杂的表情回到自己的圆桌边。虽然卡波特夫人已经答应明天一早便带她离开这里，但银发姑娘的心里却隐隐有些顾虑。不多时，她起身习惯性地在屋内踱着步子。她踱至衣架上挂着的外套前，从贴心处的口袋里摸出了那块金色的怀表。注视着怀表表盖里的贵妇头像，她自言自语道："妈妈……我应该相信她吗？"

不知过了多久，房门突然被推开。

"卡……卡波特夫人？"望着眼前再度出现的身影，埃斯特莉娅惊得几乎说不出话来。

"孩子，因为突发情况，我今晚就得回美国。"卡波特夫人的脸上失去了先前那和蔼的笑容。

"明白了，我这就和您一起走。"

埃斯特莉娅明转身从衣架上取下那件脏外套披在肩头。尽管天气炎热，但银发姑娘还穿着长袖的春装，身体也因虚弱而不住地颤抖。卡波特夫人指派一名女黑衣人搀扶着埃斯特莉娅走出门去。银发姑娘终于踏出了这间囚禁她长达两个月的房子。

与此同时，孙艾琳与米娜已经抵达夏威夷火奴鲁鲁国际机场。但因为天色已晚，已经没有交通工具可以立刻前往考艾岛。不得已，两人只得选择在机场过夜。当孙艾琳不经意向外张望时，她那敏锐的眼睛突然注意到远处一群黑衣人正在登上一架小型飞船，其中一人的背影看上去像是……

"小埃？"孙艾琳脱口而出。

"艾琳姐，您说什么？"米娜立刻凑了过来。

"我刚才似乎看到了小埃，但是她——她应该不可能出现在火奴鲁鲁吧，名片上明明写的是卡帕阿呀！"孙艾琳揉了揉眼睛，想证实一下，但那群人已经快速地钻进了飞船。

"艾琳姐，您别多想了，我们明天去卡帕阿证实一下。"

"嗯……只能如此。"孙艾琳点了点头，顺手拉上了窗帘。

飞船上，埃斯特莉娅坐在卡波特夫人正对面。

"孩子，你下个月就满19岁了，我没记错吧？"

"是的，卡波特夫人。"埃斯特莉娅双手捧着卡波特夫人为她准备的热牛奶，放到嘴边轻轻抿了一口，露出感激的微笑。

"你的母亲就是在这个年纪与你父亲相识的。19岁……多么美好的年龄啊！我一直在想，如果有哪个男孩能够娶到你，那他一定是这个世界上最幸福的人——因为他拥有了这个世界上最美、最善良的女孩。"卡波特夫人以缓慢的语速说道。

"您过奖了，其实我……"听着这溢于言表的赞美，埃斯特莉娅却陷入伤感之中——她下意识地伸出右手摁在自己那颗伤痕累累、脆弱不堪的心脏所在的位置。伴随着一阵明显的眩晕感，眼前的一切变得模糊起来。

"孩子，你怎么了？"卡波特夫人露出了惊恐的神色。

"我……我……"埃斯特莉娅挣扎着想站起来，但脚一崴，牛奶杯从手中滑落，银发姑娘扑倒在卡波特夫人脚边。

二十五　信　念

当埃斯特莉娅再次睁开眼睛时，发现自己躺在一张床上，犹如当时韩娅那般，双手和双脚也被牢牢绑住了。很明显，这里不是美国。银发姑娘艰难地抬起头扫视着四周，很快她便明白了，这里是什么地方。

这时，走进来一个身穿白大褂的人——那是一直挂着怪异冷笑的K博士，一张让埃斯特莉娅无法忘记的可怕脸庞。

"欢迎光临'自由的亚美利坚'，哈哈哈哈！"走到埃斯特莉娅的床前，K博士摊开双手做出一个欢迎的动作，并伴着一阵狂笑。

"卡波特夫人呢？你……你们俩联手算计我？"埃斯特莉娅愤怒地想要起身，却无法动弹。

只见K博士伸手挑了挑埃斯特莉娅那白皙的下巴，后者猛烈摇头挣脱。但这一激烈反应反而使K博士强行捏住了她的下巴。埃斯特莉娅痛苦地摇了摇头，但凭她的力量没有任何作用。

"别用你的脏手碰我！"埃斯特莉娅忍不住大喊起来。

"现在我想做什么就能做什么，你不过是只待宰的羔羊罢了。"K博士发出令人不寒而栗的笑声。

"卑鄙小人……你最好现在就杀了我，不然以后我一定不会放过你！"

"是吗？但是杀了你好像有点可惜呢——因为你不仅是这个世上最有权势的人的女儿，同时也是这个世上最美、最聪明的女孩。"K博士松了手。埃斯特莉娅的下巴露出了红印。

"浑蛋……最好别让我能活着出去，不然你一定会后悔！"埃斯特莉娅咬牙切齿地大骂起来。这还是她头一次如此愤怒地对人恶言相向。

"放心，按照那位大人的指示，我不会杀你，但会让你生不如死。"K博士说着，从兜里取出一支注射药剂，以阴阳怪气的声音继续说道，"这是我们最新研究的药物，对你的心脏可是很有好处呢，嘿嘿……"

望着那支药剂，埃斯特莉娅似乎明白了什么，脸上露出恐惧的神色。只见K博士挥起拳头，狠狠一拳击中了银发姑娘那可怜的心脏位置——刹那间，埃斯特莉娅感到一阵剧痛传遍全身，那痛苦的程度甚至让她抽搐起来。不过就在这时，K博士突然拿起一支微量注射器向银发姑娘的心口扎去，很快将针筒内的药物推完。只见埃斯特莉娅的额头渗出豆大的汗珠，并不住地喘着粗气。

"怎么样，是不是舒服一点了？"K博士咧嘴笑问道。

"凯文……我……绝对……不会放过你……"

埃斯特莉娅惨白的脸上已经布满了细密的汗珠，有气无力的她继续以言语回击K博士。但K博士却用自己的胳膊肘对准了银发姑娘心脏的位置。

"差点忘了告诉你，这个药会保证你的心脏正常工作并且让你保持清醒，使你不至于因心脏的剧烈疼痛而昏迷。但是它可不止疼哟！你会清醒地感受到心脏被撕裂的剧痛——这可是我亲手为密涅瓦大人量身定制的专用药！尽情享受这剧痛带来的快感吧！"说罢，K博士开始用胳膊肘一点一点施压，愈加用力地压在埃斯特莉娅的心脏上。房间里传来一阵阵令人心碎的声嘶力竭的惨叫声。

当第一缕阳光洒在机场宾馆的窗户上时，心情急切的孙艾琳便爬了起来，同时唤醒了米娜，打算乘坐最早的通勤班机去往卡帕阿。然而就在她们抵达米娜事先推测的滨海别墅区时，却发现那几座DMIG的房产里似乎并没有人居住的痕迹，也没有任何人看守，这显然很正常。不过最靠近海岸的一座别墅所有窗户的窗帘都是紧闭的，这引起了孙艾琳的注意。

"即便没有人居住，也不应该把窗帘全部拉起来吧，难道这里就是关押小埃的地方？"混血女警自言自语道，忍不住摸了摸窗台，希望能找到些蛛丝马迹。

"艾琳姐，好像里面有声音！"

机敏的米娜似乎听出了什么，连忙将孙艾琳喊到自己身边。顺着她手指的方向，孙艾琳侧耳聆听，好像室内有人在搬东西，心中不禁燃起了希望之火。

几分钟后，门开了，一位老嬷嬷抱着一把吉他从别墅里走出，然后谨慎地将门反锁。孙艾琳看准时机，一个箭步冲上前去拦住了对方："您好，打扰一下。"

见眼前是一位身材高大、光彩照人的长发女郎，老嬷嬷原本大吃一惊的表情稍稍放松了一些。

"这个小姐，有什么我能帮到您么？"

"请问……是谁住在这座别墅里？"孙艾琳边说边向屋内张望着。

"啊……我不能说。但是住在这里的人昨晚已经被带走了。"老嬷嬷说着，望了望手中的吉他，"这是应她要求借来的吉他。现在她不在了，我要把这把吉他还回去。"

"能给我看看吗？"

"当然。"

孙艾琳从老嬷嬷的手中接过吉他，仔细观察。那琴弦张力不大，说明使用者力量不是很强，并且在琴身上留下了淡淡的香味。此时此刻，孙艾琳的心中似乎明白了什么。

"您知道她去哪里了吗？"混血女警继续问道。

"抱歉，对此我真的一无所知。"老嬷嬷无奈地耸了耸肩。

"非常感谢，给您添麻烦了！"孙艾琳想了想，向老嬷嬷致谢并告别，转身小跑至米娜藏身的房屋侧面——她的脸上喜忧参半。

回去的路上，孙艾琳谈起了刚才的发现："那把吉他应该就是小埃用过的，因此我可以基本推断住在别墅里的就是她。但是不知道出于何种原因，她昨晚被带走了……"

"被带走了？"米娜露出吃惊的神色。

"嗯。难道是对方有所察觉才把她转移了吗？倘若昨晚我见到的背影就是小埃，那么这应该是一次长途转移……"孙艾琳突然露出恍然大悟的神情，"对了，说不定'那个人'知道有可能会被带到哪里去！"

关押埃斯特莉娅的囚室的房门被再次打开。这次，K博士换了一身笔挺的蓝黑色西装，打着红色领结，迈着绅士的步子走进了囚室。好不容易从一夜心脏阵痛中缓过来的埃斯特莉娅刚刚入睡，但早早"来访"的K博士似乎并不想让对方就这样享受难得的清净。只见走到床头的"绅士"伸出拳头用力摁压了一下埃斯特莉娅的心脏。刹那间，一阵剧痛使可怜的银发姑娘从睡梦中惊醒。

"啊……"她那明显沙哑的嗓子已发不出更大的声音。

"嘿嘿……密涅瓦大人，很荣幸由我来提醒您，现在该起床了。"K博士狞笑着收了手，又举起注射器，对准埃斯特莉娅的心口处打了一针药物。

"我……看到了……"埃斯特莉娅的嘴里发出含糊不清的声音。

"您看到了什么？"

"看到了……你的……死相。"

"哈哈……生不如死的您已经开始说胡话了吗？" K博士仰天大笑起来，但很快压低了声音，"我也看到过，您母亲的死相。"

这话似乎刺激到了埃斯特莉娅的神经，她停止了呻吟。

"哼，反正您也不可能活着从这里出去了，就让我来告诉您吧……" K博士冷笑着，凑到埃斯特莉娅脸旁，以极轻的声音说，"您母亲席尔瓦夫人实际上不是自杀，是我赐予了她死亡……"

话音未落，埃斯特莉娅突然扭过脸狠狠地咬住了K博士脸上的一块肉，痛得那家伙如猪般喊叫起来。银发姑娘则死死咬住他的脸，丝毫没有松口的意思。气急败坏的K博士只好全力挣脱，脸上的一块皮肉竟被埃斯特莉娅那对锋利的小虎牙咬了下来，鲜血淋漓。

"好啊，看我怎么收拾你！"

面露凶相的K博士顾不上自己的"绅士"形象，撸起袖子，狠狠抽了埃斯特莉娅两记耳光，然后故伎重施，继续用力摁压这可怜的女孩那脆弱的心脏。然而这次，银发姑娘并未发出惨叫，为了忍住痛，她竟硬生生将自己的嘴唇咬出了血——两行泪水如断了线的珍珠般悄然滑落……

一天后。

风尘仆仆返回美国纽约的孙艾琳马不停蹄地来到夏令营的训练场地。这时，中国队正与西班牙队进行一场重要的训练赛，小雪作为队长参加比赛。见没法直接联系到小雪，向她询问关于海格力斯的情况，孙艾琳便先找到王一川，讲述了自己在夏威夷的经历以及关于埃斯特莉娅的推测。

"竟然会有这种事，小埃居然在前一晚上被带走了？"对于孙艾琳的描述，王一川感到不可思议。

"这是我的推测。所以我想通过小雪立刻找到海格力斯，向他询问关于小埃可能被带去的地方。"

"我明白你的意思了。但是……你凭什么认为那家伙会帮我们？"王一川托腮沉吟道。

"但是也没有别的办法了，我们必须立刻和他取得联系。"

"先等等吧，比赛还没结束。"王一川说着，与孙艾琳不约而同将目光投向比分显示器——中国队3∶9落后于西班牙队。

"上一场比赛我们刚刚5∶12惨败给美国队，本场比赛又……"王一川说着，面露焦虑之色，"作为队长，小雪连续两场比赛发挥都不尽如人意……"

"哈，恐怕这就是那黄毛丫头的真正实力噢！"孙艾琳却不以为意地笑着说，"依我看，她满脑子都是她那'木头人'闺密，能用心比赛才是件不正常的事！"

"真没想到，那个西班牙女孩居然对小雪的影响如此之大。"王一川抱着手臂继续说道，"不过，小埃确实是很有魅力的女孩，不仅美貌、聪慧过人，而且说话、办事非常干练——我也非常喜欢她。"

孙艾琳不满地瞟了眼得意忘形的王一川，无奈地叹了口气。正在这时，马什博士竟然宣布比赛结束了——原因令人咋舌，身为中国队队长的裴小雪居然主动申请放弃了比赛，这样一来，西班牙队不战而胜。未等比赛终止的信号传出，这个情绪激动的年轻队长已经打开SDC操作舱跳了出来。

尽管这仅仅是一场训练赛，但对于小雪如此不职业的做法，大家还是议论纷纷。发觉情况不对劲的王一川立刻飞跑到他的爱将面前。

"浑蛋，你知道自己在做什么吗？"

"我知道呀，我不想比了呗。"小雪故意装出一副无所谓的样子准备绕开王一川，却冷不防被对方揪住了领子："你身为队长，竟然主动弃赛，这会给那些见习驯龙师留下多么坏的印象？太不负责任了！"

"这队长我不当了，爱让谁当就让谁当去……"

"啪！"就在恶意顶嘴的小雪话音未落之时，王一川已经给了小雪一记结结实实的耳光——这一击的力量是如此之大，甚至把小雪的嘴角打出了血，"不想干就给我走！"

面对王一川的怒斥，原本心情极差的小雪感受到了无法言说的委屈，掩面抽泣着转身便走。不过，当她从孙艾琳身边走过时，却被混血女警拉住了胳膊："站住，我有事问你。"

小雪回过头，露出了她那哭得有些红肿的眼睛，脸上满是迷茫。孙艾琳将她拉到了一个角落。

"那个你认识的DMIG的大块头叫啥来着——海格力斯？"

小雪点了点头，但还在不住地抽泣。孙艾琳想了想，竟一反常态地做出了安慰人的举动——从兜里拿出一包纸巾递到小雪手里。

"好啦……把眼泪擦擦,现在这模样可一点都不像你。我知道你一直在担心小埃,所以压力很大,心情也不好。这不……我在问你正事呢,你现在还能联系上那个大块头不?"

小雪继续点点头,从兜里掏出手机,很快在聊天工具里找到了一个备注为"海格力斯"的名字。

"很好,你现在和海格力斯联系,告诉他我们已经去过夏威夷,但发现小埃已经被人带走了;然后问问他,小埃可能会被带到哪些地方去。"孙艾琳温柔地拍了拍小雪的肩膀。于是在混血女警的注视下,小雪拨通了海格力斯的电话,然而通信系统却提示对方不是自己的好友,无法进行通话。

"我被拉黑了?"小雪疑惑地抬起头。

孙艾琳也深感意外,立刻拿过小雪的手机摆弄了几下。在确定对方已经将小雪拉黑后,混血女警万分失望地垂下了头。

"真见鬼……这样一来,我们该怎样才能了解到小埃到底被带到哪里去了呢?"

"会不会……小埃被带去之前关押娥娥她们的那个秘密监狱了?琳姐,你想啊,那帮人肯定是在得到我们要去救小埃的消息后才会转移她的吧,既然这样,普通的民宅肯定不安全,那就只能是监狱啦!"

小雪无意地插了一句,却令孙艾琳警觉起来。

"之前那个监狱?难道就是贝姐口中的'火地岛'……"

"火地岛?那是什么地方……"小雪眨了眨眼,完全没听明白。

"那是之前关押韩娅和娥娥的地方,你失踪的父亲可能也在那里。但时至今日……韩娅和裴博士都还下落不明。"孙艾琳说着，脸上露出了为难的神色，"但是就算能够确定是那里，我们也不知道DMIG位于火地岛的秘密监狱究竟在哪里——到目前为止，我们国际刑警对此一无所知。"

"哎呀，琳姐，你的记性怎么突然就不好了呢？你忘记娍娍了吗？她可是从那里逃出来的呀，难道会忘记那个地方在哪儿吗？"

"可是我也曾问过她，她说完全忘记了。"

"有谁会在劫后余生的情况下去回忆那些可怕的事情呢？但是现在已经过去两个月了，我觉得她应该已经恢复正常了吧？不如让我来和她好好交谈一次。"小雪说着，恢复了往日自信而活泼的表情。

"嘿……你这丫头，状态恢复得倒是挺神速呐！好，那就拜托你去和娍娍聊聊。"孙艾琳也笑了，爱抚地敲了敲小雪的脑门，准备转身离去。但也许是想到了什么事，她又转过身来。

"别忘了去向'那家伙'道个歉吧。他是真的为了你好——希望看到你成熟并强大起来。"

"嗯，我会的！放心吧！"

已经完全消气的小雪十分认真地点了点头，调皮地做了个比心的动作。混血女警转身离去，很快便消失在茫茫人海中。

二十六　解锁之匙

　　手机铃声响起，孙姵懒懒地伸手够到了手机。见来电显示是小雪，她立刻滑动、接听。

　　"小雪？"

　　"啊，姵姵，真不好意思，这个点你可能还没起床吧？"

　　"没关系，我们之间还需要客气吗？什么事？"孙姵脸上露出轻松的笑意，并伸手理了理凌乱的头发。

　　"你最近恢复得如何？"

　　"还可以，怎么了？"

　　"我们发现了一些有关小埃她们的线索，因为你也算是当事人之一……如果没有其他安排，能否来一趟美国？我们当面聊聊，一方面计划下一步营救行动，另一方面也算是故地重游……"

　　"不，我帮不上什么忙。"

"哎……姚姚!"

电话那头没了声音——孙姚已经挂断了通话。原本自信满满的小雪宛若遭到当头一棒,手机滑落在沙发上。

孙姚面无表情地抱腿坐在床头,望着电视机屏幕发呆。不多时,卜小黑轻声推门走进来,正准备直接进溜进浴室,却发现孙姚正盯着自己。原来,他一大早去打篮球了——满身的臭汗和手中的篮球"出卖"了他。

"你又去打球了?"

"啊……因为起得早,又不想打扰你,所以……"

"所以你把我的话都当成耳旁风是吗?你明明知道最近我不喜欢你去打球,一川哥和小雪又不在,你宁可去打球,也不愿意花点时间陪我,是吧?"

一向乖巧的孙姚罕见且简单粗暴地打断了卜小黑的话,同时从床上灵巧地跳起身,披上外衣,拎起挎包就往外走。见此情形,卜小黑慌忙拦住了她。

"姚姚,你要去哪里?"

"你管得着吗?"

"你是我女朋友,我当然要问了!"卜小黑急了。

"呵呵,现在不是了。再见。"说着,孙姚一把推开卜小黑,迅速开门离开,并重重地用脚带上了房门。

卜小黑呆站在那里,不知所措。

快步走出公寓的孙姚感到自己的心仿佛被掏空了似的。此刻,她的脑海里如幻灯片般闪现出在火地岛监狱时的情形。

"小埃……你究竟……是什么人?"

"哼……不该问的事最好别问哟，就像你不该出现在本不应该出现的地方那样。"

……

"孙娥，你快跑，我来掩护你！"

"可是，小埃……我要和你在一起！"

"别婆婆妈妈的，快跑！"

……

"怎么会……难道贝姐你不是为了韩娅姐而来的吗？"

"我是为你而来。作为艾琳的闺密，我不想看到她因为失去你心碎。"

……

"贝姐……你？"

"好好活下去……"

……

想到这里，孙娥早已泪流满面。她捂着脸蹲在路边的一棵大树下，用颤抖的声音轻声说：

"原谅我，贝姐，小埃，我……我真的做不到……"

与孙娥通话之后，心中烦闷的小雪将自己关在卧室里发呆。手机振动起来，是何塞的来电。小雪没有理会，但是紧接着何塞第二次打来电话，犹豫再三的她还是滑动了锁屏。

"何塞哥，这么晚找我有事吗？"

"啊……小雪同学，很抱歉下午比赛时发生那样不愉快的情况。你现在心情好点了吗？如果乐意的话，我和雷恩在咖啡厅等你。"

"啊……这样啊，"小雪本想拒绝，但话到了嘴边却以另一种形式说出，"没问题，稍后就来哟！"

一个小时之后。

化了精致妆容、打扮时尚的裴小雪如约出现咖啡厅中。

"啊……小雪同学，你今天简直……"第一眼看到小雪时，何塞竟吃惊地站了起来。

"美若天仙！"雷恩接过何塞的话，也露出不可思议的表情。

"嘿嘿……二位兄长喊我，我肯定要打扮打扮呀！"小雪笑嘻嘻地说。

"斯黛拉，和在美国上学时相比，你简直判若两人！"雷恩递给小雪一杯咖啡。

"喂喂，我说雷恩老兄，老是提过去就没意思啦！现在的小雪同学，我敢说——就是中国队的女王！"何塞说着，边冲小雪眨眼边打了个清脆的响指。

"没想到世界杯结束一年后，如今的我们都成了各自国家队的队长！"小雪开心地说。

孙嬿就这样一个人坐在大树下，任凭手机疯狂振动。那是卜小黑的来电。但无论他打了多少个电话，总是无人接听。最后，也许是厌烦了，孙嬿直接将手机关机。回国前的一幕再次浮现在眼前。

"嬿嬿，你真的什么都想不起来了吗，你可是……在里面被关了将近一个月时间呀！"

"姐姐，求求你，别再逼我了，好吗？我现在脑子里……好乱。"

"好，别的我不问了。是贝姐把你救出来的，我没说错吧？"

面对姐姐的追问，孙娍却低头不语。除了与姐姐重逢之时表现出狂喜外，孙娍一直沉默寡言，宛若变了个人似的。眼见妹妹不愿意多说，孙艾琳只得摇着头起身离开，但在走出房间之前，她还是犹豫着停下了脚步。

"娍娍，我知道你心里很不好受，但我的心情和你是一样的。我是你的姐姐，这永远都不会改变；而贝姐对于我来说——她就是我的姐姐！没有她，就没有今天的我，当然……也不会有现在的你。"

孙娍突然站起身来，将拳头紧紧攥起，似乎在心中下了什么决定。

咖啡厅里，欢乐的气氛已经达到了高潮。然而，何塞不经意的一句话却令气氛瞬间冷却下来。

"要是这个时候，她也在这儿该多好……"

"何塞哥，你别提小埃好不好！"小雪立刻听出了何塞口中的"她"指的是谁，于是生气地将咖啡杯重重地放在吧桌上。

"你们俩不是最好的朋友吗……"何塞有些摸不着头脑。

"但是小埃她……已经被绑架了。"小雪气恼地说道，紧接着下意识地捂住了嘴巴。

"你说什么？"两位少年不约而同地瞪大了眼。

"没错……小埃她被绑架了。我现在正想办法去救她，但是……"小雪说着，眼睛不禁湿润了，"到目前为止，她的下落还是个谜。"

"为什么不早一点告诉我们呢？"何塞突然表情严肃地站了起来，"多一份力，就多一份希望啊。"

"没错，我也愿意加入。"雷恩也站了起来，脸上洋溢着激情，"为了救回席尔瓦小姐，我可以做任何事。"

"何塞哥，雷恩哥，你们……"此刻，小雪感到自己的嗓子仿佛被什么东西堵住了——言语已经无法表达她的感激之情。

手持洲际飞船ID卡、并未携带行李的孙婌出现在国际机场的安检口。通过闸机时，屏幕上显示出"南京—纽约"的字样。看得出，她是临时起意决定前往美国的——在这个交通异常便捷的时代，去哪里都如同打的士一样方便。

登上洲际飞船的孙婌终于打开了手机。只见聊天工具里一连弹出了卜小黑发来的十几条信息，大致的意思就是"自己不应该不顾对方感受去做令对方讨厌的事，恳请得到原谅"等。

"对不起，小黑哥哥，我今天的言语有些过激。我现在有事要暂时离开南京，希望你能过得比现在更好。"

给卜小黑回过信息后，孙婌关闭手机屏幕，头靠在飞船椅座上，目光投向窗外。只见地面上的一草一木和房屋逐渐远去。

美国凌晨3点，在咖啡厅里待了几乎整晚的小雪、何塞与雷恩肩并肩地走了出来。看得出，他们聊得相当尽兴。

"I had a dream. Strange it may seems. It was my perfect

day..."走在大街上，小雪哼起了一首英文歌。

"Open my eyes.I realize. This is my perfect day..."何塞紧跟小雪的节奏轻唱起来。

"Hope you'll never grow old...Hope you'll never grow old..."雷恩也熟练将歌词接了下去。

"Hope you'll never grow old...Hope you'll never grow old..."映着月色，三人齐声唱了起来。站在何塞与雷恩中间的小雪踮起脚，努力将自己的胳膊搭在两位帅小伙的肩头，显得那么亲密无间。静谧的大街上回荡着三人欢乐的歌声。

第二天下午。

中国恐龙竞技队迎来了在驯龙夏令营的第三个对手——新西兰队。由于这是一支实力很普通的驯龙队，王一川特意让小雪休战并跟随自己一同观看比赛。由于前一夜几乎通宵未眠，坐在王一川身旁的小雪不住地打着哈欠。

"昨晚很开心吧？今天对手不强，就让你好好休息一下吧。"王一川瞟了眼身旁强装镇定的小雪，露出看穿一切的笑容。

"啊……川哥，你知道了？"小雪吃惊地用手捂住嘴。

"废话……你这丫头做了什么我还能看不出来吗？谁没年轻过呢？哼……不过女孩子最好要自律些。"

"懂，懂！我紧跟川哥步伐走！一心想着伟大的驯龙事业！"小雪立刻将拳头似宣誓般举过头顶。

"嘿，真是个让人又爱又厌的丫头！"王一川被逗着了，一边忍俊不禁，一边像兄长般关爱地抓了抓小雪凌乱的头顶。小雪显然得意极了，竟站起来摆出了个超人一飞冲天的造型。

"能不能让我也加入呢，一川哥哥？"

背后传来一个熟悉的声音。王一川与小雪不约而同地回过头去，发现竟然是孙娴！

"娴娴？"两人异口同声地瞪大了眼。

"怎么了，看到我有那么不可思议吗？"孙娴脸上带着微笑，将挎包轻轻放在小雪身后，然后站在二人中间。

"没，我只是……太激动了！"小雪猛地张开双臂给了孙娴一个大大的拥抱，"我记得你昨天……"

"呵，我只是改变了主意而已。"孙娴淡然一笑。

此刻，驯龙练习赛也以中国队的胜利宣告结束。最终的结果是中国队以9∶8险胜新西兰队。看来，缺少了队长小雪、仅凭见习驯龙师参赛的中国恐龙竞技队的实力并不那么令人放心。随着孙娴的到来，小雪终于把与孙艾琳所商量的计划一五一十地告诉了王一川。得知她们计划前往神秘的火地岛，年轻的教练不由得大吃一惊。更令他无法想象的是，孙娴恐怕就是那解开谜团的关键"钥匙"……

二十七 前往世界的尽头

孙婌归来的消息很快传到了姐姐那里，孙艾琳第二天一大早便急不可待地从戴德姆市再次赶到纽约。姐妹团聚，令孙艾琳异常激动，同时，她对于妹妹改变心意，决定为营救埃斯特莉娅并解开这一系列绑架事件的谜团尽自己的一份力而感到无比欣慰。

不仅如此，何塞·费尔南德斯和雷恩·马什的加入也令小雪等人倍感欣慰。

现在，每个人都把目光聚向了贝尔格蕾雅曾提到过，并且关押过孙婌的火地岛DMIG秘密基地。鉴于已经确定要前往火地岛执行行动，孙艾琳将自己的行动计划以书面形式呈报给国际刑警组织中的上级单位。很快，出于调查贝尔格蕾雅和凯因茨失踪真相的迫切心情，组织批准了这份行动计划，并派给孙艾琳30名全副武装的"海牛"特战队队员。不过，在王一川坚持不打扰驯龙夏令营正常节奏的情况下，大伙儿最终还是决定在驯龙夏令营结束后再行动。

与此同时，在火地岛DMIG基地的走廊上，一个熟悉而高大的身影正缓慢行走着。他戴着与普通面具人不同的特殊面具，来到一个拐角时，另一名同样戴着特殊面具，个头稍矮的面具人与其险些撞了个满怀。

"海格力斯？你不是被调到纽约去了吗，为何会出现在这里？"个头稍矮的面具人以诧异的语气问道。

"唔……阿喀琉斯，很高兴再次见到你。你现在是这里的安保队长吗？"海格力斯上下打量了一下对方后问道，"那么你知道……"

"别说了，我知道你想问什么。那是不可能的——尼普顿大人有令，任何人都不允许靠近关押密涅瓦大人的房间。"不等海格力斯把话说完，阿喀琉斯就粗暴地打断了他。

"阿喀琉斯！看着我……请你看着我说话。我们都曾是密涅瓦大人的部下，难道你忍心就这样背叛她？"

阿喀琉斯沉默良久，然后缓缓说道："这是工作调动，与私人情感无关。作为昔日战友，我奉劝你赶紧离开这里——现在这里已经不是你该来的地方了。"

海格力斯愣了半晌，终于摇了摇头转身离去。阿喀琉斯注视着昔日战友的背影消失在走廊另一头，微微叹了口气。

囚室里，埃斯特莉娅被特许下地活动一下她那几乎完全僵硬了的腿脚——她仍戴着手铐和脚镣，并且时刻受到两名女亲卫队员的监视。蓬头垢面的银发姑娘迈着沉重的步子，踱到一幅DMIG董事长席尔瓦的巨大画像前，停下了脚步。

"爸爸，为什么墙上挂着你的画像呀？"年幼的安赫拉眨着美丽的眼睛仰首注视着墙上的油画。

"因为在这里，爸爸是受人尊敬和爱戴的人。"董事长席尔瓦微笑着以温和且自豪的语气答道。

"爸爸，怎样才能做到受人尊敬和爱戴呢？"安赫拉显然不满足于这个答案。

"首先，你要成为大家的主心骨；然后，你要以自己宽广、仁爱的胸怀得到大家的支持，让所有人依赖你、信任你。"

"爸爸，以后我也能成为像您这样的人吗？"

"当然，你是我的女儿，席尔瓦家族唯一的希望。我确信，在未来的某一天，我会为你感到骄傲。"董事长席尔瓦听罢，爱抚地摸了摸女儿那浅金色的麻花辫。

"爸……女儿让您失望了。"埃斯特莉娅有些哽咽。

几天后，随着中国队在收官训练赛中险胜非洲传统劲旅埃及队，驯龙夏令营就这样圆满地画上了句号。心思早已飞到火地岛的小雪和她的伙伴们在赛后立刻收拾行李，离开了训练营。为了给行动争取时间，王一川特意为见习驯龙师们放了一周的长假，让他们在纽约市尽情玩耍。见习驯龙师中有一人要求同行，那就是在这些日子里成为小雪室友的牛畅。

"阿畅，你说要和我们一起去？"对于牛畅的请求，小雪显然颇感意外。

"是的，雪姐。我……我也很想为救出小埃同学尽一份力!"牛畅激动地说着，竟然有些口吃了。

"阿畅，你真是好样的! 但是你一定要跟在姐的身边，姐会保护好你的。"小雪赞许地拍了拍牛畅的肩膀。

"雪姐，身为一名男生，不……作为一个男人，应……应该是我……我要保护好你!"牛畅说着，结巴得更厉害了。

当天晚上，王一川带着小雪、牛畅、何塞、雷恩，避开众人的目光，悄悄乘坐通勤飞船来到了戴德姆市的POW公司。在这里，孙娥、米娜、孙艾琳以及30名"海牛"特战队队员已整装待发。

孙艾琳为王一川等人分发了雪地迷彩服和一些求生的必备物品，却没有提供任何武器。这引起了小雪的不满。

"琳姐，不配发武器，我们怎么去救小埃!"

"武器? 你们都没摸过枪，发给你们武器，怕是会走火把自己的小命给送了!"孙艾琳一听，深吸一口气，哭笑不得。

"别看不起人哪，琳姐! 我可是摸过枪的! 当年在美国打过靶，还有在国内军训时也……"

"住口! 别胡闹了，这次可是实战。在座诸位都会不可避免地卷入危险之中，我想大家应该都很清楚。"孙艾琳立刻板着脸打断了小雪。然而令人意想不到的是，何塞突然站了起来。

"我认为小雪同学讲得没有错，如果我们连武器都没有，那么很可能成为这次行动的累赘——但事到如今，艾琳姐，倘若你想劝说我们放弃同行的想法，我想……在座诸位不会同意。"

"我没打算劝说你们放弃，也从未视你们为累赘。"孙艾琳说着，脸上突然露出坦诚的笑容，"那就有劳各位今晚辛苦一下了，我会安排特战队队员对各位进行集训。"

话音刚落，其他同伴立刻欢呼起来。望着眼前士气满满的朋友们，孙艾琳不禁回想起了从前——

坐在贝尔格蕾雅的摩托车上，心中慌张的孙艾琳将头靠在正专心驾驶的闺密的后背上。就在几分钟之前，她接到了家中保姆打来的关于"母亲出事"的电话，心急如焚的孙艾琳在后座上不住地抽泣着。那时，她才16岁。

"艾琳，别难过，不管发生什么，我都会一直在你身边。"疾风中传来贝尔格蕾雅的声音。

"贝姐……我现在好怕……我不想失去妈妈！她是这个世界上唯一爱我的人！"孙艾琳哭泣着说道。

"艾琳，你知道吗，除了亲情之外，这个世界上还有一样东西值得一个人为之付出一切……"

"是什么……"此时的孙艾琳根本没心情去想别的事情。

"友情。"

孙艾琳再次把头靠着闺密的后背，一股安心的暖流遍及全身。

囚室中，K博士披上外套，戴上手套，准备离去。额头上豆大的汗珠正顺着埃斯特莉娅的鬓发滴落在已经湿成一片的枕头上。看得出，银发姑娘刚刚经受过惨无人道的折磨，并且这已经成为她的日常生活，地板上散落着几支微量注射器。

趾高气扬的K博士走出囚室，然而他并未察觉到，在走廊的尽头，有一双眼睛正盯着他。随着这个恶魔的离开，远处的暗影现了身——原来是海格力斯！这些日子，他一直潜伏在基地，寻找可能关押埃斯特莉娅的房间。壮汉心中暗暗高兴，凭借直觉和长久在DMIG工作的经验，他认定K博士刚刚走出的房间一定就是关押密涅瓦大人的囚室。

在确定四下安全后，海格力斯昂首挺胸，走到了那扇门前，只见上面赫然写着"F-04"。壮汉深吸一口气，将手掌摁在掌纹识别装置上，但系统提示错误。壮汉立即意识到，这是一个等级特殊的房间。

不过就在他不知所措之时，跑来两名医生打扮的人，目标竟然就是F-04号房间。见身为面具人的海格力斯站在门口，领头的医生露出了不解的神情。

"你在这里做什么？"

"我负责这里的警戒工作。请问发生了什么事吗？"

"刚才接到求救信号，密涅瓦大人的身体似乎出现了一些状况……"

听到"身体似乎出现了一些状况"，海格力斯不禁打了个寒战——难道自己来晚了？正想着，医生解锁了密码，只见厚重的房门缓缓打开……

位于囚室正中间的一张大床出现在海格力斯眼前，双目紧闭，安静地躺在床上的正是……海格力斯感到眼前一亮，但很快他便发现了异常。

"医生，密涅瓦大人刚刚突然嘴角流血，并且陷入昏迷！"

囚室内的一名女亲卫队员慌张地说道。

"怎么会！尼普顿大人不是已经给她注射了保护心脏的特制药剂了吗？"医生露出不可思议的神情。

海格力斯连忙冲到埃斯特莉娅的床前。可怜的银发姑娘看上去已不省人事，半张的嘴里流出殷红的血。很快，医生也来到床前。在观察了埃斯特莉娅的情况后，立刻着手对其进行抢救。这时，医生注意到散落在地上的注射器，顿时明白了一切。

"密涅瓦大人的心脏没法承受频率如此之高的刺激，恐怕……"医生的额头沁出了细密的汗珠。

"你说什么！如果密涅瓦大人有什么三长两短，你也别想活着离开这间屋子！"海格力斯怒不可遏地冲着医生大吼道。

"是……我一定竭尽全力挽救密涅瓦大人！"

医生和他的助手如上了发条的机器般飞速行动起来。海格力斯就这样站在旁边密切注视着抢救工作。时间一分一秒地过去，医生边抢救边关注着旁边的心电监护仪。终于，埃斯特莉娅那微弱且不规律的心跳逐渐恢复正常，然而整个人却仍未苏醒。医生摇摇头，表示自己已经尽力，同时嘱咐两名女亲卫队员继续密切关注埃斯特莉娅的情况。等到医生离开后，海格力斯突然半跪在埃斯特莉娅床头，轻声呼唤着："密涅瓦大人，密涅瓦大人……"

不可思议的一幕发生了，先前对医生的呼唤毫无反应的埃斯特莉娅居然在此刻有了动静——只见她的头稍稍动了动；紧接着，浅金色的眉毛也跟着动了一下。这说明她已经恢复意识。

"密涅瓦大人，我是海格力斯，您一定要撑住……"海格力斯立刻改用西班牙语轻声说道。这回，埃斯特莉娅有了更明显的回应，只见她艰难地睁开眼睛，嘴唇微微动了下，发出虚弱得几乎难以听见的声音。

"海格力斯……你来了……"

"是的，我在这里。请您再忍耐一下。"

"不用管我……你快走吧……"

埃斯特莉娅用西班牙语回应着。看得出，即便是寥寥数语，对于银发姑娘来说已显得非常吃力。

"我不会离开。只要我还站在这里，谁也别想再伤害您。"海格力斯说着，把脸凑得更近些，声音也压得更低，"提比利乌斯已经到了，我们准备今晚动手。"

然而得知这个消息后，埃斯特莉娅却流露出担忧的神色。她的嘴里发出了轻微的"No"，明显在劝海格力斯放弃营救她的念头。

"密涅瓦大人，自从我踏入DMIG大门以来就从未违抗过您的命令。但请您原谅我，今天恕不能从命——我一定要把您救出去！"海格力斯说罢，起身站到一旁去。埃斯特莉娅有些吃惊地望着壮汉，很快就面带幸福的笑容闭上了眼睛。

与此同时，在基地外白雪皑皑的悬崖边，孙艾琳等人已经到达了孙婼记忆中逃出基地时贝尔格蕾雅抱着她一跃而下的地点。尽管此时已是夜晚，但借着月光，混血女警还是清晰地看到了那令人生畏的深不见底的高崖，不禁打了个寒战。

"婼婼，你真的是从这里跳下后生还的？"

"是的。下面是一片大海。不过……是贝姐抱着我跳下去的，然后……我就什么都不知道了，直到几天后被人发现。"

"已经不能用奇迹来形容了，你居然能够生还。"孙艾琳不禁感叹着。

"B-28号出口正对着这里。我们就是这样径直跑到悬崖边的，所以……应该是在那个位置。"此刻的孙娍却显得异常地镇定，她做了个比画的手势，并指向远处的一座冰山。

"难道所谓的秘密基地就在这座冰山下面？"小雪努力向前张望，但除了映着月光的暗灰色冰山之外，她并未发现任何其他东西。

孙娍十分肯定地点了点头。

"这么一来，情况就变得简单多啦！那还等什么呢，让我们一举冲进基地，解救小埃……"小雪立刻来了精神。

"咚——"

话音未落，身后的王一川已经狠狠地敲了一下她的脑袋："给我安静点！如果大家都像你这样冒进，别说救小埃了，我们肯定也会很快全军覆没！"

"而且……到目前为止我们无法确定那个丫头就一定被关在这里，一切都仅仅是推测罢了。"孙艾琳也谨慎地说，"当然了，我们必须尽快趁夜色展开行动，如果等到天亮以后再动手，事情会变得更加棘手。"

不过，谁都没有注意到，在距离孙艾琳等人数百米被冰雪覆盖的树林中，另一支十来人的队伍正向基地移动。他们一身黑衣，戴着那令人不寒而栗的熟悉的面具……

二十八　一步之遥

　　不多时，在夜幕的掩护下，孙艾琳带着小雪和队友们来到了孙婳所指的B-28号出口前。但不管孙艾琳和特战队队员们怎样寻找，仍然没有发现入口的痕迹。这令孙艾琳不禁怀疑起妹妹的回忆是否准确。但孙婳一口咬定是这里。

　　"偌大的基地肯定还有别的进出口吧？不如我们再向前找找？"雷恩提出了自己的看法。

　　"有进出口是必然的，但正如婳婳所说，这里应该是个偏僻的地方，守卫不会太多。如果我们不幸碰到敌人的巡逻队的话……"孙艾琳对此表示了不同看法。

　　"在这里耗时间也不是个办法。艾琳姐，我建议由我和雷恩、小雪同学向西面去看看有没有其他出入口，如果有所发现，我们一定不会打草惊蛇——先迅速返回报告情况。"

　　何塞则针对雷恩的看法加以改进，并出乎意料地拉上小雪作为同伴。尽管仍旧不放心，但对于孙艾琳来说，似乎没有更好的办法了，于是她同意了何塞的请求。就这样，3位年轻的驯龙队队长立刻开始向西方行动。

走在皑皑雪地上，迎着刺骨的寒风，小雪不禁打了个寒战。

"小雪同学，如果你觉得冷，就穿上我的外套吧。"也许是注意到了小雪的动作，何塞突然脱下呢子大衣披在了小雪肩头。

"还有我的围巾，这会让你更加暖和。"雷恩摘下了他那条羊绒围巾，将小雪原本裸露在外的脖子围得严严实实。

小雪感动地看着眼前这两位极具绅士风度的大男孩，正欲说声"谢谢"，突然脚下一崴，似乎踩到了什么东西。

"等等……有点不对劲。我的脚下是什么东西？"

机敏的何塞立刻蹲下，开始拼命地扒雪。雪并不太厚，很快，他便感到自己摸到了硬物，那居然是一块钢板！自然界里显然不可能有这种东西，那么唯一的可能性就是——

"难道这里是基地的一个秘密通道？"三人异口同声道。

囚室里，海格力斯一直守护在埃斯特莉娅床前。生命体征趋于平稳的银发姑娘终于安然入睡。然而这份安宁并未持续太久——不知何时，囚室门被打开，K博士那令人作呕的身影出现在海格力斯视线中。

"哦？居然有不速之客！海格力斯，你不是应该待在纽约总部吗，来这里做什么？"K博士那阴阳怪气的声音回荡在房间里。

"这话应该我来问你吧，尼普顿大人——这么晚了，你来密涅瓦大人的房间做什么？"

"哼……你这下等的面具人废话倒是不少嘛。我来这里，当然是为了帮密涅瓦大人做个'好梦'……"

"住口！有我在，决不允许你再碰密涅瓦大人一次！她的心脏已经很脆弱了，你这么做还算是人吗？"海格力斯突然怒不可遏地伸手指向K博士，大吼道。

"哼……下等人，你最好识相点！再不滚，我就宣布你为叛徒，现场将你处决。"K博士话音刚落，那两名女亲卫队成员立刻做好了拔枪的准备。不甘示弱的海格力斯也将手摁在腰间的电磁手枪上，不过就在这时，一阵尖锐的警报声突然响起。

另一边，孙艾琳一行已经通过由何塞他们发现的秘密通道成功潜入基地内部。但就在他们沿着一条走廊前行不多时之后，警报器突然响了起来，这不单单令小雪几人惊慌失措，就连孙艾琳的脸色也开始变得不淡定了："糟糕，一定是被监控摄像头拍到了！真见鬼，这里的看守居然这么严密！"

"现在我们不知道基地里有多少守备兵力，甚至……"王一川说着，脸上渗出了细密的汗珠，"还不知道小埃是否确实被关在这里。"

他的话令除特战队队员外的同伴顿时变了脸色。这确实是个比较棘手的问题；但事到如今，为了营救埃斯特莉娅，解开所有谜团，已经没有退路了。这时，几名亲卫队成员已经赶到。孙艾琳果断下令射击。只听一阵激烈的枪响，敌人全部应声倒下。

囚室中，K博士疑惑地掏出手机："盖尤斯吗……什么，你说有一群荷枪实弹的特警混进了基地？该死的，他们怎么会出现在这里!"

海格力斯注视着尼普顿那因紧张而抽搐的脸庞,听到"特警"这个词语,也不禁露出了迷惑的神情。回想起先前,自己明明已经切断了与裴小雪的一切联系,为何还会走漏了风声?壮汉有些不安地将目光投向埃斯特莉娅——很明显,由于警报声过于刺耳,银发姑娘也睁开了眼睛。不过,她并没有说话,或者说,她根本没有力气去说话——那美丽的脸庞依然如纸一样惨白。

"见鬼……这事要是给朱诺大人知道了,那就难以收场了。必须立即把混进来的特警消灭!"K博士咆哮着,立刻跑出了囚室。两名女亲卫队成员也紧张地将枪拔出握在手里,海格力斯也是如此。但就在这时,壮汉的耳边响起了那个微弱却无比熟悉的声音。

"海格力斯……天……快亮了吧……"

刹那间,壮汉心跳加速,他缓缓回过头去……

另一边,由提比利乌斯带领的一队面具人也在基地内行走着,他们的目标是抵达埃斯特莉娅所在的F-04囚室并将其救出,然而意想不到的是警报器竟突然响起。意识到情况不妙的提比利乌斯立刻带领面具人小跑起来。正在这时,从前面拐角处突然出现的老熟人阿喀琉斯令提比利乌斯立刻停下了脚步。

"提比利乌斯,你怎么会在这里?"阿喀琉斯问道,他的身边还有几名荷枪实弹的面具人。

"当然是来营救密涅瓦大人的。作为大人曾经的部下,难道你已经完全背叛她了吗?"提比利乌斯开门见山地说明自己的来意。

"什么! 难道你们和那群入侵的特警是一伙的?"阿喀琉斯一听,更加迷惑了。

"我不知道你所说的特警是什么人——我们的目标是救出密涅瓦大人,仅此而已。识相的话就加入我们,否则……"提比利乌斯说着,冲身后使了个眼色——15名面具人已经做好了战斗的准备。阿喀琉斯思索片刻后,命令几名部下放下了手中的枪。

"我可没愚蠢到会去以卵击石,但是我也不会加入你们。我的任务是去解决那帮入侵的特警——就当我们没有见过面吧。"说罢,阿喀琉斯指挥那几名面具人迅速朝另一条路撤离。望着昔日战友远去的身影,提比利乌斯陷入了沉思。

在孙艾琳所指挥的"海牛"特战队的猛攻下,毕竟不是正规军出身的基地亲卫队节节败退,纵然有面具人的加入,也无法阻止"海牛"特战队的挺进。尽管局势呈现出一定优势,谨慎的孙艾琳还是迅速呼叫总部,请求增援。不过摆在他们面前依然是那个不可回避的问题——埃斯特莉娅究竟在不在这里;如果在的话,又被关押在哪里。

小雪并没有一直跟随大部队前进。当大部队推进至一个路口时,一直走在队伍最后面的她突然偷偷地脱离了队伍。在所有人的注意力都集中在前面时,只有牛畅注意到了小雪这一异常举动,于是也夅着胆子跟了过去,并很快追上了她。

"雪姐,你这是做什么?"

"嘘……我有预感,小埃不在这一层。这是一座向下延伸的基地,一定还有通往下一层的入口。"小雪一边继续向前走,一边示意牛畅保持安静。

"可是雪姐,脱离大部队会很危险的。"

"闭嘴!我不需要胆小鬼跟在我身边,害怕的话就赶紧回去,我可没让你跟着我!"小雪伸手堵住牛畅的嘴并狠狠地瞪了他一眼。牛畅只得不再作声,跟在小雪身后。果不其然,在走到一条通道的尽头处时,小雪发现了通向下一层的楼梯。

与此同时,囚室中的海格力斯开始变得不安起来,反复踱着步子。不多时,他做出了一个决定:外出侦察一下情况。只见壮汉回到埃斯特莉娅床前,附在她耳旁轻声道:"密涅瓦大人,属下想出去查看一下外面的情况。请您稍作忍耐,属下很快便会回来。"

"去吧……"埃斯特莉娅十分虚弱。

海格力斯点点头,站起身,正欲出门,却又被埃斯特莉娅那微弱的声音叫住了。

"海格力斯……"

"密涅瓦大人,您……"

"谢谢……你……"

海格力斯愣了一下,但没有过多停留,而是很快走出了房间。

奔跑在基地下一层的走廊上,幸运的小雪与牛畅最初并未遇到守备人员。面对一排排编号毫无规律的房门,小雪有点无从下手。不过直觉告诉她,银发姑娘仍旧不在这一层。而就在她准备继续向下一层探索时,背后传来一个声音。

"喂,那边是什么人?"

小雪诧异地停住脚步。这声音很熟悉，明明就是……

"裴小姐？居然是您！"

原来，那真的是海格力斯。只见壮汉庞大的身躯逐渐从黑暗中显现，摘下面具后露出本尊。两人不禁面面相觑。

"您……怎么会到这里来？"在对视了几秒钟后，海格力斯疑惑地问道。

"当然是来寻找埃斯特莉娅！快告诉我，她在这里吗？"

"没错，她在这里。"海格力斯点了点头。

"她果然在这里吗？快带我去！"小雪一听，立刻兴奋地跳了起来。

"但仅凭您的力量是绝无可能带她出去的。"海格力斯摇了摇头。不过，也许是想到了什么，他突然露出了恍然大悟的神情，"难道说……那些入侵的特警是和您一起的？"

"你终于反应过来啦，傻大个儿！好啦，快带我去见埃斯特莉娅！"小雪说着，激动地冲上前去抓住海格力斯那壮实的臂膀，推着他向前走去。海格力斯立刻带着中国姑娘和她的伙伴前行。很快，三人来到了F-04号房门前。然而就在此时，海格力斯突然露出了惊惧的神色。

"糟糕，我没有进门的密钥。我……不该出来！"

"啊……埃斯特莉娅就在里面吗？"

"是的。但是我没办法打开这扇门。"海格力斯的额头渗出了汗珠。

"见鬼！明明……明明我和小埃只有一步之遥，却被这扇门阻挡了……"

小雪懊悔地挥拳砸在门上，并不停地跺着脚。不过就在这时，楼上传来一阵由远及近的枪声。无论是小雪还是海格力斯，都不禁一怔——难道战火已经蔓延至附近了？海格力斯下意识地拔出电磁手枪，握在手中。

"他们知道我们在这里吗？"

小雪看上去似乎有些紧张，牛畅竟然已紧张到双手紧抠小雪的胳膊并颤抖的地步。不多时，走廊尽头的楼梯处出现了几个人影。海格力斯举起手枪，却发现领头的是提比利乌斯。

"海格力斯！总算和你碰头了——他们？"

"他们也是来营救密涅瓦大人的，还有上面正在与亲卫队交火的特警。"海格力斯平静地回答道。

"你们是一伙儿的？"小雪似乎明白了些什么。

"是的，我们都是密涅瓦大人、也就是你口中席尔瓦小姐的部下——DMIG的面具人精英部队。"海格力斯以缓慢的语速回答道。

"F-04，密涅瓦大人就在这里吗？"提比利乌斯抬头看了下门牌，有些疑惑地问道。

"是的。可是我刚才犯下了愚蠢的错误——我不应该离开囚室，现在没法再进去了！"海格力斯懊恼地摇了摇头。

"嗨，老兄，一扇门难道能把你难住吗？看我的……"提比利乌斯微微一笑，招呼身后一名面具人同伴拿出榴弹发射器。只见提比利乌斯接过发射器，瞄准，准备，以较近的距离攻击门锁。只听轰的一声巨响，那扇看似牢不可破的厚重的大门轰然倒塌。然而意想不到的事发生了，从屋内射出的一梭子弹击中了提比利乌斯——原来，守在囚室里的两名女亲卫队员因过于恐惧，手忙脚乱地开枪射击……

"提比利乌斯! 你们这些该死的……"海格力斯大吼着，立刻毫不犹豫地冲上前去，举枪将那两名女亲卫队员射杀，同时抱起身上布满弹孔的提比利乌斯，并摘下了对方的面具——只见金发碧眼的提比利乌斯的目光已经游离，嘴角也流下了鲜血。

"保……保护……密涅瓦……大……人……"在断断续续说出几个单词后，提比利乌斯的头歪向了一旁，那双失去了神采的眼睛却仍旧不甘地睁着……小雪轻声走到海格力斯身旁，蹲下身，默默地合上了提比利乌斯的双眼。

"谢谢您，裴小姐。"痛哭之后的海格力斯放下自己的伙伴，站起身来。

"我很遗憾。但现在还不是悲伤的时候——我想……埃斯特莉娅应该在期盼着我们吧。"

面色凝重、双眉紧锁的小雪伸手指了指烟雾缭绕的囚室。海格力斯点点头，立刻将小雪和牛畅带至锁着埃斯特莉娅的床前。望着眼前消瘦不堪的闺密，小雪睁大了眼睛——也许小雪做梦都没有想到，时隔数月之后，自己与埃斯特莉娅竟然会以这样的方式在这种地方重逢。

二十九　请记住我

"小埃……小埃！是我呀，快睁开眼睛！"

伴随着小雪的呼唤，原本因嘈杂声而心烦意乱、闭目养神的埃斯特莉娅艰难地睁开双眼，用她那失神的红色眸子扫视着四周。

"小雪……"看到小雪，埃斯特莉娅的脸上露出一丝笑意。

"小埃！"小雪瞬间落泪，不顾一切地伏在小埃的身上痛哭起来。由于四肢被锁着，可怜的银发姑娘没法做出任何回应，只能面带笑容地感受着闺密带来的温暖。

"快，谁来帮我把这该死的镣铐打开！"小雪突然注意到将闺密锁死在床上的镣铐，连忙回头大喊道。

"没用的……只有中控室能打开它。"埃斯特莉娅苦笑着摇了摇头。

"中控室在哪里？小埃，快告诉我！"小雪急切地问道。

"你不可能找到的。"埃斯特莉娅无奈地说，但脸上再度露出欣慰的笑容，"小雪……我很开心最后还能见到你。你快走吧。"

"怎么会……我好不容易才找到你，怎么可能就这样离去！"小雪用自己的额头轻轻触碰着闺密那渗着冷汗的冰凉的额头，拼命摇着头。

"小雪，谢谢你……我一直在等你，就为了这最后一面……"埃斯特莉娅说着，不住地喘着粗气，"现在……我已经满足了。"

"小埃，你怎么了？别……别这样啊！"

望着再次陷入昏迷中的埃斯特莉娅，小雪疯狂摇晃着，却得不到任何回应。囚室外，枪声逐渐逼近，焦急的小雪将海格力斯喊到身旁。

"这镣铐真的打不开吗？"

"是的。之前宫本美和子也是这样被关押的。"

"宫本美和子？"小雪显然并不清楚韩娅的本名。

"啊……就是你们所熟悉的'韩娅'。当时席尔瓦小姐交代我要把她护送出去，因为没法打开镣铐，我们只能搬着床艰难行走。所以没走多远，就被尼普顿大人的部下……"

"所以韩娅也被关在这里是吗？我的父亲裴博士呢？"

面对小雪的追问，海格力斯一时之间语塞——因为先前抓捕韩娅和裴博士的行动他都是参与者之一。很明显，在这种时候说出真相不是个好主意，然而壮汉却点了点头。

"快告诉我他们在哪里！"小雪立刻揪住海格力斯的领子

喝问道。

"那是几个月前的事情了。至于现在……我不清楚！"

望着海格力斯那认真的表情，小雪的面容由急切的期盼逐渐转为失望，紧抓对方衣领的双手也放松下来。此刻，囚室外原本逼近的枪声却逐渐远去，就连海格力斯也疑惑起来，因为原本那枪声似乎就在头顶和囚室外的走廊上徘徊。

"怎么会……他们走远了？"小雪不解地问道。

"特警当然不会知道席尔瓦小姐被关押在这里，现在我们必须靠自己的力量把席尔瓦小姐救出去。这有些难度……"

"雪姐，我们可以通知琳姐，让他们找到这里吧？"未等海格力斯话音落下，牛畅突然插口道。

小雪这才想起孙艾琳等人，连忙掏出手机。然而她不知道的是，位于上一层的孙艾琳他们遇到了麻烦……

"见鬼……敌人的火力为何越来越猛了？"孙艾琳一边射击，一边招呼队友向后撤退。"海牛"特战队已经出现伤亡，王一川的胳膊也被子弹擦伤，幸运的是并无大碍。这些本应站在比赛场上的驯龙师恐怕怎么也不会料到有一天自己会身处枪林弹雨的险境中。不知何时，雷恩腿部中弹，何塞慌忙将他拖到一旁。孙娅立刻按照先前训练的那样熟练地拿出止血带和药品，冷静地对伤口进行了处理。

"话说回来，小雪……好像从刚才开始就不在队伍里了。"孙娅突然不安地说。

与此同时，孙娅兜里的手机传出清脆的铃声。女孩忙将手机掏出，发现竟然是小雪的来电，立刻滑动、接听。

“嫩嫩！你姐不接我电话，我只好打给你！”

“小雪，你在哪里？”

“我在基地的地下二层。我刚才听见楼上的枪响了！听着，我已经找到小埃了，现在需要你们的帮助！”

孙嫩的眼中掠过一丝惊讶之情，不过她很快平静下来，静静地听着小雪讲着关于埃斯特莉娅的情况，脸上没有任何波澜。由于前方战斗激烈，孙嫩并没有马上把小雪他们的方位告诉姐姐。就这样，特战队在数量占优的基地亲卫队和面具人的压制下不得不向后撤退，距离目的地越来越远。

另一边，等了很久也没有看到同伴前来增援的小雪显得有些不安。于是，海格力斯建议先靠现有力量将埃斯特莉娅的床抬出，这一想法得到大家的一致同意。在海格力斯的指挥下，四名壮汉抬起了沉重的巨床和它的主人，艰难地向门外挪动步子。对于海格力斯来说，他最大的优势是对基地的出口非常熟悉，因此可以找到最快、最便捷离开这里的路线。

然而，就在海格力斯等人开始行动之时，前方走廊的尽头突然出现了人数众多的基地亲卫队。领头的那个人戴着罗马十二主神中海神尼普顿的面具。

“哼……海格力斯，你来这里的动机果然不纯。”

海格力斯一时间无言以对。不过就在此刻，小雪挺身而出，站在了队伍前列。

“和那个大块头没有关系——是我裴小雪组织的营救行动！”

“哦，是吗？”K博士冷笑着举起手中的电磁手枪，瞄准眼前的小雪，"我一直认为，人应该做分内之事——虽然你是一名优秀的驯龙师，但今天在这里多管闲事，那就活该下地狱！"

也许是被那阴森的枪口吓到了，牛畅竟双腿发抖地躲到了小雪身后。然而小雪的脸上却没有露出丝毫的畏惧之色。只见她提高嗓门、以排山倒海的气势怒喝道："给我闭嘴！本小姐做的就是分内之事！埃斯特莉娅是我最好的朋友，你们休想再把她关押在这里！"

"危险！"

"砰！"

伴随着海格力斯的叫喊声和随之而来的枪响，小雪左肩窝中弹了。然而令众人吃惊的是，看似身体单薄的女孩在中弹后依然站在那里——尽管伤口剧痛，但小雪没有丝毫的退让！此刻，就连K博士和他身后的部下也惊呆了。

"我……我和小埃绝不会输给你们这样的人，最后的胜利者一定是我们！！"小雪的声音依然如刚才一般。海格力斯不再犹豫，下令手下开火。K博士慌忙将一名部下拉到自己面前做肉盾挡下了夺命的子弹。由于走廊宽度有限，K博士的人数优势竟无法体现，在海格力斯麾下面具人的一波猛攻下不得不后撤。见形势对己方有利，一直强撑的小雪终于有些支持不住，倒在了身后牛畅的怀里。

"雪姐，你……你这伤……"牛畅望着小雪肩窝上的血洞，吓得破了音。

"我没事，只是……好痛，膀子动不了了！快帮姐止血！"

"是……是！"

牛畅慌忙从随身携带的挎包里拿出止血带等用具，开始帮小雪处理伤口，并细心用绷带将其左臂固定在胸前。

但海格力斯一方的优势并未维持太久。不多时，他们身后出现了一些敌人，双方立刻交火。一名抬床的面具人腿部中弹倒地，导致床重心不稳，小雪见状，心不禁咯噔一下——

原本后撤的K博士和他的爪牙停下脚步，开始反击。海格力斯的部下只有区区十几人，哪里能抵挡得住？小雪不得不再次拨打孙娥的电话，然而这次却没人接听。心急如焚的小雪只得拨打王一川的电话，幸运的是这次终于接通。从王一川口中，小雪惊喜地得知孙艾琳叫来的援兵就要赶到这里了。但是眼下，他们还需要在地下二层苦苦支撑。

海格力斯环顾四周，发现只剩下不到10人还能战斗，并且基本上都已负伤。埃斯特莉娅那张巨床矗立在人群中，显得如此突兀，四角高耸的扶手也有被子弹击中的痕迹。负伤的小雪在牛畅的陪伴下蹲候在埃斯特莉娅的床边，左肩渗出的血染红了纱布。也许是因为失血过多，小雪感到有些恍惚，意识和力量正在极速流失，但每每扭头望向躺在床上双目紧闭的埃斯特莉娅，她就会继续咬牙努力使自己不因伤痛而晕倒。此时她的心里只有一个念头——无论发生什么事，都要把闺密从这里带出去！

随着时间的流逝，尽管基地亲卫队损失惨重，但海格力斯一方终因寡不敌众而几乎伤亡殆尽。好在追兵已被全部清除。但是新的问题出现了，已经没有人手再去搬运那张沉重的床。眼见不可能再逃脱，伏着身子、满身血污的海格力斯突然向后挪动两步,拍了拍倚在床边的小雪的右肩。

"裴小姐,快点带着你的同学撤退吧……"

"不,我不走!小埃在哪里,我就在哪里,一步也不会离开!"

"别说傻话!你自己都身负重伤了。我们已经不可能救出席尔瓦小姐了,你快走吧,我掩护你并保护席尔瓦小姐!"

"可是你……"

"不用管我。我能够活到现在,完全是倚靠了席尔瓦小姐。现在……该是我回报她的时刻了!"海格力斯说罢,向昏迷中的埃斯特莉娅恭敬地行了个礼,改用西班牙语继续说道,"密涅瓦大人……若有来世,我海格力斯一定还做您的侍卫!……就此别过!"

原本已陷入深度昏迷状态的埃斯特莉娅竟微微动了动眉,嘴里也发出含混不清的低沉的呻吟。见此情形,强打起精神的小雪连忙不顾一切地站起身来。

"小埃,小埃!你醒了吗?"

"海格力斯……31区……埃尔帕雷拉……"

埃斯特莉娅虽然声音不大,但是这句话却清晰地传达到了海格力斯的耳朵里——刹那间,热泪布满了壮汉的脸庞。

10年前的一天,在阿根廷布宜诺斯艾利斯著名的"31区",年幼的安赫拉随父母、阿根廷政府领导及大量保镖有说有笑地行走在这个著名的贫民窟的街道上。当天上午,董事长席尔瓦刚刚与阿根廷政府达成了一项重要的合作协议,收获颇丰。由于爱妻提出要去看看传闻中的"31区"，心情大好的董事长随即满足了她的要求。当众人来到一条名为"埃尔帕雷拉"的马路上时，路旁小巷里的吵闹声吸引了安赫拉的注意。只见一个看起来相当强壮的男孩正被几个街头混混摁在一张破木桌上毒打。安赫拉停下了脚步。

"安赫拉，发生什么事了吗？"席尔瓦夫人注意到女儿的异样，也停了下来。

"那些人为什么要打那个大哥哥？"安赫拉指着男孩好奇地问道。

"这在贫民窟是常有的事。安赫拉，别管闲事，这里很危险，我们快走。"席尔瓦夫人瞟了一眼巷子，不以为意地一边说，一边打算拉着安赫拉离开。不料女儿却使劲挣脱了她的手。

"不，那个大哥哥的眼睛那么清澈，肯定不是坏人。他太可怜了，我要去阻止他们！"安赫拉说着，飞快地向巷子奔去。席尔瓦夫人见制止不住女儿，只得向丈夫求助。

"住手！"正在殴打男孩的混混们突然听到一个女孩稚嫩的声音，不约而同地回过头去。发现竟是一个看上去只有几岁的小姑娘，几个混混露出了鄙夷的笑容。

"你们为什么要打那个大哥哥？"

"他欠了我们的钱不还！"一个混混喊道。

"他还偷我们的东西！"另一个混混嚷嚷着。

"你们放了他！我给你们钱！"安赫拉一脸认真地说道。

混混们面面相觑，突然大笑起来："小姑娘，你在开玩笑吧，你哪里有钱？"

其中一个混混向安赫拉走来，伸出他那沾满污渍的脏手打算触碰仍旧一脸严肃地站在那里的安赫拉。不过就在这时，从安赫拉的身后传来一个洪亮的声音："如果你们敢动她一个指头，不仅拿不到钱，而且我可不能保证你们还能看到明天的太阳。"

　　那是董事长席尔瓦。他那金色的胡须在阳光下闪着微光。混混连忙收手。

　　董事长席尔瓦走到女儿身旁，将女儿搂在怀里，又将目光投向混混们和那个被殴打的男孩。

　　"他欠你们多少钱？"

　　"20万比索！"

　　"不……是25万！"

　　"何止，你们这帮蠢货，是30万比索外加一辆摩托车——对，他偷走了我们的摩托车！"

　　"给我闭嘴！"董事长席尔瓦厌烦地打断了混混们的争吵，从怀中掏出一本支票簿，在上面飞速地写了一串数字，撕下来递到其中一个混混手里。那个混混惊喜地发现支票上显示金额一栏的"1"后面画了6个"0"。

　　"这是100万比索，可以在任何银行兑换。现在，放了那个男孩，让他到我面前来。"董事长席尔瓦冲被打得满脸是血的男孩做了个"过来"的手势。混混们早已喜出望外，自然立刻答应了对方的要求，将男孩推到董事长和安赫拉面前。男孩看上去有十几岁，但接近1.9米的个头几乎和身材高大的董事长席尔瓦一样，看上去异常魁梧。董事长席尔瓦上下打量着男孩，露出欣赏的神色。

"孩子，你叫什么名字？"

"我没有名字，他们都喊我'大海'。"

"多大年纪了？"

"不知道。从我懂事起，就在这'31区'，从未出去过。"

"你的父母呢？"

"我从未见过我的父母或者其他任何亲人。"男孩十分平静地回答。

"爸爸，这个大哥哥太可怜了，让他跟我们走，好不好？"倚靠在父亲身旁的安赫拉扯了扯爸爸的衣袖。

董事长席尔瓦皱起眉头，似乎在思考着什么。沉默片刻后，他以缓慢的语速开口道："那么孩子，你愿意跟我们走吗？"

"我早已无家可归，如果您看得上我的话……"男孩抹去嘴角的血丝，露出了笑容。

海格力斯的视线里出现了正持续向己方疯狂射击的基地亲卫队，尚在战斗的面具人部下已仅剩一人。只见壮汉抓起地上一名已经死去的战友的自动电磁步枪，面露坚毅之色地站起了身："昆塔斯，快走——为了密涅瓦大人！"

"为了密涅瓦大人！"那名面具人也毅然起身。两人抱着自动电磁步枪咆哮着向基地亲卫队的阵线一边疯狂扫射，一边冲了过去。望着两人无畏的背影，小雪眼里噙满了泪水。

"阿畅，你现在沿原路返回……尽快找到琳姐他们。"小雪回过神来，吩咐一直抱头躲在埃斯特莉娅床后的牛畅。

"可是……雪姐，你……"

"快去！你是让小埃活下去最后的希望了……"小雪突然提高嗓门大吼道。在她的强令下，牛畅只得抛下小雪先行撤退，撒腿狂奔——这个从来不擅长体育运动的男孩此刻竟如田径运动员一般以猎豹般的速度奔跑起来。

不多时，海格力斯与昆塔斯咆哮杀敌的声音消失了——小雪那模糊的视线里已经没有了这两位壮汉的身影。走廊上，除了皮靴踩地的声音外，突然变得一片沉寂。小雪知道，那是敌人正在靠近。没过多久，借着走廊上昏暗的灯光，半跪在埃斯特莉娅床边的小雪看到了K博士那熟悉的身影。

"怎么，裴小姐，只剩下你一个人了吗？"

K博士狞笑着走过来，身旁跟着两名手持自动电磁步枪的亲卫队员。见此情形，小雪依靠自己那还未受伤的右臂艰难地支撑着瘦弱的身体，颤颤巍巍地站了起来。

"即便只剩下我一个人，你也休想再伤害埃斯特莉娅！"

"哼……你一个已经身负重伤的女孩子能做什么？再不滚开，我就让你死在密涅瓦大人前面！"

"别做梦了，想继续前进，就只能踏着我的尸体过去！"小雪咬牙切齿地说着，非但不退步，反而将身体挡在了埃斯特莉娅床前。

"哈哈哈，真是催人泪下呀——密涅瓦大人有你这样勇敢的朋友，值得欣慰！好了，给我开枪射死她吧！"

K博士仰首大笑后吩咐左右亲卫队员开枪。小雪坦然闭上了双眼，准备迎接死亡。

"小埃……来世我们做亲姐妹，好不好……"

"嗒嗒嗒……"

一阵枪声响起。小雪诧异地睁开眼睛，发现自己竟然还能呼吸！原来，那子弹是从身后射来的，精准地撂倒了K博士左右的两名亲卫队员。发觉情况不对的K博士慌忙卧倒并向后退去。小雪惊喜地回过头去，只见手持武器的孙艾琳等人正以最快速度跑来，身后是数不清的特战队队员——援兵终于赶到了！

"别放过他们，一个都别放过！"孙艾琳挥舞着拳头，向身后的部下发号施令。特战队队员气势如虹地怒吼着，向前发动猛攻。

"小雪！天哪，你竟然伤成这样了？"冲到小雪面前的王一川望着眼前大半个肩膀已被鲜血染红的驯龙队爱将，惊讶极了。

"川哥……你们终于来了。小埃……有救了……"

此刻，小雪再也无法支撑下去了，两眼一黑，无力地倒在王一川那宽厚结实的怀里。

嘈杂声逐渐远去。

再次睁开眼睛，小雪发现自己正躺在洁白的病房中；距离她一米外的是躺在另一张病床上的埃斯特莉娅；她俩中间则坐着脸色略显疲惫的孙娀——看上去，她一直守护在这里。注意到闺密睁开眼睛，孙娀兴奋地围坐过来。

小雪环顾四周，挣扎着想要坐起来，但突如其来的刺骨剧痛令她动弹不得并发出惨叫。见此情形，孙娀连忙上前小心翼翼地扶着闺密向后靠在被褥上。

"医生已经替你取出了嵌在体内的子弹，但由于嵌入较深，已经破坏了周边的肌肉和神经组织，所以你必须接受二次手术才能让左臂恢复正常功能。"孙娥一边递给小雪一杯水，一边温和地说道。

"咳……我没事。小埃她……怎么样了？"小雪无暇顾及自己，目光投向隔壁病床上双目紧闭的埃斯特莉娅身上。

"小埃她……似乎情况很不好。医生说她的心脏功能现在已经很糟糕了，必须接受手术才能活下去。"孙娥说着，脸上流露出淡淡的忧愁。

"娥娥，请你一定转告医生，"小雪突然神色庄重地握住孙娥的手，一板一眼地说道，"我想和小埃同时同地接受手术——我们一定要共渡难关！"

望着闺密那真诚的面庞，孙娥郑重地点了点头。

一天后，在确定了埃斯特莉娅的手术方案并接受了裴小雪的诉求后，医生将两位姑娘同时推进了手术室。手术之前，埃斯特莉娅恢复了一些意识。暖心的主刀医生将两张手术床稍稍靠近些，使得两位姑娘刚好能够到对方的手。

小雪伸出右手，与埃斯特莉娅的左手紧紧握在一起。两位姑娘不约而同地露出了鼓励的笑容。

"小埃，我们一定会平安无事的。相信我！"

"嗯。"

数小时过去了。

手术室外的王一川焦急地踱着步子。其他几人，包括本身就负伤的雷恩和何塞也都端坐在那里。雷恩遭到枪伤的大腿已经包裹了厚厚的绑带和固定板，何塞的头上则缠着绷带——他不幸被一枚射在墙上的子弹反弹伤到了头部。不久后，手术室的门被推开了，医生出现在门口。

"恭喜各位，裴小姐和席尔瓦小姐的手术都很成功！"

"好哇！万岁！"走廊里立刻传来了众人的欢呼声。

对于小雪和埃斯特莉娅来说，手术的效果是立竿见影的。术后第二天，尽管身体还十分虚弱，但埃斯特莉娅已能够下地做简单运动。医生为她安装了最新的机械"保护体"——这是一种能够将心脏半包围，极薄且十分坚韧的装置，既可以在一定程度上使银发姑娘那颗脆弱心脏免遭撞击带来的伤害，又可以提升其工作效率。小雪的情况则更加乐观——她的左臂完全可以在休养之后恢复正常。

术后第三天，布宜诺斯艾利斯天气宜人。午休醒来后，埃斯特莉娅发现病房的沙发上多了一把老式的木制吉他，这可大大出乎她的意料。

"嘿，小埃，看这午后好天气，想不想来一首？我知道小埃吉他弹得最棒了！"小雪轻手轻脚地关上房门。

"嗯，我试试。"埃斯特莉娅的脸上露出了久违的幸福笑容。只见穿着宽大病号服的她将银发盘起，抱着吉他坐在病床上，伸出纤长的手指，轻轻在琴弦上试了几下，很快便找回了感觉，于是润了润嗓子，开始弹唱起来。那歌声是如此婉转、动听，在明媚的阳光下飘向远方。

三十　火热的夏天

　　按照医生的要求，埃斯特莉娅将在医院接受为期一周的观察；小雪的住院时间则短得多，只要3天。但在获准出院后，小雪依然留在病房里陪伴闺密。王一川等人一直在布宜诺斯艾利斯停留，打算待埃斯特莉娅得到出院许可后一起回国。

　　日子一天天过去，到了第六天下午，先前奉命返回美国参加审讯K博士等DMIG成员的孙艾琳回到了布宜诺斯艾利斯。相比脸上洋溢着幸福的小雪和她的伙伴们，混血女警显得忧心忡忡。抵达医院后，她急匆匆地直奔病房，推开了房门。

　　"琳姐？你来啦！"见来者是孙艾琳，小雪高兴地一蹦一跳地来到对方面前。混血女警的脸上却毫无表情。只见她扫视了一下病房——埃斯特莉娅正抱腿坐在病床上看书。也许是听到这边的声音，银发姑娘放下手中的书，微笑着冲孙艾琳打了个招呼。孙艾琳礼貌地回了礼，随后把小雪拉出了病房。

"小雪，我想和你私下里聊聊，方便吧？"

"琳姐，发生什么事了吗？"小雪跟随孙艾琳来到走廊尽头。

"是这样的……"孙艾琳一反常态地频繁眨着眼，"我们得到了确切消息：你父亲已经去世了。"

孙艾琳的话如晴天霹雳。尽管这么长时间没有关于父亲的任何消息，小雪心中已经产生了不好的预感，但当她亲耳听到这一噩耗时，显然还是无法接受——只见女孩扑通一声跪了下去，双手掩面抽泣起来。

一向坚强的孙艾琳连忙蹲下身子将小雪紧紧搂在怀里，轻轻拍打着她的后背。

"贝姐……和娅姐呢？"不知哭了多久，小雪抽噎着问。

"从K博士的嘴里我们得知，韩娅和凯因茨也都不幸离世——我还不知道如何去面对王一川那家伙。至于贝姐，她一直处于失踪状态。在我们警察内部，早就视她为牺牲了。"

"怎么会……"小雪听罢，哭得更伤心了。

"小雪，也许接下来的话你更不愿意听，但我还是要说——但愿你救出小埃是值得的。"

"琳姐，这话是什么意思？"小雪似乎听出了些异样。

"根据K博士的交代，小埃与这次事件脱不了干系。但是因为没有确凿证据，并且DMIG董事长也出面干预了，所以我们没有对她执行调查和逮捕。只是……我希望你能够真的了解你这个闺密。"

小雪止住啼哭，不知所措地站在那里。见她突然面无表情，形同木头人一般，孙艾琳反而感到有些害怕。

"喂……小雪，你没事吧，小雪？"说着，她伸手轻轻拍打小雪的脸颊。只见小雪理了理自己耳旁凌乱的长发，转过身去。

"琳姐，我想我该回去了。谢谢你告诉我这些。"

"不管怎样，我相信她对你是真心的——你对她也是。"

几分钟后，小雪独自回到了病房。一直坐在床上看书的埃斯特莉娅见闺密回来，连忙放下手中的书下了床。只见她轻手轻脚地走到沙发旁，拿起那把吉他。

"我们再来一首，好吗？"

"不。小埃，我想和你说说话。"

小雪一反常态，径直走到埃斯特莉娅面前。见此情形，银发姑娘知趣地放下了手中的吉他。

"我父亲他……去世了。"小雪压低了声音说道。

埃斯特莉娅先是一愣，很快便恢复了平静。

"果然……你知道这件事，对吧，小埃？"

埃斯特莉娅仍旧没有开口。

"我很难过……小埃，难道我们一起经历了这么多之后，你还打算跟我撒谎吗？"

"对不起……"埃斯特莉娅低下头去。

"对不起？呵……如果说'对不起'有用，这个世界上还会发生那么多悲伤的事吗？会吗？"

"对不起……我很抱歉发生那样的事。我接受你的一切惩罚。现在，随便你对我做什么——哪怕是击碎我的心脏。来吧。"埃斯特莉娅说着，突然张开了双臂。望着闺密那苍白消瘦的脸庞，小雪无意识中攥紧了右拳。看得出，她正在发抖。病房里陷入了死一般的寂静。终于，小雪还是挥起了拳头，等待中的埃斯特莉娅则认命般地闭上了眼睛。

"啪——"

只听一声脆响，狠狠打出的拳头却变成一记响亮的耳光，打在了埃斯特莉娅脸上。那力道是如此之大，以至于埃斯特莉娅的嘴角瞬间渗出鲜血。银发姑娘默默承受了这一击，没有显露出丝毫痛苦的表情。然而下一刻，小雪突然一把将她搂在怀里。

"小埃，让我们一起忘却过去，重新开始，好吗？再也没有谎言，再也不会分开，再也……"说着，裴小雪已泪流满面。此刻，埃斯特莉娅也早已被泪水迷住了双眼。此刻，也许没人知道，这个K博士口中手上曾经沾满无辜鲜血的DMIG核心理事会成员是否对自己过去所做的事充满悔恨，但至少有一点可以肯定：那一页已经彻底翻过去了。

另一边，在布宜诺斯艾利斯最著名的七月九日大道上，孙艾琳与王一川肩并肩走着。

"其实我已经有心理准备了……"王一川显得十分平静，"那天早上，我突然从梦中醒来，梦见了韩娅，她说把女儿托付给我。当时我就有一种不好的预感……"

"你的女儿……听说正由韩娅的父亲宫本拓野抚养。这次我也见到他了—— 他陪DMIG董事长席尔瓦先生一起参加了听证会。散会后，我和他单独聊了很久。他表示，如果你愿意的话，可以把女儿交由你抚养。"孙艾琳以平和的语气说道。

"那是我最大的心愿，请务必将女儿交到我的手中，我会尽我所能在余生中带给她无微不至的关怀——我说到做到！"王一川的语气立刻变得认真起来。

"我知道你一向说到做到。"孙艾琳说着，露出一丝苦笑。

在遥远的纽约，DMIG位于曼哈顿的总部大楼里，董事长席尔瓦正面朝着那块巨型落地玻璃，望着远处的自由女神像，陷入沉思。这时，响起敲门声和秘书的声音。

"董事长先生，副总经理宫本先生前来拜访。"

"请进。"

董事长席尔瓦转过身，走到办公桌前。门开了，头发花白的宫本拓野——DMIG秘密理事会第五理事——迈着缓慢的步伐走进了办公室。

"宫本老弟……法院那边有消息了吗？"

"嗯……他们一致认为凯文罪大恶极且证据确凿，等待他的应该是最严厉的惩罚——终身监禁。"宫本拓野点了点头。

"话说回来，那位……还是没有办法查出来她和此事有关吗？"董事长席尔瓦稍微停顿了一下，突然转换了话题。

"是的，至今没有证据能够证明她卷入此事。真是一只狡猾的老狐狸……"宫本拓野无奈地叹了口气。

"幸好我的女儿平安无事，倘若失去她的话……"董事长席尔瓦突然愤愤地攥紧了拳头，"我居然犯下如此不可饶恕的错误……"

"大小姐能够平安无事，恐怕要感谢那个神奇的中国女孩——根据凯文的口供，那个女孩居然不惜以身体作为掩护，保住了大小姐的生命！"

"是吗？我记得她好像叫……"

第二天。

在检查了埃斯特莉娅的恢复状况后，医生欣喜地宣布她可以出院，回去继续疗养了。董事长席尔瓦专门派人来接她，想把她安置在纽约条件最好的康复中心疗养，却遭到女儿的拒绝——银发姑娘表示自己一定要随小雪一同返回中国。于是，在前往美国与父亲、雷恩、何塞等人道别后，埃斯特莉娅与小雪、孙娍一同坐上了返回中国的洲际飞船，为这几个月来所遭受的苦难画上了句号。

另一边，王一川单独跟随孙艾琳前往美国见到了韩娅的父亲宫本拓野。在王一川表明自己的决心后，宫本拓野老泪纵横，郑重地把外孙女交给了他。

终于，埃斯特莉娅回到了阔别几个月的裴家别墅。这里的一切都是那样熟悉，却又如此陌生。回到家，小雪便与母亲在家里搭设灵堂，祭奠已经去世的裴博士。已经把自己看作这个家中一分子的埃斯特莉娅不顾大病初愈的身体，忙前忙后，甚至屡次跪在裴博士的遗像前虔诚地忏悔。她的真诚打动了裴家母女，裴母表示希望埃斯特莉娅能够一直与她们母女俩住在一起。银发姑娘想都没想便一口答应下来。

与此形成对比的是，孙娍独自一人回到了很少居住的学校宿舍。在前往美国至回到中国的这段时间里，卜小黑没有再主动联系孙娍，这令女孩相当失落。在经历了几天的思想斗争后，她终于决定把全部精力放在驯龙事业上。7月的最后几天里，王一川欣喜地看到孙娀一反常态地每天都去驯龙场与蛮龙托沃刻苦训练配合和比赛战术技巧。要知道，在这令人愉快的暑期长假，几乎没有驯龙师会到驯龙场自讨苦吃。

时间来到8月，火热的夏天转眼间步入尾声。

在裴母的精心照料下，小雪和埃斯特莉娅康复的速度比预想得还要快。这一天，小雪提议回驯龙场看看各自的爱龙，埃斯特莉娅欣然同意。然而，当两位姑娘回到驯龙场时，惊讶地发现她们竟不是最早归队的——只见炎热的驯龙场上，蛮龙托沃正在卖力地奔跑并做出各种动作，孙娀则站在场边大声发出每一个指令。

"我不会是在做梦吧，娀娀居然……"小雪简直不敢相信自己的眼睛。

"呵……人总是会变的。"埃斯特莉娅淡然一笑。

孙娀看见她们，于是停止发号施令，开心地向二人挥了挥手："嗨！小雪，小埃，你们来啦！"

"难以置信！这些天你都没露面，我们还以为你和他在一起……"走到孙娀面前，小雪有些迷惑地挠了挠头。

"能不能别提那个人——我现在和他没什么关系了。话说回来，我这几天可是一直都在驯龙场哟！"孙娀的脸上掠过一丝忧伤，但很快便转化为信心满满的笑容。

"看来……明年世界杯夺冠有希望了，哈哈！"小雪做了个鬼脸。

"你这是什么表情，是不相信姐姐我的实力吗？哼……"孙娀立刻装出一副生气的模样，一边撸起袖子，一边回敬了小雪一个鬼脸。要知道，在过去与小雪相处的几年里，孙娀一直很少开玩笑，但如今的她仿佛变了个人似的。在小雪那充满魔性的笑声的感染下，孙娀与埃斯特莉娅也禁不住跟着笑了。

太阳逐渐落山。从王一川的公寓里传来一阵阵婴儿的啼哭声——这个新晋奶爸显然还没有完全适应自己的新角色。只见他手忙脚乱地一边哄女儿，一边给她冲奶粉，一不小心，奶瓶打翻在地，弄得满地都是。

"真见鬼！"王一川暴躁地跺了跺脚。

就在这时，虚掩的房门被推开，从房门后露出了3个表情各异的漂亮脑袋瓜儿。

"教练，要不要我们来帮忙呀？"

"你……你们几个丫头……"

"好啦，我郑重宣布，这里由我们'美少女三人组'接管！"小雪故作认真状地伸出了大拇指，"现在，由我去打扫室内卫生，小埃去冲奶粉，至于娀娀嘛……你去哄孩子。"

"为什么是我？"孙娀一听，露出诧异的神色。

"当然呀！你既温柔又体贴，当然由你去哄孩子最合适咯！"小雪俏皮地眨了眨眼。

"哈……小雪你这丫头还真够坏的！"王一川差点笑出声来。

日历翻到2124年8月9日。

与前些日子一样，埃斯特莉娅与裴小雪、孙娀在驯龙场刻苦训练，直到夕阳西下，才高高兴兴地一起离开。最近，孙娀一直独自住在宿舍，但这一天训练结束后，她居然跟随小雪和埃斯特莉娅一同前往裴家别墅——这令银发姑娘多少有些意外。当三人走到裴家别墅大门时，两个熟悉的身影出现在她们面前。

"何塞？雷恩？"埃斯特莉娅禁不住叫出声来。但看上去，小雪和孙娀却显得毫不意外。

"哈哈，在这个特殊的日子里，没有我们可不行呀！"

"特殊的日子？"埃斯特莉娅显得更加吃惊了。

"小埃，你呀……该不会把自己的生日给忘了吧！"

一旁忍俊不禁的小雪终于道破玄机，这才令埃斯特莉娅彻底反应过来——原来今天是自己的19岁生日！经历了几个月前的那些事之后，这样一个日子显得如此珍贵。

"孩子们，快进来吧，家里已经布置好了哟！"这时，忙碌了一天的裴母从门里探出头来，脸上充满慈爱的笑容。

大家一起欢呼起来，除了仍旧愣在那里的银发姑娘。小雪带头撒野般地向屋内跑去，随后是雷恩和孙娀；直到被何塞拉着手也跑了起来，埃斯特莉娅才意识到这是属于自己的时刻。裴家别墅的客厅里被裴母布置得如花房般美丽、温馨，大桌上，一个造型独特、插着数字"19"的大蛋糕映入众人眼帘。

"还有一条漂亮的连衣裙哟……小雪送给你的生日礼物！"裴母笑呵呵地从沙发背后拿出一条连衣裙，递到埃斯特莉娅手上。有趣的是，这条裙子的款式、配色与先前小雪在纽约去见董事长席尔瓦时穿的那条完全一样。当然，埃斯特莉娅并不知道这些，她拿起裙子在手里左看右看，爱不释手。

"穿上它！穿上它！"小雪带头起哄，大伙儿齐声大喊起来。埃斯特莉娅拿着那条漂亮的连衣裙，原本雪白的脸蛋变成了红苹果。在大家的一致要求下，银发姑娘只得立刻回房换上了这条连衣裙。当她穿着崭新的连衣裙和小皮鞋出现在二楼扶手边时，所有人都发出了惊叹。

"如果这个世界上真的有天使，那她此刻就站在我的眼前！"何塞不惜用最华丽的辞藻来表达此刻自己的心情。

"每个男孩内心深处梦寐以求的女孩，一定就是她了！"雷恩使劲揉了揉自己的眼睛，显得激动万分。

在众人的赞美声中，埃斯特莉娅逐渐放开了。只见她面带微笑，一步步走下台阶，来到众人面前，提起裙边稍稍屈膝做礼。顿时，大伙儿一起鼓起掌来。

"寿星，寿星！请你表演一个节目！大家想不想看呀？"也许是嫌气氛还未达到高潮，小雪再次起哄。

"想！"

其他人也跟着鼓起掌来。趁着掌声嘈杂的工夫，机敏的小雪已经将父亲留下的那把吉他悄悄拿了出来，塞到埃斯特莉娅手中——银发姑娘顿时明白了闺密的意思，于是面带微笑地坐在春节时曾坐过的那把椅子上。

大伙儿安静了下来，投去期待的目光。只见埃斯特莉娅润了润嗓子，开始了她的演奏和歌唱——那是一首著名的思乡民谣——《五百英里》。

在美妙的旋律中，屋里其他伙伴，甚至包括裴母，都情不自禁地跟唱起来……

在这个火热的夏天，火一般的友情点燃了火热的气息。

三十一　通向世界杯

随着新学期的到来，小雪和她的伙伴们升入了大学三年级，开始了全新的生活。埃斯特莉娅的归来对于同班同学来说无疑是一份天降大礼——原本，在得知她因病休学的消息后，很多同学难过了好一阵子。这下好了，开学日在意料之外变成了狂欢日，大家围着埃斯特莉娅唱呀、跳呀，甚至把她高高地抛向空中。机敏的小雪用相机记录下了这难忘的场面。

另一边，孙娍与卜小黑达成了和解，不过两人由先前的恋人变成了普通朋友。在暑假后期到开学的这段日子里，孙娍除了刻苦提高自己与蛮龙托沃的配合度和驯龙技巧外，还经常前往王一川的住处帮他照料女儿王娅。这令王一川感激不已。

时间一天天过去，2125年——两年一度的世界杯年终于再次来临，也就是万众瞩目的第六届恐龙竞技世界杯。所有热爱这项竞技比赛的人都记得，前五届世界杯冠军的得主分别是阿根廷队、美国队、美国队、西班牙队和美国队。除去已经衰败的首届冠军得主阿根廷队,两大顶级强队——美国与西班牙队都顺利完成了新老交替,在新一届杯赛里依旧是最有力的冠军争夺者。同时,人们也不会忘记在第五届世界杯上异军突起、勇夺亚军的黑马中国队,他们出色的配合和顽强的斗志赢得了所有人的称赞。一些专家甚至预言,恐龙竞技世界杯,中国队、美国队、西班牙队三足鼎立的局面即将到来。

5月底,热情奔放的夏天终于来临。一些需要从世界杯附加赛打起的队伍已在美国新科罗拉多市的竞技场里厮杀得热火朝天,那些确定参加小组赛的种子队们也将踏上征途。

5月28日,晚饭后,埃斯特莉娅邀请小雪和孙娍一同来到大家熟悉的星·咖啡——这一天是银发姑娘决定暂时告别好友的夜晚。明天一早,她将前往西班牙与队友们会合,进行为期一周的集训,然后,她将随西班牙恐龙竞技队出征世界杯。

"不久之后我们就会在赛场重逢,不过……到那时候就是对手了。"坐在咖啡屋的木桌前,埃斯特莉娅面带微笑地说道。

"嘿嘿,这是小埃第一次参加世界杯吧?我可不会手下留情哟!"小雪握着冰咖啡,露出狡黠的笑容。

"我也会努力不拖大家的后腿!"精神气十足的孙娍信心百倍地攥紧了拳头。

这时,距离3位姑娘不远处的几个学生都向她们投来关注的目光,另外一些人在窃窃私语。

"她们好像都是国家队的驯龙师……"

"咱们国家队的裴小雪、孙娍和西班牙国家队的埃斯特莉娅……"

"裴小雪可是咱们上届世界杯勇夺亚军的英雄哩！现在是国家队史上最年轻的队长！"

"世界杯就要开始了，走，咱们去要个签名吧！"

不多时，十来个学生围了过来，这可把正安然喝着咖啡、聊着天的3位姑娘吓了一跳。

"您就是裴小雪学姐吧，中国恐龙竞技队的队长！我们都是您的迷弟和迷妹，请您……世界杯上一定要加油噢！"领头的男生面带笑容地向裴小雪鞠躬致敬道。

"哈哈哈，那是自然，哈哈哈！"见此情形，小雪忘乎所以地大笑起来。

"又来了……"孙娥没好气地说。

热情高涨的学生们纷纷拿出笔记本，请小雪在上面签名，兴奋的年轻队长也不厌其烦地为他们送上祝福。

又一个火热的夏天，值得所有人期待……

在埃斯特莉娅返回西班牙的第二天，中国队也开始了集训。按照比赛日程安排，第六届恐龙竞技世界杯的附加赛将于6月6日结束，而一周之后的6月14日，正式的小组赛将打响。由于世界杯正赛抽签仪式将会在6月7日举行，因此所有参赛队伍都必须提前抵达比赛营地。在教练王一川的率领下，在国内完成集训的中国恐龙竞技队于6月5日下午抵达位于新科罗拉多市的恐龙竞技世界杯驯龙师专用营地。小雪无意中看到了当地报纸关于第六届恐龙竞技世界杯各队实力的分析和夺冠赔率，发现曾经名不见经传的中国队这次一跃成为第三号种子队，夺冠赔率仅次于美国队和西班牙队。

晚上，王一川对驯龙师们进行了抵达营地后的第一次训话。本届杯赛上的中国驯龙师几乎是过往几年中最年轻的队伍，其中年龄最大的竟然是尚不满27岁的卜小黑。不过，他们中只有小雪、孙娀和卜小黑参加过上一届杯赛。

"前年我们之所以取得好成绩，很大程度上是因为对手轻视我们，换言之，那是靠着黑马的心理优势——但是今年就不同了，我们摇身一变成了赛事第三号种子队，很多人都在盯着我们，研究我们的弱点。所以需要各位加倍努力，才能一步一个脚印地向前迈进……"王一川手持教鞭在战术板上指点着。战术板上写着各参赛队的王牌驯龙师和王牌恐龙的名字，"现在，我来介绍一下我们的对手……"

"真无聊，耳朵都听出老茧了……"小雪托着腮，一副不耐烦的模样。就在这时，兜里的手机传出振动声，她连忙掏出手机查看信息，脸上却露出惊喜的笑容，"娀娀，你姐马上要来！"

"什么？她老人家不是说这次不来观战的吗？"孙娀嘟囔了一句。

"她说，因为米娜入选了美国恐龙竞技队，所以她还是决定来观看比赛。"小雪压低声音说道。

"什么！米娜姐加入了美国队？不过之前我曾听姐姐说过，米娜姐在18岁时就是一名驯龙师了，因为某些原因退出竞技队，大学没有读完就去了贝姐那里。"孙娀先是露出意外的神情，紧接着又透出期待的目光。

"嘿嘿……真心期待能够与美国队好好过招——去年的

决赛输得实在是太憋屈了。不过……我已经看到了那个家伙在美国队的大名单里。"小雪说着，脸上露出神秘的笑容。

"'那个家伙'是……"孙娓显然不明白。

"雅各布同学呀！"小雪终于忍不住提高了嗓门。这下，王一川终于发现了在自己训话时，队中两名主力干将居然"开小差"！

另一边，在美国队的营地，经验丰富的老教练霍尔姆斯也在向驯龙师们训话。雅各布·梅森端坐在那里，面无表情地注视着战术板。

"好，介绍完战术，我想我有必要有向大家正式介绍在参赛大名单提交之前临时加入的驯龙师米娜·劳伦斯。"霍尔姆斯说着，冲坐在不远处正认真听讲的米娜使了个眼色。

"大家好，我是米娜·劳伦斯。"米娜站起身来。

台下立刻响起了掌声，其中卡卡拉瓦·劳伦斯鼓得最起劲。现在，所有美国队的驯龙师都知道卡卡拉瓦是米娜的弟弟，两人均来自夏威夷的卡帕阿岛。也许很少有人知道，劳伦斯姐弟也出自驯龙世家，他们的父亲老卡卡拉瓦·劳伦斯曾代表美国队参加第一届恐龙竞技世界杯，并以38岁"高龄"成为当届参赛选手中最年长者。米娜在大学时曾经加入过驯龙队，在那时便已与现在的教练霍尔姆斯相识，此番，在美国队更新换代时终于接受邀请，得到了参加世界杯的机会。

"等等，这么轻易地让毫无大赛经验的人加入，号称实力最强的美国队是不是有点太随意了？"雅各布突然站起身来。

"雅各布同学！"身为队长的雷恩见状，慌忙起身想把同伴摁回座位，霍尔姆斯却冲他摆摆手，示意他不必理会。

"这是教练的决定。你们作为驯龙师的任务是指挥各自的恐龙打好比赛，仅此而已。"霍尔姆斯以威严的声音说道。

"我来这里是为了拿冠军的……"

"这儿没有一个人不是冲着这个目标来的。如果你质疑我们，就请你回到原来的队伍去！"面对雅各布的质疑，霍尔姆斯毫不留情地予以反击。台下年轻的驯龙师们顿时一片哗然，并开始窃窃私语。脸上写满尴尬的雅各布只得坐了回去。

与此同时，作为"赛事三强"之一的西班牙队也在开队内会议，不过，他们的气氛要轻松愉悦得多。此次作为教练带领西班牙队出征世界杯的是上届队长冈萨雷斯，原本就与驯龙师小弟们相处十分融洽的他竟然在开会时开起了玩笑，引得会议室里响起一片笑声。

"总之，我们西班牙队的实力大家都十分清楚，想取得怎样的成绩，那就得看你们愿意付出多少努力咯！"冈萨雷斯话音刚落，所有驯龙师齐声喝彩并鼓起掌来。这时，身为队长的何塞·费尔南德斯突然站起了身。

"现在我想请西班牙队历史上参加世界杯的第一位女性驯龙师，同时也是我们队目前最年轻的妹妹——席尔瓦小姐来为大家讲两句。大家欢不欢迎？"

"欢迎！"

还未反应过来是怎么回事，埃斯特莉娅便被众人推上台去。只见她那楚楚动人的红色双眸透出迷茫的神色，但很快又充满了自信。

"感谢各位前辈对我的关注。我只想说，我一定不会辜负大家的期待，尽力发挥最大潜能，帮助我们的祖国拿到冠军……"

话音未落，台下再次响起了热烈的呼声和掌声。望着眼前狂热且充满活力的年轻驯龙师，冈萨雷斯的脸上不禁浮现出自己20年前初次接触驯龙这项职业时的模样。毫无疑问，现在坐在他眼前的是西班牙最好的黄金一代，也是以团结著称的一代。

6月7日下午3时，激动人心的世界杯抽签时刻终于到来。在击败了各自强劲的对手后，日本等各大洲的区域强队赶上了世界杯正赛的末班车。最终参加正赛的16支国家队的教练和队长参加了抽签仪式。与先前规则相同，上届世界杯最终打入四强的队伍被认为是每支小组的种子队。第一轮电脑抽签次序为：美国队（A组）、中国队（B组）、西班牙队（C组）、德国队（D组），这意味着美国队与中国队同处一个半区，倘若不出意外，双方将会在半决赛中会师。

"这可不是个好签运，我们怎么就不能和实力已经明显下滑的德国队分到一个半区呢？"看到大屏幕显示的结果，王一川不禁失望地摇了摇头。

"好啦，川哥，无所谓啦！无论对手是谁，我们都会挺进决赛的！"小雪却不以为意地笑了笑。

"你这丫头还真是有谜之自信啊！难道你忘了美国队的那个什么'强化人'和他的'强化恐龙'了？"王一川不满地说。

"当然没忘记！所以我才更加期待和他们的对决——我一定要亲手击败雅各布同学和他的异特龙艾伯塔！"小雪不甘示弱

地说。

很快，抽签全部结束，最终与中国队一同分在B组的另外3支队伍是韩国队、尼日利亚队和俄罗斯队。这是个相对轻松的小组，尼日利亚队首次晋级恐龙竞技世界杯决赛圈，而韩国队先前也仅仅在第二届杯赛中出过场，但三战皆惨遭小组赛淘汰，可以说是两支公认的弱旅。至于俄罗斯队，虽然在上届杯赛中首次杀入淘汰赛并且给卫冕冠军美国队制造了不小的麻烦，但其进攻线并不强，仅靠两头令人畏惧的镰刀龙筑起的稳固防线是无法对抗顶级强队的。对于这样的抽签结果，王一川与裴小雪相当满意。

C组成员有西班牙队、澳大利亚队、阿根廷队和日本队，整体实力不容小觑。

被分配在A组、作为美国队对手的是加拿大队、伊朗队和葡萄牙队。要知道，这3支队伍都非等闲之辈，其中加拿大队和伊朗队都闯入了上届杯赛的淘汰赛阶段，无论哪一支队伍再次突围，对B组的中国队来说都是不小的威胁。

至于D组，则是总体实力已沦为第二梯队的德国队、埃及队，以及两支较弱的驯龙队——法国队、哥伦比亚队。

抽签仪式结束后，王一川与裴小雪边聊分组形势，边回到了营地。在营地观看抽签直播的同伴们早已等候在门口，兴奋地将二人围了起来，就像是已经小组出线了一般。不过在欢庆获得上等签之后，王一川还是冷静下来，给驯龙师们开了个动员会，要求大家切不可掉以轻心，一定要全力以赴应对每一场比赛。

就这样，带着满满的信心和期待，那一天越来越近了……

三十二　狭路相逢

6月14日，第六届恐龙竞技世界杯在新科罗拉多市的1号竞技场拉开帷幕。对阵双方为美国队与上届杯赛八强之一的加拿大队。这是一场充满看点的比赛，观众们对转投美国队的雅各布·梅森在面对旧主时是否会手下留情充满了好奇——雅各布·梅森指挥的5号异特龙艾伯塔在赛场上用近乎残暴的表现回应了观众们的期待——独得6分的异特龙艾伯塔几乎凭一己之力便撕碎了对方的防线。12∶2，美国队狂胜加拿大队，取得了开门红！不仅如此，异特龙艾伯塔还创下了恐龙竞技世界杯历史上单龙最高击杀数纪录。

王一川带着小雪等人坐在观众席上观看了整场比赛。按理说，美国队在实力上确实高于加拿大队，但并未达到如此悬殊的地步。比赛结束后，脑海里依然回放着异特龙艾伯塔堪称残暴发挥场景的小雪陷入了沉思。

"强化恐龙果然这么可怕吗？"小雪问身旁的孙娀。

"听姐姐说，DMIG是有意在测试这种转基因恐龙的实战能力，这也是国际刑警一直盯着他们的主要原因。"孙娀的脸上沁出了汗珠。

"他们究竟给异特龙艾伯塔注入了怎样可怕的基因——赛场上的它简直是一个恶魔！"小雪愤愤地猛击座位扶手。

"你不觉得很奇怪吗，小雪？现在的艾伯塔似乎兼具了亚罗和托沃的优点，同时对驯龙师的指令贯彻力几乎是百分之百……"

"难道说，那帮家伙在艾伯塔身上注入的基因是……"

第二天，B组比赛开始，中国队的第一个对手是韩国队。自恐龙竞技世界杯举办以来的10年时间里，这两支队伍从未交过手。虽然韩国队早在第二届世界杯时便打入正赛，同时期的中国队还在附加赛的泥潭中苦苦挣扎，但今非昔比，双方在实力上的差距显而易见。全主力出击的中国队在开赛5分钟后便牢牢掌握了主动权，直到全场比赛结束，韩国队也没有得到任何像样的机会，最后的比分定格在12:5，中国队赢得了开门红。

第三天，C组的西班牙队也不甘示弱，以12:1的悬殊比分血洗本组最弱对手澳大利亚队。赛前，西班牙队队长、头号王牌驯龙师何塞·费尔南德斯因感冒而缺席，冈萨雷斯破天荒地将代理队长的指挥权交给了全队年龄最小，但在集训中表现极为抢眼的埃斯特莉娅·德·席尔瓦。结果在这个还不满20周岁的女孩的指挥下，强大的西班牙队依然打出这样的比分，令观众不由得拍手叫绝。

本届世界杯公认的3支顶级强队从小组赛伊始便铆足了劲儿，展开殊死竞争，这也令冠军的归属充满了悬念。走在返回营地的路上，王一川拍了拍小雪的肩膀："看到了吗，你的西班牙美女闺蜜是个很可怕的对手哟！"

"那又怎么样，哼……"

"万一我们能混进决赛，小心别让她把你给打哭了，嘿嘿……"想要激励队友的王一川继续刺激着裴小雪的神经。

"要是我被打哭了，川哥你岂不是哭得更厉害——当时你可是心心念念想让她加入咱们中国队的呀！"

"你……你这死丫头！"王一川一时之间竟无言以对。

另一边，孙艾琳悄然来到赛场附近观战，但她的目标似乎并非比赛本身——只见她一直东张西望，却没有注意到妹妹已经来到身后。

"姐姐？"

"嫚嫚？咳……你吓我一跳！"孙艾琳轻声责怪道。

"原来姐姐也有害怕的时候呀？嘿嘿……"孙嫚俏皮地吐了吐舌头。

"对了，嫚嫚，你之前跟我提到的那个女记者……"

"原来姐姐你还在意她呀……不过自那次之后，我们都没有再见过她。"孙嫚耸了耸肩。

"如果我没记错的话，她叫……法伦霍恩妮。是这个名字吧？"孙艾琳继续问道。

"似乎是吧……很拗口的德语名字，"孙嫚说着，陷入了沉思，"每次提起这个名字，我就想起……真的太像了。"

小组第一轮比赛很快全部结束，没有冷门，有的只是夏天的火热激情。然而，第二轮角逐则充满了十足的火药味。A组，美国队和伊朗队的比赛中竟然出现了恐龙之间"报复性"的攻击。通常，训练有素的比赛恐龙在对方被催眠后不会继续进攻，但显然双方"杀红了眼"，在击倒了一头伊朗恐龙后，美国队的6号霸王龙凯南德斯竟然继续攻击对方的"尸首"。这一残暴举动令裁判不得不对其进行制裁，直接催眠令其退出战斗——引起全场观众哗然。然而事情并未就这样结束，随后伊朗队的恐龙也做出了类似的举动并且也受到了相应的制裁。就这样，比赛在一片嘘声中结束，美国队以12：6获得了一场有争议的胜利。由于同组另一场比赛，加拿大队与葡萄牙队打成平手，美国队提前一轮晋级淘汰赛。

　　中国队第二轮将对阵实力孱弱的世界杯新军尼日利亚队。队长裴小雪因失眠而不在状态，由于对手不强，王一川特许她进行了轮休，由卜小黑担任临时队长带队参加这场比赛。但比赛过程令人大跌眼镜：卜小黑指挥的4号特暴龙铁男在开赛10分钟后便遭遇伏击被击败，中国队一度陷入群龙无首的尴尬境地，并被尼日利亚扭转了比分。危难之中，孙娀指挥5号蛮龙托沃与周珩指挥的6号永川龙皇帝打出了精彩配合，及时止颓，并带领中国队进行了反击；在比赛进行至第45分钟时，以8：7的微弱优势险胜。另一场比赛，俄罗斯队也险胜韩国队，拿到了两连胜，与中国队携手提前出线。

　　C组，西班牙队遇到的困难则大得多。不仅何塞因感冒没能康复而无法参赛，就连首轮表现抢眼的埃斯特莉娅也因心脏不适而只能作壁上观。缺少了两员大将——3号鲨齿龙熙德和食蜥王龙密涅瓦的西班牙队只能以残阵迎战本组最强对手阿根廷队。结果，尽管费利佩·德·拉费雷尔指挥的5号食蜥王龙迦南表现出色，以一敌三，但由于4号蛮龙恺撒表现不佳，早早出局，独木难支的食蜥王龙迦南和西班牙队最终以5：6惜败，爆出冷门。另一边，日本队以10：8击败澳大利亚队，拿到了首胜。现在，阿根廷队2胜占据榜首，西班牙队与日本队均为1胜1负——他们将在最后一轮展开殊死搏斗。

坐在教练席里的何塞和埃斯特莉娅目睹着队友的失利，脸色铁青。何塞戴着口罩，额头红红的——看得出，他的感冒似乎很严重。与他并肩而坐的埃斯特莉娅则脸色惨白、唇无血色，一只手紧紧地摁着心口——看得出，她此时身体状态堪忧。

"埃斯特莉娅，你……心脏很难受吗？"教练冈萨雷斯注意到了埃斯特莉娅时不时强忍痛苦的表情，连忙问道。

"我没事的，教练。"埃斯特莉娅勉强露出一丝笑意。

"千万别硬撑。依我看，不如下一场你也休息一下。"

"不，教练，小组最后一场比赛请一定让我出场。"埃斯特莉娅说着，略显激动地站起来，"我不想留下遗憾。"

冈萨雷斯注视着眼前虽然身体虚弱但面色坚毅的女孩，情不自禁地点了点头。

前两轮8天的比赛很快结束，终于到了决定部分驯龙队出线命运的时刻。A组第三轮比赛结束后的晚上，埃斯特莉娅独自来到驯龙队营区外的一处树林。在一棵大树下，一名身穿白大褂的高个子墨镜男正等着什么人。看到银发姑娘到来，他立刻变得毕恭毕敬起来。

"密涅瓦大人！"

"我说过了不许再叫这个名字。"埃斯特莉娅语气冷淡。

"是……席尔瓦小姐！您要的药在这里。"男人诚惶诚恐地点点头，从提包里拿出一个精致的医药箱，恭敬地递到埃斯特莉娅手里。

银发姑娘注视着药箱，良久后问道："这个药，还是需要注射吗？"

"是的。如您所要求的，在下为您准备了5份的剂量，可以使用5次，"男人说着，从包里拿出一套模型注射器，开始耐心地现场演示，"由于您的心脏装过保护体，所以必须精准地插在心脏本体上才行。我已经替您测算好位置了，在这里……"

埃斯特莉娅十分认真地听着男人的讲解，并进行了实操模拟，很快便掌握了要领。不过就在她拿起医药箱打算转身离去时，男人忍不住喊住了她。

"席尔瓦小姐，您的心脏结构和常人不同，已经接受过手术，不可能二次手术了——我想，您应该很清楚这一点。"

"这是你需要考虑的问题吗？"埃斯特莉娅稍稍侧过脸瞟了男人一眼，以依旧冰冷的语气反问道。她那苍白的脸上带着一丝伤感，红色的双眸却异常坚定。

第二天，B组的中国队迎来了小组赛中的最后一个对手俄罗斯队。尽管这场比赛已经无关小组出线，但为了不过早遭遇A组第一的美国队，王一川还是要求所有驯龙师全力以赴迎战对手。赛前，作为队长的裴小雪将驯龙师们召集在一起打气，最后与队友们一一击掌，誓要拿下此场比赛的胜利。站在一旁的王一川望着拥有如此强大号召力的爱将，一股安全感涌上心头。

比赛开始后，在小雪有条不紊的指挥下，中国队主力食肉恐龙从边路进攻，很快撕破了俄罗斯队的防线，比赛开始10分钟后已经取得了3∶0的领先优势。

"中国队像小组赛第一场那样发动了快攻，并取得了卓有成效的战果！果然，这支一流的驯龙队离不开他们的灵魂——3号异特龙亚罗和它的驯龙师裴小雪！"解说裁判激情的声音回响在赛场上。这时，在一个无人关注的过道里，出现了一位身材高挑的金发墨镜女郎。她的脸型、体态与曾经的金发女警贝尔格蕾雅是那样相似，只是藏在太阳帽下的金色短发使得她看起来更精干一些。她穿着较为随意的衬衫和宽松的休闲裤，脖子上挂着一部相机，手里拿着笔记本——这一切似乎显示出，她的身份是一名记者。

"小姐……那边是不可以站人的！"突然，背后传来一个沙哑的声音。

"给您添麻烦了，我在这儿是为了拍摄一些报道比赛用的照片。"金发墨镜女郎忙回过头去，冲赛场保安大叔露出甜甜的微笑，同时掏出自己的记者证，晃了晃。只见上面写着她的名字：法伦霍恩妮·冯·利希滕施泰因。

"喔喔，原来是记者。那你注意点，只能在看台拍摄哟。"

"谢谢您，我一定会注意的！"法伦霍恩妮露出感激的神色。待保安大叔离去后，她将墨镜向下稍稍推了一下，露出了一双浅绿色瞳孔。

比赛进行至第25分钟,比分来到7∶3,由裴小雪指挥的3号异特龙亚罗已经看到了俄罗斯队的营地。接下来就是攻坚战了。面对那两头手舞巨刃的镰刀龙,包括异特龙亚罗在内的几头中国食肉恐龙开始踌躇不前。

　　"听闻只要被那个镰刀手砍中,就是一记致命攻击。"卜小黑打开通话器,对小雪说。

　　"明白了。我去引开它们,你们想办法从后面攻击!"小雪果断地下达指令。

　　"那是不可能的,那两头恐龙永远不会把后背露给敌人。"卜小黑补充道,"想要击败它们,恐怕要付出一定代价。"

　　"我来吧……如果要付出代价的话。"孙娀突然插了一句。紧接着,她指挥蛮龙托沃改变方向,朝俄罗斯队营地左方奔去;似乎领悟了其用意的周珩也指挥永川龙皇帝和另一头吉兰泰龙紧随其后。在发现有3头食肉恐龙硬闯营地后,镰刀龙"兄弟"阿列克谢和柯什金立刻做出反应,排成背靠背的姿势迎敌。但在发现敌人只从一侧进攻后,两头镰刀龙逐渐将身体向一个平面倾斜,但仍旧呈一定角度互相照应着。这时,卜小黑指挥的特暴龙铁男也冲上前来,与蛮龙托沃等从同一侧进攻。面对4个强敌的压迫,两头镰刀龙不得不将身体缓慢地排列成一条直线,终于将柔软的背部完全暴露出来。

　　"胜负就在一瞬间——"小雪咆哮着,指挥异特龙亚罗从正对着两头镰刀龙背部的树林里冲了出来,以电光石火般的速度直扑位于左侧的1号镰刀龙阿列克谢。由于根本没有工夫向后张望,俄罗斯的驯龙师对此也毫无防备。只听异特龙亚罗一声怒吼，便将镰刀龙阿列克谢扑倒在地。

全场的中国"龙迷"们欢呼起来。在攻破俄罗斯队铁桶般坚固的防守后，中国队轻松赢得比赛。

在淘汰赛中，中国队将面对A组第二的葡萄牙队——这也是这支来自欧洲的劲旅首次晋级淘汰赛。

第三天，西班牙队迎来了"最终审判日"——与日本队决战。失败的一方将离开本届世界杯赛场。赛前，西班牙队内的情况相当糟糕，由于上一场在对阵阿根廷队的比赛中拼得过狠，5号食蜥王龙迦南腿部肌肉受伤，不得不缺席。而此时，何塞的感冒还未完全康复，埃斯特莉娅的心脏仍然不舒服。

"教练，这场比赛，我想我必须出场。"

赛前决定出场名单时，埃斯特莉娅罕见地主动请战。望着她那依然苍白的脸庞，冈萨雷斯举棋不定。他很清楚埃斯特莉娅的身体状况。

"教练，还是让我上吧，我的感冒已经好得差不多了。"这时，一直戴着口罩的何塞突然起身，走到埃斯特莉娅身旁，冲她笑了笑，"我觉得我的状态比你要好。"

"何塞哥……？"

"好！何塞，已经休息两场了，你也该亮亮相了。埃斯特莉娅，我觉得你还需要再休息一下——你的脸色实在是……"

"可是教练……"埃斯特莉娅罕见地焦虑起来。

"好啦，小埃同学，你要质疑教练的用人策略吗？还是……你不相信我？"何塞微笑着将埃斯特莉娅结结实实地摁回了座位。

"你刚才喊我什么？"埃斯特莉娅瞪大了眼。

　　"小雪同学不是一直这么喊你的吗？小埃……"从何塞嘴里突然飙出一句虽一本正经却听起来十分蹩脚的中文，那副认真的模样瞬间将银发姑娘逗乐了。

　　于是，埃斯特莉娅只得乖乖地坐在教练身旁，再次作为看客观看了本队与日本队的生死之战。可以看得出，在何塞指挥下的鲨齿龙熙德并未达到最佳状态，几次低级失误甚至冲散了本队的阵型。但说到底何塞是参加过两届世界杯的"经验丰富的老将"，很快便稳住阵脚，开始反败为胜。到收尾阶段，何塞指挥的鲨齿龙熙德与日本队队长清水遥指挥的特暴龙金刚展开对决，并成功打败了对手，奠定了胜利的基石。鲨齿龙熙德的关键性作用有目共睹——西班牙队12∶9击败日本队。由于另一边阿根廷队击败澳大利亚队，所以西班牙队不得不以小组第二的身份晋级淘汰赛，这无疑给淘汰赛赛程增加了难度。果不其然，D组种子队德国队获得了小组头名。这样一来，西班牙队将在四分之一决赛中与德国队决一死战。

　　随着小组赛全部结束，第六届恐龙竞技世界杯中狭路相逢的各路竞技队间激烈的角逐才刚刚开始……

三十三 不可能完成的任务

巨大的竞技场外电子牌上显示的第六届恐龙竞技世界杯四分之一决赛对阵分别是：上半区美国队（A1）与俄罗斯队（B2）、中国队（B1）与葡萄牙队（A2）；下半区阿根廷队（C1）与埃及队（D2）、德国队（D1）与西班牙队（C2）……

在经历了一天休赛后，四分之一决赛正式开始。首场对决的是美国队与俄罗斯队。有趣的是，两队在第五届世界杯四分之一决赛时便相遇过，当时，美国队通过拖延时间的方式勉强晋级。然而短短两年之后，双方都已发生巨大变化——在3号霸王龙杰克的带领下，美国队在不到半小时的时间里便击垮了俄罗斯队的前场力量。面对防守的镰刀龙"兄弟"，异特龙艾伯塔竟从正面直接攻击——只见凶狠的艾伯塔凌空跃起，伸出它那比普通异特龙更长的前肢，用一只利爪挡住镰刀龙柯什金的攻击，并用另一只利爪精准地"一击锁喉"。

"咔嚓——"这一恐惧的场面被眼疾手快的法伦霍恩妮拍摄下来。望着那头张牙舞爪的"非常规"巨异特龙，金发女记者的嘴角露出一丝难以察觉的笑意。

中国恐龙竞技队的全体驯龙师也都在看台上观看了美国队的精彩表演。很明显，若能顺利拿下实力较弱的葡萄牙队挺进半决赛，他们将直面来自这支驯龙队的冲击。而从连续几场比赛的表现来看，美国队那头堪称野兽的巨异特龙艾伯塔的格斗能力几乎无懈可击。王一川不禁托着下巴皱起了眉头。

这回，就连一直自信满满的小雪也笑不出来了。看到异特龙艾伯塔解决镰刀龙的方式，这个年轻的队长不禁目瞪口呆。

另一边，西班牙队也在观看比赛。

"埃斯特莉娅，你注意到美国队异特龙艾伯塔的表现了吗？"冈萨雷斯碰了碰她的胳膊。

"它表现得好或者坏和我们有关系吗？"埃斯特莉娅头也不抬。

"你说什么？"冈萨雷斯和队长何塞异口同声地发出了不满的质疑。

"决赛中，我们的对手只可能是裴小雪和她的中国队。所以……我才没兴趣看这种无聊的比赛。"埃斯特莉娅冰冷的态度令人吃惊，而随后她的举动更令队友诧异——只见她解开安全带站了起来。

"小埃同学，你要去哪里？"何塞连忙问道。

"洗手间。"埃斯特莉娅用她那冷峻的红色眸子瞟了一眼何塞，转身离去。正在认真拍照的金发女记者那熟悉的倩影映入眼帘——埃斯特莉娅不禁诧异地别过头去。

最终，美国队以12∶2的巨大优势轻松晋级半决赛。

一天后，由中国队迎接首次杀入淘汰赛的葡萄牙队的挑战。尽管葡萄牙队在赛前也做了充足的准备，但毕竟经验和实力不足，因此比赛的节奏一直被中国队牢牢掌控着。虽然双方分差并不大，但直到最后，葡萄牙队都没有获得太好的机会。无意浪费恐龙体力的小雪也将优势维持到比赛时间结束——9∶6，中国队再次挺进半决赛。

随后，两支老牌劲旅——阿根廷队与埃及队的比赛显得有些枯燥。势均力敌的两队将比赛拖入了加时赛。最终，阿根廷队的"老队长"南方巨兽龙埃卡在单挑中击败了埃及队的"老队长"棘龙阿皮拉，获得了这场艰难对决的胜利。

6月的最后一天，最后一场四分之一决赛开始了——由两支种子队——西班牙队和德国队争夺最后一张通往半决赛的门票。但是面对开赛以来首次人员齐整的西班牙队，德国队很快便抵挡不住了。核心主力3号维恩猎龙腓特烈被西班牙队的7号食蜥王龙密涅瓦轻松击败。最终，西班牙队仅用不到35分钟便结束了比赛。电子计分屏上显示的"12∶3"似乎在告诉所有观众——王者满血归来！

最终，闯入世界杯四强的驯龙队是上半区的美国队、中国队以及下半区的西班牙队、阿根廷队。按照日程，美国队与中国队的第一场半决赛将在休赛一天后，即7月2日举行。

7月1日晚上，新科罗拉多市上空刮起一阵大风，给燥热的盛夏增添了几分凉意。大战在即，王一川在严格训练完全体驯龙师和恐龙后，晚上时给大家放了个假。大多数驯龙师选择了听音乐或健身，小雪却拉着牛畅前往营地的杂货店闲逛。

"雪姐，哎呀呀呀……你还有心情来购物？"一路上，牛畅喋喋不休，胳膊却被小雪牢牢地抓着。

"少啰唆，姐让你干啥你就得干啥！"小雪蛮横地打断了昔日同桌哀求的话语。正在这时，迎面走来的一个人令她停住了脚步——原来竟然是同样来购物的埃斯特莉娅！

"小埃？咱们居然能在这里……"小雪惊讶极了。

"小雪？还有阿畅同学……"埃斯特莉娅脸色平静。

"小埃同学，你比以前更漂亮啦！"牛畅突然不合时宜地夸赞了一句。埃斯特莉娅并未有太大反应，倒是小雪急了，立刻上前用手揪住昔日同桌的脸蛋，痛得对方嗷嗷大叫起来。

"别闹了……小雪，明天的半决赛，你们准备得如何？"

"我们？听天由命呗。雅各布同学指挥的异特龙艾伯塔看起来实在是……无解。"小雪苦笑着耸了耸肩。

"小雪，请你看着我的眼睛。"埃斯特莉娅说着，突然罕见地伸出双手按住小雪的肩头，"答应我，你一定要进决赛；我也答应你，一定会奉献一场属于我们俩的完美对决。"

"小埃……嗯，我答应你！"望着闺密真诚的目光，小雪认真地点了点头。这时，远处的队友在喊埃斯特莉娅回去。银发姑娘依依不舍地转头，冲小雪微微一笑："加油哟，我一直在你身旁。"

第二天。

整装待发的中国队在教练王一川的带领下来到了半决赛的

比赛场地——新科罗拉多市恐龙竞技世界杯1号竞技场。可以容纳超过10万人的巨型竞技场座无虚席。看台的一角出现了几张熟悉的面孔——昔日中国队主教练张恩南、裴母以及小雪的大学同学们。为了观看这场举世瞩目的半决赛，他们不远万里从中国赶来这里，不仅为中国加油，更为了他们所关注的那个人。

在振奋人心的恐龙竞技世界杯专属背景乐的演奏中，中美双方队长登台——英姿飒爽的裴小雪与雷恩·马什昂首挺胸来到了主席台前。两位年轻队长将手掌按在选择地图的电子屏幕上，共同选出了半决赛使用的地图。那竟然是——

"科罗拉多大峡谷！"解说裁判高声宣布。

全场哗然，观众们议论纷纷。小雪露出了不安的神色，雷恩则自信满满地露出笑容。要知道，在美国队的"主场"，抽到这样的地图，可谓有如神助。

在知晓比赛地图后，王一川立即召集准备出场的驯龙师，利用宝贵的30分钟时间商量作战策略。由于先前并未接触过这张地图，王一川显得十分焦虑。按照常规的应对方案，自然是只能从峡谷突破。不过队长裴小雪看起来似乎有自己的想法。

"我们在两个主峡谷的入口处各留两头食肉恐龙防守，但是它们并不作静态防守，而是来回奔跑在谷口掀起黄沙……"小雪指着地图，"其余6头恐龙中的3头在这里……这里……还有这里设伏……最后3头恐龙作为机动部队，在我的指挥下准备袭击敌人大部队的侧翼。"

"这……挺有想法呀，但是似乎很冒险。分散兵力容易被敌人各个击破。"对此，卜小黑持反对态度。

"我支持小雪的策略。请允许我指挥设伏的3头恐龙——像托沃这种力量型恐龙最适合打伏击战了。"孙娅一如既往地选择站在小雪这边。

"好！身为队长，小雪，你就按照自己既定的思路去战斗吧！"王一川思索片刻后，脸上露出赞许的笑容。

"我们一定要战胜美国队，大家有没有信心？"小雪大声问道。

"有！"所有人都跟着她热血沸腾起来。

很快，双方驯龙师在SDC操作系统里各就各位，双方的24头恐龙也都在指定地点集结。这是本届世界杯最受关注的焦点之战，各国政要和与恐龙有关的各大企业高管也都来到现场观战。在VIP观战区坐着一群身着黑礼服的人——他们是DMIG观战团，包括董事长席尔瓦在内的DMIG核心领导悉数来到现场。

随着解说裁判——西班牙著名恐龙运动学家阿方索博士的一声令下，比赛正式开始。观众们可以清楚地看到美国队的恐龙开始迅速行动，中国队这边却按照小雪战前的部署"凌乱"地移动着。这令中国的龙迷们有些不淡定了，就连看台上前来观战的西班牙队驯龙师们也露出了不解的神色。

"中国队开局就消极防守？"队长何塞不禁皱起了眉头。

"这一点儿也不像他们的风格呀！"费利佩·德·拉费雷尔也摇了摇头。

"难道……他们从一开始就没想过要赢吗？"哈梅斯·加西亚也深深叹了一口气。

只有埃斯特莉娅没有说话。只见她紧盯着正带领另外两头食肉恐龙从中间开阔地带缓速前进的异特龙亚罗，仿佛看出了什么端倪——嘴角露出一丝欣慰的笑容。

大约过了5分钟，在小雪指挥下游弋于峡谷入口处的几头中国队食肉恐龙已经可以望见远处正杀气腾腾直扑过来的美国队食肉恐龙，此处防守的驯龙师遂将这一消息报告给小雪。在问清楚对方数量后，年轻的中国队长心中似乎已经有了计划。

"黑哥、阿珩，我们该出发了！"小雪自信满满地打开与卜小黑、周珩的通话设备。

"去进攻敌人的营地吗？"卜小黑似乎有些不明所以。

"但是敌人的营地前不太可能不设防吧？"周珩表示怀疑。

"笨蛋，谁说我们就是要去进攻了？听着……我们要把他们剩余的恐龙也引过来……"小雪的话令卜小黑、周珩豁然开朗。异特龙亚罗带着特暴龙铁男、永川龙皇帝迅速向美国营地推进。与此同时，美国队的进攻主力一分为二，正从两个山谷分别向前推进。赛前，雷恩曾预测中国队有可能会从中路推进，因此在他的强烈建议下，美国队留下了4头食肉恐龙在中路防守。剩余的6头食肉恐龙每3头为一队，上路由雷恩、雅各布指挥，下路则由劳伦斯姐弟指挥。不过走在山谷中时，雷恩的心里隐隐感到一丝不安。

"雅各布，你有没有觉得不对劲？按理说这时候应该早就应该和中国队的先头部队碰上了。"

"那又如何？不管怎么样，他们都不可能赢。"雅各布回答得有点漫不经心。

"我很了解斯黛拉——不按常理出牌是她一贯的作风。"雷恩说着，神情变得迷茫，"斯黛拉……你现在究竟在想什么呢？"

刹那间，行进中的小雪似乎感受到了些什么。通过异特龙亚罗的视野，年轻的中国队长望着扬起的尘沙，不禁自言自语道："雷恩哥他不在这里？这是我们的好机会！"

小雪立刻招呼卜小黑、周珩跟上自己的步伐，3头恐龙以最快速度向美国营地扑去。不多时，小雪通过异特龙亚罗的视野注意到美国留守在营地前沿的食肉恐龙。它们看上去并未利用有利地形进行埋伏，而是大摇大摆地踱着步子，等候敌人的到来。

"一头霸王龙，一头蛮龙……唔，还有两头稍小的特暴龙。似乎在实力上超过了我们。"小雪紧张地观察着敌情，嘴里喃喃自语着。不过就在这时，周珩的声音在耳边响起："队长，我去引诱它们！"

"好，阿珩——利用永川龙皇帝的速度！"

只见永川龙皇帝在周珩的指挥下灵巧地将自己的身体暴露在美国恐龙的视野之下。果然，对方立刻有所反应——那4头笨重的食肉恐龙集体朝永川龙皇帝所在的方向奔去。不多时，其中一头特暴龙似乎在驯龙师的指挥下意识到了什么，停下脚步。但就在这时，这头落单的恐龙被从侧面一跃而出的异特龙亚罗扑倒在地。

"1∶0！中国队首先得分！"阿方索博士喊道。

"我的宝贝女儿，加油啊！"坐在看台上的裴母清楚地看到是异特龙亚罗击杀得分，激动地一边喝彩一边攥紧了拳头；她身旁的张恩南也露出赞赏的神色。山谷中的雷恩等人收到比分变动的消息，显然非常震惊，因为他们甚至还没看到中国队恐龙的影子。

"卡卡拉瓦，中国队出现在你那一侧了吗？"惊疑不定的雷恩立刻打开了与卡卡拉瓦·劳伦斯的通话器。

"没有啊，我这里没有发现任何敌情。"卡卡拉瓦迅速作出回答。

"奇怪了……果真他们是从……中路？"雷恩露出不可思议的神情。众所周知，中路是沙漠和平原，如果从这里发动大规模进攻会很容易被发现。雷恩立刻连通中路防守驯龙师的通话装置，得到的答案却是己方3头食肉恐龙正在追击一头逃窜的中国队永川龙。

"笨蛋！你们怎么能抛弃基地？快回去……"雷恩一听，立刻火了，大声训斥道。

"可是……队长！后面也有两头中国队的恐龙追来了！"中路驯龙师以急促的语气喊道。

"什么？"猛然间，雷恩意识到己方落入了圈套之中。

原来，周珩指挥永川龙皇帝疯狂奔跑的时候，小雪与卜小黑也指挥各自的恐龙在后面追逐被引诱过去的3头美国队食肉恐龙，这使得这3头美国队食肉恐龙无法掉头撤回营地。不得已，它们只得顺着小雪既定的路线直奔设伏地点而去。

此时，推进较快的位于左侧山谷的雷恩小分队因看到前面扬起的尘沙而停住了脚步。

"扬沙如此之大，前面究竟有多少兵力？"雷恩迟疑不定。

"哼……再多也不足为惧!"雅各布冷笑一声,打算指挥异特龙艾伯塔强突,却被雷恩指挥的霸王龙杰克拦住了去路。

"等等,别冒进!"

雅各布似乎并不打算服从队长的指示。只见他指挥异特龙艾伯塔后退几步,突然一个鱼跃,竟跃过了高大的霸王龙杰克,继续朝前猛扑而去。此刻,不仅是雷恩,就连观众都惊呆了。

"这……就是异特龙艾伯塔惊人的弹跳力吗?"身为解说裁判的阿方索博士瞪大了双眼。

只见异特龙艾伯塔毫不犹豫地冲进了尘沙中。很快,通过恐龙的视野,雅各布注意到原来在这里制造出尘沙的只有区区两头9米级别的中华盗龙。雅各布气急败坏,指挥异特龙艾伯塔张开血盆大口直扑其中一头中华盗龙——那可怜虫几乎没有任何反抗余地便被冲翻在地,而另一头中华盗龙竟无法营救自己的同伴。就这样,只用时两分钟,两头中华盗龙便悄然无息地倒下了。大屏幕上的比分来到1:2。

对于异特龙艾伯塔魔幻般的攻击能力,观众们除了惊叹还是惊叹;坐在教练席上的王一川则脸色铁青,他似乎已经意识到,开局由小雪灵活布阵带来的些许优势已经在瞬间化为乌有。

"果然,这是不可能完成的任务吗?"王一川喃喃自语道。

三十四　在你身旁

由于异特龙艾伯塔的强行突破，场上局势开始向美国队倾斜。紧接着，由劳伦斯姐弟指挥的从右侧山谷进攻的小分队也突破了由2头中国恐龙布下的"烟幕弹"防守阵。这似乎证明了裴小雪战术上的失误——她把事情想得太简单了。

场上的比分已经来到1∶4，美国队以大比分领先。

竞技场上传来一阵阵美国"龙迷"们的欢呼，中国"龙迷"那边的看台上却鸦雀无声。

然而就在这时——

"小雪加油，中国队加油！小雪加油，中国队加油！"

那声音虽然不大，却吸引了附近观众的注意力。只见身处中国队"龙迷"座位区的埃斯特莉娅竟解开安全带，站在座位上，以娇弱的声音声嘶力竭地为闺密和中国队打气。于是，在她的身旁响起了更多的声音。

"中国队加油！"

"裴小雪加油！"

中国队"龙迷"聚集的看台上终于爆发出排山倒海般的助威声。阵阵声浪通过异特龙亚罗的听觉系统，传递到身处SDC操作舱的小雪的耳中。霎时间，这个年轻队长的眼里噙满了泪水。

"谢谢你，小埃……谢谢所有支持我、爱我的人！我决不会放弃！"小雪喃喃自语着，忍住泪水，眼神变得认真起来。她心里清楚，当务之急是要稳住军心，避免出现因更大的分差而造成不可追赶的差距。这时，她的耳机里传来孙嬿的声音。

"小雪，我要不要带它们出来和你一起迎敌？"

"不，你继续埋伏在那里，千万别动，相信我……"小雪立刻予以制止。

"遵命，队长！"孙嬿脸上立刻露出会心的微笑。

见中国队"龙迷"们的情绪已经被充分调动，感到体力有些不支的埃斯特莉娅脚一扭，不由自主地向后倒去，但一双结实的大手支撑住了她单薄的身体："小埃同学，医生不是说过你最近情绪不能过于激动吗？你的病情才刚刚稳定……"伸出援手的是何塞——这个西班牙队队长也随埃斯特莉娅一起坐在中国队"龙迷"的看台上观战。

"何塞哥……我知道，但是……我必须那么做。"埃斯特莉娅望向自己的队长，勉强笑了笑。

"为什么？"

"因为……我要完成与小雪的约定。"

何塞愣住了。

在击败中国队驻守在山谷中的恐龙后，雅各布本想直接进攻中国队的营地，却被雷恩拦住了。因为通过从中路得到的消息，雷恩判断中国队的主力应该正在中路追逐3头己方食肉恐龙，如果不先解决它们，会使攻击中国队营地的己方食肉恐龙腹背受敌。对此，雅各布虽然并不太认同，但也只能服从。于是，美国队恐龙在雷恩的指挥下打算与中路3头己方食肉恐龙会合。小雪通过异特龙亚罗的视野看到了这一景象，默默地打开了与孙娴的通话器："娴娴，敌人马上就要从你们旁边过去了，千万别动哟！"

"明白！我们隐藏得很好，它们不可能发现我们。"

"嗯。等它们过去之后，你派一头恐龙往我们的营地悄悄摸去，等拉开距离之后再制造尘埃弥漫的现象……"

"停停停……你这招已经被证明不管用啦，还想再浪费一头恐龙的生命吗？"孙娴一听，连连拒绝。

"听我讲完！上次失败是因为敌人冲到那里时已经没有退路，只能硬着头皮向前冲。但现在不同，它们面前是一大片开阔地，肯定会误以为中国队隐藏了主力在营地附近。这时候，我会指挥这边3头食肉恐龙进攻，埋伏在原地的两头食肉恐龙则……"

"原来是这样！我明白你的意思了。那么这个任务由我亲自去完成。剩下的两头吉兰泰龙阿鲁和萌哥继续埋伏，等你发出指令！"孙娴迅速领会了小雪的意图。

说罢，闺密俩立刻指挥各自的恐龙进入角色。默契度极高的异特龙亚罗和蛮龙托沃迅速、完美地执行了主人的指示。就这样，当雷恩指挥美国队的两支恐龙会合之时，通过霸王龙杰克的视野，这个年轻队长惊讶地发现前后都扬起了尘沙。

"这是怎么回事，我们果然被包围了吗？"负责指挥4号霸王龙苏的米娜打开与队长的通话器，惊讶地问道。

"但是理论上我们的数量应该占优才对呀！"米娜的弟弟卡卡拉瓦也不禁慌了神。面对队友的质疑，雷恩一时之间不知该如何是好。就在这时，雅各布阴阳怪气的声音响起了。

"哼……一群蠢货，我早就说过直接进攻营地，恐怕现在胜负已分！"

"给我闭嘴！米娜、卡卡拉瓦，你们去抵御从中国营地方向冲来的伏兵。雅各布，你跟我去对付斯黛拉的异特龙亚罗！"

对雅各布傲慢态度早已不满的雷恩迅速打断对方的抱怨并做出部署，然而雅各布似乎并不想就这样服从队长的指挥："哼……对付斯黛拉同学我一人足矣，身为队长的你还是先考虑如何稳住军心吧！"

"你说什么？"面对雷恩的愤怒，雅各布冷笑着关闭了通话器，立刻指挥异特龙艾伯塔撇开霸王龙杰克，向正迎面而来的亚罗冲去。正指挥包括亚罗、皇帝和铁男在内的3头恐龙稳步前进的小雪注意到了那头可怕的"强化异特龙"。

"终于来了吗，雅各布同学……"小雪倒吸了一口凉气，但随即变得兴奋起来，"来吧，让我见识一下你的厉害！"

望着愈加接近的目标，雅各布的嘴角露出一丝冷笑。只见他指挥着异特龙艾伯塔一边跑，一边亮出那对锋利无比的前爪——那比普通异特龙长出1倍的尖爪在沙尘扬起的强光之下

闪烁着令人不寒而栗的光芒。小雪死死盯着眼前,当那两头恐龙快要接近时,年轻的中国队长突然向恐龙发出指令:

"亚罗,左倾45度,侧身起跳,超过对方!"

异特龙亚罗精准地领悟了主人的意图,在冲到艾伯塔面前时突然侧身起跳——那惊人的弹跳力使得它几乎要跃过那头可怕的强化恐龙,但是——

"美国队的5号异特龙伸出强有力的前爪,在中国队3号异特龙的腿部划出了一道伤口,并致使其失去了平衡……"

阿方索博士没有放过任何一个微小细节,忠实再现了比赛实况。只见异特龙亚罗因腿部被划、失去平衡而摔倒在地。这一击令它失去了3分。雅各布的脸上一直挂着阴阳怪气的笑容,他继续指挥异特龙艾伯塔,想要顺手给予亚罗更大的伤害,但机敏的亚罗早已凭借顽强的意志躲开攻击,在地上翻滚几下后迅速站起;与此同时,永川龙皇帝在周珩的指挥下从后面偷袭异特龙艾伯塔,但这头强化恐龙宛若背后有眼似的,竟不可思议地躲过了攻击。

"这反应能力,简直比训练有素的战士还要灵敏……"看台上的何塞不禁对两头异特龙的表现发出了惊叹。

"无论是美国队还是中国队,倘若能挺进决赛,对于我们来说都是个巨大的挑战。"费利佩·德·拉费雷尔情不自禁地点点头,哈梅斯·加西亚也跟着附和起来。只有埃斯特莉娅没有作声,一直目不转睛地盯着两头正在争斗的异特龙。

眼见无法甩掉异特龙艾伯塔,小雪不得不指挥亚罗迎战。而为了让队长能够专心一对一战斗,周珩和卜小黑分别指挥各自的恐龙前去分散其余美国队恐龙的注意力。

然而就在这时，场上的比分却发生了变化——2：4，中国队扳回了一局！

"难以想象，中国队的5号蛮龙居然击败了体形壮硕许多的美国队6号霸王龙！"阿方索博士惊得瞪大了眼睛。

"米娜，这是怎么回事？卡卡拉瓦的恐龙居然被击败了！"不多时，米娜的耳机里传来雷恩焦躁的声音。

"蛮龙托沃——不，孙姵居然有这样的实力？"米娜倒吸了一口凉气。

就在蛮龙托沃击败霸王龙凯南德斯的瞬间，看台上的女记者法伦霍恩妮果断摁下快门，留下了这珍贵的"搏杀"照片。不过正当她投入地欣赏自己拍下的照片时，突然从背后传来一个声音："动作很利落嘛，不愧是资深记者！"

法伦霍恩妮下意识地回过头去，发现同样戴着墨镜的孙艾琳出现在自己身后。

"孙警官？"她的嘴唇微微动了动。

"哼……很荣幸你还记得我。"孙艾琳冷笑着，走到了女记者的身旁，"这次世界杯你全程都在这里拍照和发稿吗？"

"是的，这也是我们《体育竞技报》能够在第一时间发布最新赛事的保证。"法伦霍恩妮一边回答，一边在自己的触摸板上快速写着简报。

"你真的……不认识那个人吗？"

"我早说过啦，我不认识贝尔格蕾雅小姐——虽然听起来她是我的'老乡'。但是我既不认识她，也不知道她所服务的

POW公司。"

面对孙艾琳试探性的发问，法伦霍恩妮不假思索地再次给予了同样的回答。混血女警摘下墨镜，同时伸手摘下了对方的墨镜。这一举动令金发女记者有些意外。只见孙艾琳用她那双迷人的墨蓝色瞳孔死死盯着法伦霍恩妮那与贝尔格蕾雅相似的浅绿色瞳孔，对视了几秒后，混血女警突然露出释怀的笑容："抱歉，这可能是身为警察的职业病吧。"

"没关系，我理解您的心情。如果没有别的事……"

"嗯……那我就不打扰你工作了，有缘再会。"孙艾琳伸出手，礼貌地与法伦霍恩妮握了握，转身离开了看台。

比赛场上，周珩指挥的永川龙皇帝也击败了一头美国队体形较小的特暴龙，将比分追至3：4。不过这样的"烈度"对于比赛时间已经过半的双方来说还是太低了。看得出，双方都十分谨慎，就连之前张牙舞爪的异特龙艾伯塔也放慢了节奏。

"稳住！米娜，赶紧回来，不要再和安娜同学的蛮龙纠缠！"见情况于己方不利，雷恩连忙打开与米娜的通话器。

"见鬼，我要为卡卡拉瓦报仇！"通话器那一头的米娜似乎已经丧失了作为驯龙师的基本理智。只见她不顾雷恩阻拦，指挥霸王龙苏继续与蛮龙托沃进行一对一的决斗。

一边与异特龙艾伯塔战斗，一边密切关注场上局势的裴小雪突然兴奋地告诉孙嫄，可以让埋伏的吉兰泰龙出击了。于是，那两头埋伏已久的巨兽突然冲破伪装，直扑向正把全部注意力放在蛮龙托沃身上的那群美国队恐龙。

"真是不可思议！中国队竟然在此时发动了奇袭！"阿方索

博士惊呼起来。电光石火之间，已经有一头美国队食肉恐龙在两头吉兰泰龙的夹击下被打倒——比分竟然被扳平了！

观众席上发出一阵惊呼。正在"前线"与蛮龙托沃战斗的霸王龙苏显然被观众的喝彩声干扰——这头美国队中唯一现役的"六朝元老"（霸王龙苏从2115年第一届恐龙竞技世界杯开始便代表美国队参赛）在面对新锐恐龙时已明显力不从心，被对方一个侧身冲击打倒在地。

"为何这头看上去体形比苏小一圈的蛮龙实力会如此之强……"米娜一边努力使霸王龙苏站起，一边以不可思议的语气自言自语道。但行动迅速、年轻力壮的蛮龙托沃显然不会给"年迈"的霸王龙苏轻易"翻身"的机会——只见它用身体死死卡住对方，同时试图用前肢对其进行致命攻击，但蛮龙与霸王龙都属于前肢短小型食肉恐龙，前肢很难发挥作用。雷恩注视着眼前的战况，突然，他似乎领悟到了什么。

"难道……前面只有安娜同学的一头恐龙？我上当了？"

"队长，我们腹背受敌了……啊！"雷恩的耳机里传来队友的哀号。很快，场上比分变为5∶4——中国队竟然反超了比分！

"小埃……你看到了吗，我决不会放弃——我一定要和你在决赛中相会！"

三十五　他的名字叫雅各布·梅森

正指挥异特龙艾伯塔与中国队异特龙亚罗战斗的雅各布也注意到了比分的变化,面部立刻抽搐起来——很明显,他也受到了刺激。也许在他看来,美国队应该以砍瓜切菜之势早早将中国队摁在地上。然而,事实恰好相反。

另一边,雷恩指挥霸王龙杰克赶到,与米娜指挥的霸王龙苏对孙娀指挥的蛮龙托沃形成夹击之势,逐渐扭转了霸王龙苏的劣势。此时的蛮龙托沃仅剩5分,似乎已难以继续支撑下去了。经验丰富的孙娀意识到硬拼下去只能是死路一条。通过对赛场的观察,她发现其他美国队恐龙的注意力不在自己身上,于是立刻想出了一个点子。

中国队营地内,牛畅指挥剑龙女王和另一头剑龙正紧张地盯着前方,以防止有敌人偷袭。这时,牛畅的耳机里传来令其精神为之一振的孙娀的声音。

"阿畅,注意,我现在向你这边撤退了!"

"嫘姐?什么情况?"

"有两头美国队霸王龙在追击我,我需要协助!"

"明白!我和阿奇协助嫘姐防守!"牛畅立刻精神百倍地答应下来。很快,伴随着阵阵黄沙,牛畅通过剑龙女王的视野观察到几头恐龙的身影正向这里靠近。随着距离的拉近,冲在最前面的是最熟悉不过的面孔——蛮龙托沃。尽管蛮龙的速度算不上很快,但在笨重的霸王龙面前,仍然可以展现速度上的优势。渐渐地,雷恩也看见了那两头中国队的剑龙。此刻,他的心中充满了求胜的喜悦。

"前面是中国队的营地?果然……他们已经没有多余的兵力了!"

"队长,我们只有两头恐龙,对方加上防守恐龙一共是3头,不可轻视。"米娜似乎对眼前即将到来的战斗充满了担忧。

"苏还剩下多少分?"雷恩突然问道。

"呃……还剩下3分,不过对方应该也只剩下5—6分了。"米娜略显羞愧地答道。

"真是令人想不到,托沃在击败凯南德斯之后还能把苏打成这样。它的实力居然提升至此!"雷恩倒吸一口凉气。

"队长,那我们……"

"立即进攻营地!我们已经没有时间再去浪费了。"雷恩还是做出了进攻的指示。他知道,距离比赛结束只剩下不到20分钟,在此过程中,局势的变数相当之大。考虑再三之后,这个年轻队长还是接通了与雅各布的通话器。

"雅各布，我知道也许你不愿意听，但是我们现在已经没有时间和中国队继续耗下去了！赶紧过来，和我们一起攻击他们的营地！"

"知道了。再给我3分钟时间。"在默默听完雷恩的要求后，雅各布以冰冷的口吻回答道。此刻，他的神色变得认真起来。只见在他的指挥下，异特龙艾伯塔突然提速，一个侧身摆脱了亚罗的纠缠。

"糟了，这家伙……难道有新的目标吗？黑哥，阿珩，快，我们一起去拦住他！"小雪心头一怔，立刻做出新的指示。

"明白！"卜小黑和周珩迅速做出回应，并指挥各自的恐龙紧急"启动"，去堵截异特龙艾伯塔。然而令人目瞪口呆的一幕发生了，面对一头永川龙和一头特暴龙的堵截，艾伯塔竟然直接从正面突破——那强大的力量丝毫不逊于体形更大的霸王龙，竟将两头恐龙硬生生地撞开，"杀"出了一条血路。

这一刻，不仅是中国队的驯龙师，就连看台上的观众都惊呆了，连先前一直镇定观战的埃斯特莉娅也坐不住了。只见银发姑娘下意识地想要站起身，却被安全带拽了回来。

"董事长阁下，请看……凯文的杰作似乎开始发挥作用了呢。那绝不仅仅只是一头异特龙，而是异特龙、蛮龙甚至更残暴的霸王龙基因的结合体。"位于DMIG观战区的宫本拓野对身旁的董事长席尔瓦说道。

"嗯……这么看来，这项研发的前景确实非常可观。但是宫本老弟，这样做……真的合适吗？"

"合不合适是顺应社会趋势来的。有需求便有其存在的价值——董事长阁下，对于这一点，您应该比我更清楚才对。"宫本拓野瞟了眼董事长席尔瓦，露出一丝笑容。只见董事长席尔瓦踌躇地点了点头，再次将注意力集中在异特龙艾伯塔身上。此刻，两头吉兰泰龙也想要拦截这头野蛮的异特龙，但它们付出的努力显然是徒劳的——只见艾伯塔一声怒吼，以一记锁喉致命攻击将其中一头吉兰泰龙打倒在地。场上比分变成了5:5。

"拦住它！"小雪以近乎失声的咆哮对队友吼道。另一头幸存的吉兰泰龙阿鲁硬着头皮与异特龙艾伯塔交战，但仅仅两个回合，这头中国队"元老"便惨遭"屠戮"——美国队反超了比分！

"不过对于美国队'龙迷'们来说，这份欣喜并未维持太久，场上的比分便被迅速扳平——中国队的队长3号异特龙击败了美国队的8号蛮龙！6:6，双方再次回到同一起跑线！"阿方索博士的解说扣人心弦。双方"龙迷"们几乎都屏住了呼吸。在异特龙亚罗干净利落地解决了企图拦住它的美国队中唯一的蛮龙后，所有人都明白，比赛已经进行到了最关键的时刻。这时，一头迷失位置的美国队特暴龙如无头苍蝇般挡住了异特龙艾伯塔的去路，不可思议的一幕出现了，艾伯塔竟毫不犹豫地将队友狠狠地放倒在地；紧随其后的永川龙皇帝自然不会放过这个好机会，冲上前去笑纳了这个小小的胜利。

"残暴……只能用'残暴'二字来形容！"不仅是观众，就连阿方索博士也惊得目瞪口呆，甚至在解说时舌头打了结。

这样一来，小雪终于有机会指挥异特龙亚罗插到艾伯塔的前方。而此时，追击的永川龙皇帝和特暴龙铁男也赶到了——三对一，将这头疯狂的异特龙围在中间。

"你这头怪物别想再跑了。"望着眼前停下脚步的异特龙艾伯塔，小雪脸上露出一抹自信的笑容。

雅各布扫视着四周，冷笑道："哼……你们以为自己是谁？来吧，艾伯塔，让他们尝尝我们的厉害。"

话音刚落，异特龙艾伯塔便迅速做出了反应。只见它瞪大了那令人恐惧的红色眼睛，恶狠狠地向3头恐龙中体形最小的永川龙皇帝扑去。原本以为对方会从自己这里强突的小雪大吃一惊，忙指挥异特龙亚罗前去救援。与此形成对比的是，特暴龙铁男却站在那里没有做出反应。尽管小雪的反应已相当迅速，但异特龙艾伯塔还是抢先以其强大的冲击力将永川龙皇帝撞翻在地。

"啊……糟糕！"周珩下意识地大喊起来。但很明显，他无法跟上雅各布的思考速度——在领悟了主人意图后，异特龙艾伯塔立刻以利爪对永川龙皇帝的腹部进行了致命攻击；与此同时，它还伸出长有力的坚尾攻击已拍马赶到的异特龙亚罗，将后者扫倒在地。观众们发出一阵惊叹："这样的动作可不是随便哪头恐龙都能做出来的……简直是个怪物。"

"如果我们和它战斗的话……"看台上的费利佩不由得感慨起来。

"你们能闭嘴吗？我们不会和它战斗！"当哈梅斯也表现出顾虑时，一向温文尔雅的埃斯特莉娅突然以粗暴的语气说道。

"我们的对手一定会比它还强大，一定会的……"埃斯特莉娅自言自语着，神情格外严肃。

"中国队6号永川龙受了'致命伤'，7：7，美国队再次顽强地将比分追平!"阿方索博士继续着他的解说。

"真的是头怪物……"小雪的额头终于沁出了汗珠。

"小雪,我们怎么办?"终于反应过来的卜小黑慌张地接通了与队长的通话器。

"怎么办?我也不知道……一起上吧!"小雪显然并未考虑好下一步该如何进行,但已经没有时间让她思考了——此时距离比赛结束还剩下不到7分钟。面对两头恐龙同时攻击自己,异特龙艾伯塔并没有像其他动物那样本能地做出反应或露出怯意——它在忠实地等待主人的指令。

"让它们撞到一起去吧,哼……"雅各布的嘴里发出令人感到窒息的声音。异特龙艾伯塔立即如机器般启动,只见它在两头恐龙即将冲到面前时突然以正常异特龙几乎不可能做到的反应速度躲开,使得那两头恐龙撞了个满怀。

全场观众再次哗然。看台上的法伦霍恩妮眼疾手快地拍下了这个神奇的瞬间。而几乎在同一时间,埃斯特莉娅有些不耐烦地解开安全带,离开了座位。身旁的队友诧异地看向她,不明白她何以会在观看他国比赛时情绪如此激动。

埃斯特莉娅来到看台附近,再次瞟到了不远处正在专心致志拍照的法伦霍恩妮。这回,银发姑娘终于抑制不住好奇心,走了过去。

"你好,利希滕施泰因小姐。"埃斯特莉娅十分少见地主动与陌生人打招呼。她的声音虽然不大,却十分悦耳。法伦霍恩妮立刻放下手中的相机,转过头来。

"席尔瓦小姐?居然在这里碰见你!请问……我有什么能帮

到你的吗？"

"你和威斯特哈根小姐之间是什么关系？"埃斯特莉娅用她那锐利的红色瞳孔盯着法伦霍恩妮问道。只见对方的脸色逐渐由平和变得诧异、迷茫。也许是意识到自己的举动有些草率，银发姑娘露出了一丝尴尬而不失礼貌的微笑。

"抱歉，当我没说。"

不过，就在她转身打算离开时，法伦霍恩妮却从背后一个箭步赶了上来："等等！"

埃斯特莉娅停住脚步，疑惑地看着法伦霍恩妮。

"能给我几分钟时间吗？我想单独采访你一下……"法伦霍恩妮说道。

"不必了，没兴趣。"埃斯特莉娅冷冰冰地予以拒绝。

"等等！只有一个问题！席尔瓦小姐，请问你认为裴小雪的异特龙亚罗和雅各布·梅森的异特龙艾伯塔，究竟谁会胜出？"

"El favorecido por Dios.（被老天垂青的那个。）"

埃斯特莉娅用极快的西班牙语做出回答，随后便头也不回地离去了。望着银发姑娘的背影，法伦霍恩妮若有所思。

中国队营地附近，战事呈胶着状态。由于在数量上处于劣势，一向谨慎的雷恩并不敢贸然发动攻击，于是霸王龙杰克带着苏在营地外围兜着圈子；同时，好胜心驱使孙姵寻找进攻的机会——她想利用防守恐龙的协助把这两头霸王龙干掉。

"队长，只剩5分钟了。"米娜提醒雷恩比赛时间将尽。

"没关系，虽然现在是平局，但是我们的小分应该占优——艾伯塔还没怎么丢分。维持现状到比赛结束，胜利的一方将会是我们！"雷恩信心十足。

"嬴姐，我们……就这样和他们僵持下去吗？"与此同时，牛畅打开了与孙嬴的通话设备。

"不行……必须再解决对方一头恐龙，否则这样拖下去就是我们败北！"孙嬴的声音里透着深深的担忧。但很快，她话锋一转，"阿畅，你去引诱4号霸王龙苏，它身上的分不多了，我来想办法干掉它！"

"啊？引诱它……明白了！"机智的牛畅立刻领会了孙嬴的意思，于是指挥剑龙女王开始扭动着笨拙庞大的身体向营地边界处走去；与此同时，孙嬴指挥蛮龙托沃朝着美国队那两头霸王龙发起佯攻。眼见中国队3头恐龙分散开来，米娜立刻意识到这或许是个得分的良机。

"队长，我去解决那头失控的剑龙。"

"失控？我倒觉得那可能是个陷阱。"

虽然受限于驯服能力的高低，在竞技比赛中恐龙失控的情况时有发生，但雷恩显然并不这么认为。正说着，孙嬴指挥的蛮龙托沃已经冲到眼前，雷恩连忙指挥霸王龙杰克迎战，惦记着剑龙女王的米娜则指挥霸王龙苏离开这里，向"猎物"猛扑过去。一直关注着霸王龙苏一举一动的孙嬴在对方扑向剑龙女王后大约10秒钟后突然转换方向，抛开霸王龙杰克紧随其后而去。在速度上处于劣势的霸王龙杰克根本无法跟上蛮龙托沃的步伐，尽管它迅速做出反应，但奈何对方已经甩开自己一大截。

"米娜，小心后面！"雷恩只得打开通话器大吼道。

说时迟，那时快，蛮龙托沃已经冲到了霸王龙苏身后，伴随着一声怒吼,将这头美国队"昔日恐龙之王"撞倒在中国队营地内。蛮龙托沃张开血盆大口咬住了霸王龙苏的颈部;剑龙女王则迅速用自己的尾钉对其柔软的腹部进行攻击。两面夹击下,霸王龙苏失去了全部分数。

"8∶7,中国队再次打破僵局!比赛还剩下4分03秒!"阿方索博士一边继续他的激情解说,一边频频看表。

得到这一比分消息的裴小雪精神为之一振,但紧接着,原本一直冲向中国营地的异特龙艾伯塔突然停下脚步,转而回头攻击异特龙亚罗和特暴龙铁男。面对气势汹汹的来敌,小雪意识到了情况的危急。

"黑哥,小心啊……"话音未落,异特龙艾伯塔已如旋风一般掠过走在前面的异特龙亚罗,直扑体形更小一些的特暴龙铁男。尽管已经收到小雪的警示,但无论是卜小黑还是特暴龙铁男,都无法及时做出反应,铁男就这在一瞬间被异特龙艾伯塔扑倒在地。

美国队再次追平!这就意味着双方能用于进攻的食肉恐龙各只剩下两头。显然,中国队处于劣势:蛮龙托沃只剩下5分,异特龙亚罗也并非完好无损——7分的它无法与仍旧满分的异特龙艾伯塔相提并论,更何况霸王龙杰克也有9分。

此刻,小雪的神色也变得认真起来。年轻的中国队队长已经意识到通过躲避不可能再赢得比赛,现在她唯一能做的便是争取击败眼前这头怪兽!在小雪的指挥下,异特龙亚罗开始谨慎地迈着步子,与艾伯塔对峙。艾伯塔昂着高傲的头颅,瞪着猩红的双眼,显然没把亚罗放在眼里。

"哼……一对一的决斗吗？求之不得。"雅各布灰色的双瞳射出锋利的光芒，指挥艾伯塔猛攻过来。小雪指挥亚罗沉着应对。一时间，两头速度奇快的异特龙难解难分，令观众眼花缭乱。时间一分一秒地过去，转眼间，距离比赛结束只剩下2分30秒。

　　另一边，埃斯特莉娅并未回到座位。比赛进入到关键时刻，银发姑娘已经不想再像其他人那样坐在座位上观战。

　　"只剩下最后1分钟了，如果维持现状，将是美国队晋级决赛！"阿方索博士的声音有些颤抖。

　　"认命吧，斯黛拉同学……"雅各布喃喃自语着，眼神中充满了对胜利的渴求。不过就在亚罗被艾伯塔压制得几乎喘不过气时，后者的下一步行动却突然暂停，并且变得狂躁起来。不仅观众，就连已准备接受失败的小雪也惊讶地瞪大了双眼。

　　"啊……我的头……该死的，怎么会在这个时候……"SDC操作舱中，雅各布痛苦地吼叫起来。

　　"雅各布，你怎么了？"觉察到不对劲的雷恩连忙问道。

　　"别烦我，你们这群浑蛋……都给我消失吧！"雅各布突然咆哮着，宛若发了疯般全身颤抖起来。

　　"雅各布！你冷静一点，究竟怎么了？"雷恩提高了嗓门。

　　"我的名字叫雅各布·梅森——为驯龙而生的王者，为冠军而加入美国队的天才！"雅各布歇斯底里地吼着，额头布满汗珠，眼中布满血丝。此时的他看上去已经完全丧失了理智。于是，一向与他配合得天衣无缝的异特龙艾伯塔继续迟疑着；小雪看准时机，指挥亚罗一跃而起，将对方扑倒在地。

"机会只在一瞬间！雅各布同学，该认命的是你！"小雪也发出了怒吼，指挥异特龙亚罗扭转颓势，将艾伯塔牢牢摁在地上，并随即咬住了艾伯塔的咽喉。

"这是一记致命攻击，美国队5号异特龙出局！"阿方索博士的声音如雷霆般灌入所有人的耳中，"比赛时间到！中国队9：8击败美国队！"

"万岁！"

中国队"龙迷"的看台上瞬间爆发出震耳欲聋的欢呼声。

另一边，银发姑娘惊讶地望着眼前沸腾的赛场，似乎还未反应过来，两行热泪却已情不自禁地落下。

VIP观战区里，DMIG观摩团的精英们目瞪口呆。包括宫本拓野在内的几乎所有人都对"双强化组合"——雅各布和异特龙艾伯塔的败北表示出无比的惊讶；只有董事长席尔瓦的眼里丝毫没有波澜，宛若这一切早已被他预见。

小雪打开SDC操作舱的舱门。看得出，因为紧张激烈的比赛，她的刘海儿和鬓发已被汗水浸湿。听到队友的欢呼声后，小雪将右臂高高举起，发出胜利者的呐喊——中国队连续两次挺进恐龙竞技世界杯决赛！

另一边，折戟半决赛、就此失去蝉联冠军机会的美国队驯龙师们显得异常失望，一些年轻选手甚至抱头痛哭起来。身为队长的雷恩跟随主教练霍尔姆斯细心安慰队友；雅各布所在的SDC操作舱的舱门却始终没有打开，此刻的他摘下头盔，蜷缩在操作舱地板上，久久说不出一句话来，任凭外面的队友们怎样劝说，他都不愿意打开舱门。直到那个清脆的声音响起："雅各布同学，雅各布同学，快打开舱门！"

"斯黛拉同学？"辨出声音后的雅各布立刻打起精神、爬起身打开舱门。果然，出现在他眼前的正是刚才作为对手厮杀得"分外眼红"，此刻脸上却充满友善笑容的裴小雪。只见这个率真的中国女孩向雅各布伸出手来。犹豫片刻后，雅各布握住小雪的手，借助后者的力量跳出了SDC操作舱。

"斯黛拉同学，我……不甘心！"望着小雪，雅各布的眼睛居然湿润了，身体也不由自主地颤抖着。

"雅各布同学，今天……你可一点都不像以往哟。"小雪盯着雅各布那黯然失色的灰色双瞳，突然露出一丝微笑。

"你说什么？"雅各布有些茫然。

"我所认识的雅各布同学，是个热情开朗、积极向上、愿意为祖国奉献一切的大男孩。他充满了好胜心，永不服输；但是呢，绝不会单纯为了胜利而去追求胜利。所以……现在站在我面前的你，究竟是哪一个？"

"对不起……斯黛拉同学，我……我还是之前你认识的那个雅各布·梅森。原谅我吧！"

此时，大家注视着哭得像个孩子一般的雅各布，露出了会心的笑容。

时间仿佛在这一刻静止……

三十六　梦　想

　　在中国队战胜美国队挺进决赛后的第二天，全力出击的西班牙队兵不血刃地以12∶5的优势比分击败阿根廷队，与中国队会师决赛。比赛中，西班牙年轻驯龙师指挥着年轻的恐龙，双方配合默契，几乎没有给阿根廷队任何机会。那令人窒息的比赛掌控力令观众拍案叫绝，与小组赛中惜败阿根廷队的那支西班牙队几乎判若两队。

　　坐在梳妆台前的埃斯特莉娅静静地注视着镜子中的自己，自从晋级决赛、与小雪成功会师后，那一贯忧郁的脸上竟多了几分发自内心的喜悦，这让她原本美丽的面庞变得更加充满活力了。突然，银发姑娘眉头稍稍一皱，露出不适的神色并下意识地摁住了左胸——毫无疑问，她的心脏有些不适。而此时，距离决赛开始只剩下几小时了。

　　"糟糕……别这样……"埃斯特莉娅懊恼地自言自语着，整个身体颤抖着蜷缩了起来，甚至失手打翻了梳妆台上的物品。看得出，此刻的她十分痛苦，但是无论如何，她也不想放弃这次与小雪作为对手在世界杯决赛舞台上竞争的机会。这时，她那无助的目光停留在了医药箱上。银发姑娘没有多想便将医药箱挪到自己面前，匆匆打开，取出一支注射器；匆匆准备完毕后，她毫不犹豫地将注射器插进了医生所叮嘱的需要瞄准的心脏位置。

几小时后，万众瞩目的第6届恐龙竞技世界杯决赛终于拉开帷幕，双方驯龙师在各自教练的带领下出场，并向欢呼的观众致意。预料之中，西班牙队派出了最强阵容——何塞·费尔南德斯、埃斯特莉娅·德·席尔瓦、费利佩·德·拉费雷尔与哈梅斯·加西亚等一众青年才俊悉数登场。当担任本次决赛解说裁判的马什博士一一报出他们的名字时，观众们纷纷报以雷鸣般的掌声。

再一次站在决赛舞台上，小雪的感受与上次如出一辙。在报完驯龙师的名字后，双方驯龙师列队握手致意。

小雪走到埃斯特莉娅面前，抓住这极短的时间与闺密进行交流："小埃，这次赢的人一定是我！"

"我也会尽全力的。"埃斯特莉娅那苍白的脸上勉强露出一丝鼓励的微笑。

精神抖擞的小雪继续向前与其他西班牙驯龙师打招呼。埃斯特莉娅情不自禁地扭过头，目光随闺密而动，直到孙娍走到自己面前。

"嗨，小埃，加油哟！"孙娍边说边握住埃斯特莉娅冰冷纤瘦的手，突然用力捏了捏，同时露出自信的笑容。在注射完强心药剂后，埃斯特莉娅几乎感觉不到心脏的存在——无论是疼痛还是跳动。此时此刻，银发姑娘感到自己宛若一尊雕像。

"小埃同学，小埃同学？"

不知何时，埃斯特莉娅感到有人在触碰自己的肩膀，扭头看时，却发现是队长何塞。

"我们该走了，小埃同学，你刚才在发呆吗？"

"呃……抱歉。"埃斯特莉娅的脸上掠过一丝羞愧之色。

"小埃同学，你……脸色不太好哟，千万别勉强！"何塞注意到了埃斯特莉娅苍白的脸色，急切地说道。

"我没事，谢谢。"埃斯特莉娅再次勉强挤出笑意，跟随何塞等队友来到了主席台前。在这里，双方队长共同选择出比赛地图——极地冰川。这是首次在世界杯赛场上出现雪景对战地图。众所周知，在恐龙曾经生活的年代，气候偏暖，这样的场景可不多见。紧接着，马什博士宣布从本届世界杯开始，决赛地图都将会是一张全新的对战地图。

毫无疑问，双方教练和驯龙师对于这样一个"惊喜"的对决没有任何准备和经验——30分钟的战术研究时间转瞬即逝。埃斯特莉娅默默注视着被皑皑白雪覆盖的地图全景，一言不发；万般无奈下，队长何塞只得决定暂时按照常规战术进行比赛。

另一边，中国队的队长裴小雪则萌发了新奇、大胆的想法……

双方驯龙师迅速钻进各自的SDC操作舱中就位。埃斯特莉娅感觉自己的呼吸明显加重，整个心口似乎都麻木了，既感觉不到心脏的跳动，也再没有那撕裂般疼痛的困扰。

"你是否愿意用过去和未来的一切换取今天的梦想成真？"

此刻，埃斯特莉娅的耳旁回响起那个声音——那个隐藏在心灵最深处另一个自己的声音。渐渐地，银发姑娘的眼神变得严肃、认真起来："我愿意——愿意用过去和未来的一切换取今天这场与小雪的完美对决。"

"比赛——开始！"

随着马什博士的一声令下，第六届恐龙竞技世界杯的决赛拉开了帷幕。在一片卷地狂风和冰天雪地中，双方参赛恐龙开始了堪称史上最艰难的一场竞技比赛。

站在看台上的法伦霍恩妮眼疾手快地按下连续快门，拍下了决赛启动时双方恐龙蓄势待发的场面。

比赛伊始，站在SDC操作舱中的埃斯特莉娅以正常的步调指挥恐龙行动。由于几乎感觉不到心脏的存在，银发姑娘变得异常紧张起来。她深吸了几口气，确定自己"还活着"，于是开始尝试把全部注意力放在比赛上。

"小埃同学，你和我一起行动吧。"没过多久，埃斯特莉娅的耳机里传来队长何塞的声音。

"是，队长。"埃斯特莉娅迅速做出回应。

"嫘嫘，你和我一起行动吧！"与此同时，在另一边，身为中国队队长的小雪也说出了与何塞相似的语句。

"好嘞！让我们一起上吧！"孙嫘立刻士气满满地予以回应。

但是面对眼前的皑皑白雪和茫茫冰原，恐龙们在跑出一段距离后还是陷入了迷惑之中。一些能力不足的恐龙甚至停下脚步开始东张西望，冲在最前面的4头恐龙——异特龙亚罗和蛮龙托沃、鲨齿龙熙德和食蜥王龙密涅瓦也不由得放慢了脚步。

"不好了，队长……大家都散开了！"位于进攻队伍最后的周珩通过永川龙皇帝的视野注意到己方队伍的涣散状态，连忙通知队长小雪。

"真见鬼……但是对敌人来说也一样！"小雪想了想，立刻接通了与卜小黑的通话器，要求位于队伍中部的他整顿附近恐龙的纪律——尽管这是一件极其艰难的事，但身为队中元老的卜小黑还是立刻去执行了。在他的努力下，散乱的恐龙阵型逐渐合拢。虽然暂时不能像往常那样井然有序，但好歹能勉强沿着队长裴小雪所制定的路线行进。

另一边，西班牙队遇到了同样的问题。何塞不得不把重整队伍的任务交给位于中路的费利佩·德·拉费雷尔。然而与卜小黑不同的是，费利佩对此似乎毫无办法。关键时刻，埃斯特莉娅突然指挥食蜥王龙密涅瓦刻意放慢脚步、落入第二梯队；并通过密涅瓦传递恐龙的肢体语言，将涣散的队伍逐渐合拢。很快，西班牙恐龙队竟恢复得如同往常比赛时那样整齐，不仅队友，就连看台上的观众都对此瞠目结舌——当然，其中也包括银发姑娘的父亲——董事长席尔瓦。

"董事长阁下，密涅瓦大人还真是为驯龙比赛而生的天才呐！"陪同董事长席尔瓦的宫本拓野发出感慨。

"她就是为这场决赛而生的。"董事长席尔瓦面无表情地回应道。

由于冰雪的阻碍，恐龙推进速度极慢，比赛时间流逝将近10分钟，双方竟然仍然没有接触，比分仍然是0∶0。这多少令对于决赛充满期待的观众有些失望。

"队长，请允许我和费利佩转从侧翼进攻。"埃斯特莉娅那轻柔却有力的声音出现在何塞的耳机中。

"为什么？"年轻的西班牙队长显然不明白搭档的意思。

"密涅瓦和迦南是本队速度最快的恐龙。在冰天雪地中，对方推进速度肯定也会受限，这正是通过奇袭打破僵局的好机会。"

"唔……小埃同学，你有多大把握呢？"何塞犹豫不决。

"何塞哥，你信任我吗？"

"当然，我比任何人都信任你！"

何塞不再犹豫，立刻明白了埃斯特莉娅的意思。于是，在埃斯特莉娅的指挥下，西班牙队中两头强健有力的食蜥王龙离开主队列，朝着被冰雪覆盖的树林快步前进。与此同时，小雪隐隐感到了不安。

"嬫嬫，赛前我给营地前安排的协防力量只有两头中华盗龙——兵力会不会过于薄弱了？"终于，年轻的中国队长忍不住向闺密表达自己的顾虑。

"放心吧，在这种双方都寸步难行的情况下，敌人怎么可能会奇袭营地？"孙嬫不以为意地笑了笑。

"不……只要有小埃在就有可能。"小雪说着，眼神变得认真起来，"小埃……你究竟在哪里……"

冰雪大地上溅起了高高的雪雾，食蜥王龙密涅瓦与迦南凭借出色的速度和良好的稳定性在小树林里快速穿梭着。比赛已经进行了15分钟，双方比分依然是0∶0；不过从耳机里，埃斯特莉娅听到了队友的咆哮——这意味着双方的先头部队终于开战了。

"开始了。"埃斯特莉娅平静地对费利佩说道。

"我觉得……这场决赛有可能会出现史无前例的小比分。"费利佩望了望四周的皑皑白雪道。

"也许吧。"埃斯特莉娅若有所思地皱起了眉头。突然，视力敏锐的她注意到了一些情况，"注意3点钟方向，目标出现。"

费利佩立刻顺着埃斯特莉娅所指的方向望去，很快，在风暴中，他看见了两头正徘徊着，疑似负责侦察任务的中国队中华盗龙。只见费利佩的脸上逐渐露出得意的笑容。

"只有两头中华盗龙？嘿嘿……这种货色，再多来5头也不是我们食蜥王龙的对手。"

埃斯特莉娅没有理会队友，而是下令密涅瓦停止前进，继续观察四周的动静。透过扬起的雪花，她依稀可以看到位于两头中华盗龙背后的营地——毫无疑问，那便是中国队的大本营了。不过警觉性极强的银发姑娘并未下令立刻攻击。

"席尔瓦小姐，前面就是中国队营地了吧，敌方守备兵力如此薄弱，为何我们还不发动攻势？"对于埃斯特莉娅的按兵不动，费利佩颇为不解。

"看……中部那片树林，很可能有埋伏。"埃斯特莉娅不动声色地说。

"这只不过是猜测罢了，此时若不攻击，只怕会失了良机！"费利佩的语气变得急躁起来。

"嘘——"

埃斯特莉娅正示意费利佩安静，突然间感觉到了那麻痹已久的心脏的跳动——银发姑娘圆睁着红色双眸，脸上露出惊讶的神色。

"小雪……"

说时迟，那时快，从中部树林里突然跃出一头异特龙和一头永川龙。毫无疑问，领头的那头异特龙是由小雪所指挥的亚罗。

"居然真的有敌人？但看起来并不像是埋伏在这里的。"费利佩倒吸了一口凉气。

"暂时不要移动，以免暴露我们的位置。"

埃斯特莉娅很快又恢复了一贯的冷静，费利佩也指挥食蜥王龙迦南随密涅瓦一同保持"静默"状态。只见远处冲出树林的异特龙亚罗和永川龙皇帝因未找到目标而变得迷茫起来。

"见鬼……我刚才明明感觉到了，有敌人在营地附近！"见四周并无异样，小雪气急败坏地大叫起来。

"可是队长……这附近似乎真的没有任何动静。我们还是赶紧回到前线去吧，那里需要我们。"周珩颇为担忧地劝说道。

"不可能！小埃的食蜥王龙密涅瓦不在混战的前线，一定在这里！"小雪斩钉截铁地说道，脸上沁出了汗珠，"小埃……你究竟在哪里？"

通过埋伏在雪原中的食蜥王龙密涅瓦的视野，埃斯特莉娅静静地注视着远处东张西望的异特龙亚罗。她知道，小雪正在焦虑地寻找着自己，但自己却不能做出任何动作。突然，银发姑娘感到自己的心脏再次剧烈地跳动起来，整个身体随之一颤……

"在那里!"

视力如鹰一般敏锐的小雪很快便注意到远处雪原中的动静——原来,埃斯特莉娅身体引发的多余动作竟导致食蜥王龙密涅瓦也做出了相应的反应。惊魂未定的银发姑娘下意识地用手捂住自己的心口,大口大口地喘着粗气。也许是注意到队友的异常,费利佩连忙接通了通话设备。

"埃斯特莉娅!你没事吧?敌人好像发现我们了!"

"对不起……是我的错。"埃斯特莉娅连忙道歉。

"可是敌人已经发现我们了,现在该怎么办?"费利佩的言语中充满了迷茫。

"迎战。"埃斯特莉娅斩钉截铁地答道。此时此刻,她的眼神恢复了坚定和冷酷。

"你是否愿意用过去和未来的一切换取今天的梦想成真?"

这句话再次回荡在埃斯特莉娅耳畔。

三十七　友　情

　　当两头食蜥王龙巨大的身躯完全从遮掩物后显现出来时，小雪先是露出惊讶的神情，紧接着微笑起来。她心里明白，自己期待已久的闺密终于出现了。

　　"来吧……小埃，我们终于可以一决高下了！"

　　埃斯特莉娅用她那红色的双眸盯着眼前步步紧逼的异特龙，从异特龙矫健的身躯上仿佛能够看到闺密的影子。正在这时，她的耳机里传来了费利佩的声音。

　　"埃斯特莉娅，你……"

　　"我去对付异特龙，你去对付永川龙。"

　　不等队友把话说完，埃斯特莉娅已经抢先做出了任务分配。比分来到4:4，这说明中部前线的战斗此时已经进入白热化阶段。

　　异特龙亚罗与食蜥王龙密涅瓦紧盯着对方，逐渐向对方逼近。小雪与埃斯特莉娅通过各自的恐龙注视着对方，谁也不敢轻举妄动。永川龙皇帝与食蜥王龙迦南的战斗则迅速展开。尽管在体形上处于明显劣势，但在周珩的指挥下，永川龙皇帝却丝毫不畏惧强敌，毫不犹豫地向对方猛扑过去。

"冰川中部的激战还在继续，现在，中国队营地一侧也发生了小规模战斗。"马什博士继续着激情的解说，"比赛已经过了25分钟，比分则是相当胶着呀！西班牙队以5：4暂时领先。"

额发已被汗水浸湿的孙娍盯着眼前倒下的西班牙蛮龙恺撒——这头比蛮龙托沃大得多的怪兽终于被撂倒了。中国姑娘决心不再给对手任何反抗的机会，指挥托沃张开血盆大口狠狠咬住了对方的颈部。这是一记致命攻击，任凭哈梅斯·加西亚再做出怎样的反抗也无济于事。

"5：5，本次决赛中，中国队第五次追平了比分！"马什博士激动得几乎要从椅子上站起身来。

"有趣。看来本次决赛我的对手不是小雪，而是安娜同学，"位于蛮龙恺撒身后，正在与一头吉兰泰龙搏斗的何塞注意到一旁的战局，不禁笑了笑，"那么小雪就交给你咯——小埃同学。"

异特龙亚罗与食蜥王龙密涅瓦仍处于对峙状态，不远处的另一头食蜥王龙迦南已经把永川龙皇帝扑倒在地。在周珩的指挥下，永川龙皇帝没有像蛮龙恺撒那样被瞬间"打蒙"、失去行动能力，而是在食蜥王龙迦南企图实施致命一击时灵活地滚向一旁。这一几近完美的躲避行为赢得了双方"龙迷"的喝彩。

VIP观战区里，DMIG观摩团的精英们面色凝重。

"董事长阁下，我不明白，为何面对实力明显不如自己的中国队，西班牙队竟然发挥不出全部实力。"宫本拓野很困惑。

"比赛就像一场战争，强弱并不是绝对的。"董事长席尔瓦以缓慢的语速说道，"尤其是在决赛中，当你认为胜利已是囊中之物时，恐怕很有可能是你弄错了状况。"

"可是……您难道不是支持自己女儿的吗？"

"我永远支持更配得上胜利的勇者。"

董事长席尔瓦说罢，为中国队献上响亮的掌声。

永川龙皇帝与食蜥王龙迦南之间战斗的天平在不经意间竟向原本完全不被看好的前者倾斜。食蜥王龙迦南显得异常被动，这让观众更清醒地意识到，恐龙竞技比赛绝对是考验智商的格斗赛，战术技巧尤为重要。

"中国队6号永川龙将西班牙队5号食蜥王龙牢牢压制——这是赛前谁也不敢想象的事情！"马什博士的声音愈加洪亮。只见食蜥王龙迦南被永川龙皇帝的爪子压得几乎喘不过气来，这让操作舱里的费利佩无计可施。

"埃斯特莉娅……我恐怕撑不住了！"费利佩大叫道。

埃斯特莉娅正全神贯注地盯着眼前的敌人，完全没有理会队友。这时，异特龙亚罗终于率先发动了攻击。尽管它的速度很快，但还是扑了个空——食蜥王龙密涅瓦灵活地闪避攻击，同时用强有力的坚尾将平衡性并不太强的亚罗扫倒在地。

"西班牙队的7号食蜥王龙……它的身手简直如同闪电般迅速！"密涅瓦的表现完全出乎马什博士额意料。

"小雪有危险……"看台上的孙艾琳禁不住皱起了眉头。

不过，就在食蜥王龙密涅瓦打算立刻对异特龙亚罗的脖子实施致命咬击时，亚罗也极为灵活地向一旁翻滚并躲开了攻击，并借助强大的腿肌很快再次站立起来。这轮短暂而精彩的对决结束后，双方仍然"毫发无损"。

"西班牙队5号食蜥王龙……居然被中国队6号永川龙打败了! 6∶5，中国队反超比分!"马什博士的解说声传到埃斯特莉娅耳中，这令她稍稍分心；经验丰富的小雪没有放过这样的好机会——只见她指挥异特龙亚罗趁食蜥王龙密涅瓦短暂停歇的工夫向其猛扑过去。这回轮到密涅瓦倒地了，并且由于亚罗成功"咬伤"了对方身体侧面的肌肉，导致对方失去了2分。与此同时，在击败食蜥王龙迦南后，遍体鳞伤的永川龙皇帝也赶上前来想要帮助异特龙亚罗，却被小雪制止。

"你去帮助孙娀，快去!"

"可是队长……"

"我与小埃的战斗不希望被任何人打扰!"小雪盯着眼前准备反击的食蜥王龙密涅瓦。周珩立刻明白了年轻队长的意思，指挥身上只剩下2分的永川龙皇帝迅速向中部作战区转移。此刻，周珩心中非常清楚，哪怕只剩下2分，多一头恐龙，便会增加一份胜利的希望。

"啧……费利佩居然被打败了。"正指挥鲨齿龙熙德与蛮龙托沃战斗的何塞失望地摇着头，自言自语道，"小埃同学……你果然还是没法发挥出全部实力吗?"

看台上，折戟于半决赛的美国队的部分驯龙师也来观看这场决赛。看到中国队竟扭转颓势反超比分，美国队队长雷恩解开

333

安全带，激动地站起身挥拳喝彩。

"姐，果然……我们输得不冤哪，中国队真的很强！"卡卡拉瓦托着腮，对身旁的米娜说道。

"难道这就是冠军相？"米娜也露出了迷惑的神色。

"快，让我们一起为中国队加油吧！"

喝彩之余，兴奋的雷恩回过头邀请其他队友一同加油。在场的美国队驯龙师都愣住了——大家不明白为何要这么做。正在这时，只见坐在最远端，显得孤零零的雅各布解开了安全带。

"小雪同学加油！中国队加油！！拿下冠军！"

在雷恩和雅各布的带动下，美国队的观战驯龙师们终于全体起立，一起为昔日打败自己的对手加油。就这样，整个看台上，支持中国队的呼声越来越高，似乎大家都更愿意看到全新的世界冠军诞生。

赛场的中部作战区域，随着永川龙皇帝的加入，中国队在局部数量上呈现出4∶3的优势；很快，这个优势扩大到4∶2——随着士气的提升，残血的永川龙皇帝竟在抵达后不久便将西班牙队一头残血斑龙打击出局。

全场沸腾。

"这势头……中国队是向着冠军全力冲刺了吗？"就连正在拍照的法伦霍恩妮都不由自主地放下了手中的相机。

何塞惊讶地望着眼前的一切。也许他做梦都不曾想过，冲入决赛的中国队竟比半决赛时表现得更加优秀。但也许正是因为对手的强大激起了这个年轻队长的斗志，只见他的脸上露出了久违的自信的笑意。

"看来事情正朝着有趣的方向发展……"

与冰雪大地几乎融为一体的灰白色鲨齿龙开始如上了发条的机器般运转起来。只见它以闪电般的速度咆哮着甩开蛮龙托沃，向刚刚完成双杀的永川龙皇帝冲去。原本以为自己身处蛮龙托沃身后，可以稍作喘息的周珩猝不及防，电光石火之间，永川龙皇帝已经被鲨齿龙熙德撞翻在地；紧接着，不等皇帝有任何反应，熙德已经狠狠地咬住了它的脖子——6:7，西班牙队扳回1分！更多的观众站了起来，原本以为这可能会是一场枯燥对决的人们被吸引住了。

孙娥指挥受伤的蛮龙托沃退至一旁，望着杀气腾腾的鲨齿龙熙德，倒吸了一口凉气。这时，西班牙队一头幸存的斑龙准备从后面偷袭蛮龙托沃，反应灵敏的托沃竟在没有得到指令的情况下躲过攻击并来了一记反杀。

"西班牙队在中路只剩下3号鲨齿龙……这真是一场悬念迭起的比赛！"马什博士再一次由衷地感叹。

另一边，异特龙亚罗与食蜥王龙密涅瓦的对决依然在继续。凭借体形上的优势，密涅瓦强行突击，将亚罗抓伤。这下，两头恐龙又回到了同一起跑线。不甘示弱的亚罗回身用强有力的前肢向密涅瓦抓去。然而就在这时，令人惊诧的一幕再次发生，密涅瓦同样伸出前肢，两双爪子竟绞在一起。

"亚罗……老伙计，给我顶住呀！"小雪的额头渗出了细密的汗珠。

"小雪……"来自对方恐龙的压力传导到了埃斯特莉娅的身上，令她那单薄的身体不由自主地颤抖起来。

这样的对峙并未持续太久，力量更胜一筹的食蜥王龙依靠惯性将异特龙推倒在地。两头巨大的恐龙"扭打"在一起。

马什博士已经开始频繁地看表。比赛只剩下最后5分钟，比分也悄然发生了变化——8∶8。在击败了由卜小黑指挥的特暴龙铁男后，西班牙队依靠队长何塞与其指挥的鲨齿龙熙德的精妙配合，顽强追平了比分！中部战场只剩下最后两头恐龙，并且都已遍体鳞伤。就在刚才，一次剧烈的恐龙撞击令孙娅也跟着倒地，她的额头渗出了血，但是仍在咬牙坚持。

"竟然有如此强烈的求胜欲——不过到此为止了！"

杀得兴起的何塞圆睁双眼，咆哮着指挥鲨齿龙熙德向蛮龙托沃发起"最后"的攻击。孙娅通过托沃的余光注意到身后不远处的一处地裂，于是立刻指挥它向后撤退。鲨齿龙熙德穷追不舍。孙娅竟选择在一处靠近悬崖边的狭小地带与对方战斗，不知是有意还是无意，当熙德发力时，托沃竟做了个后仰的姿势——失去平衡的两头恐龙在光滑的冰地上站立不稳，一同向悬崖深处跌去。

"竟……竟然牺牲自己去换取胜利？你这个蠢女人。"何塞发出绝望的怒吼。

"娅娅？娅娅！"小雪大喊起来。

比分来到9∶9，比赛时间只剩下不到1分钟。心急如焚的小雪为了不辜负闺密的重托，决心在最后时刻孤注一掷。当食蜥王龙密涅瓦一次攻击落空后，小雪打算指挥异特龙亚罗利用优秀的弹跳力从空中予以回击。然而意外就在这时发生了。准备起跳的异特龙亚罗突然因踩滑而失去了平衡，重重摔倒在食蜥王龙密涅瓦面前。这一跤摔得不轻，亚罗竟一时难以起身。此时距离比赛结束只剩下最后10秒，密涅瓦只消对亚罗的颈部完成一次攻击便可赢得比赛，但这头巨兽却没有采取任何行动。

"站起来。"埃斯特莉娅面色铁青地注视着眼前的对手。

小雪满头大汗，可任凭她怎样呼唤，亚罗一时竟难以起身。

"干掉它！"队友的声音回响在埃斯特莉娅的耳机里，但银发姑娘不为所动。

"比赛时间到！双方打成平局。接下来，他们将以加时赛的方式决出胜负！"马什博士的嘶吼将观众们悬着的心暂时扯回了地面。

由于埃斯特莉娅拒绝在最后时刻给予对手致命一击，比赛被硬生生地拖入了加时。当埃斯特莉娅返回休息区时，大伙儿注意到她脸色惨白。教练冈萨雷斯拦住了她："刚才为何不攻击？"

"这种乘人之危的事，我是不会去做的。"埃斯特莉娅冷冷地说。

"蠢货！赛场如战场，任何怜悯之心都会让你丢掉到手的胜利。"暴怒的冈萨雷斯逐渐冷静下来，边说边拍了拍埃斯特莉娅的肩膀，"自己犯下的错误自己去弥补——加时赛由你去挑战中国队。"

"是，教练。"埃斯特莉娅面无表情地点了点头。冈萨雷斯没再多说什么，转身离去。

一脸疑惑和担忧的何塞连忙走上前来："小埃同学，你刚才是怎么了?"

埃斯特莉娅没有说话,准备离去。

另一边,在中国队的休息区里,当大家都在因西班牙队最后时刻的"不杀之恩"使比赛被拖入加时赛而庆幸时,唯独队长裴小雪脸色铁青地没有说一句话。注意到爱将情绪有些不对劲的王一川走到小雪身边。

"怎么了? 刚才到底是……"

"小埃有意放了我一马。"小雪双眉紧锁。

"你说什么! 难道……她不想赢得冠军吗?"王一川觉得这简直不可思议。

"不……"小雪转动着黑色的双眸,额头沁出了汗珠,"这世上绝不会有人对冠军不感兴趣。但究竟是为什么?"

休息时间很快过去。不出观众所料,中国队由队长裴小雪出战加时赛;而当一脸冷漠的埃斯特莉娅出现在SDC操作舱旁时,小雪大吃一惊——原本她以为西班牙队会派出经验更为丰富、体力更为充沛的队长何塞。

"小埃!"在踏入SDC操作舱的前一秒,小雪忍不住大喊道。

不过,埃斯特莉娅只是瞟了她一眼,并未开口。只见她干净利落地钻进操作舱并关闭了舱门。这已是小雪第二次在世界杯赛场上参加加时赛了,年轻的中国队长心中明白,恐龙竞技中的加时赛就如同足球比赛中残酷的点球大赛,只有分出胜负才会善罢甘休。

很快,加时赛在马什博士的一声令下拉开了帷幕。由于在加时赛中可以与对手进行通话，小雪在第一时间便打开了通话器。

"小埃，刚才你究竟为什么……"

然而，听筒的另一头只有沉默。

"小埃……小埃！你有在听吗？"

"啰唆。"伴随着埃斯特莉娅那不耐烦的声音，双方的通话被切断。只见食蜥王龙密涅瓦咆哮着张牙舞爪地向异特龙亚罗扑去——那凶猛的模样与常规比赛时的它相比'判若两龙'。小雪神色一怔，一种不祥的预感油然而生。然而已经没有时间容她多想，说时迟，那时快，食蜥王龙密涅瓦已经冲到了异特龙亚罗面前。未等小雪做出反应，异特龙亚罗已经本能地避开了食蜥王龙密涅瓦的第一轮攻击。然而对方的速度似乎比常规赛时提升了一大截——只见密涅瓦以闪电般的速度俯下身子，用强有力的长尾将还未逃离危险区域的亚罗横扫在地。电脑判定这一击造成了亚罗失分，可见其力度之大。

"这才是真正的埃斯特莉娅……"西班牙队教练冈萨雷斯倒吸了一口凉气。

于是，不可思议的一幕发生了，加时赛刚开始没几分钟，完全处于劣势的异特龙亚罗已经失去了6分，食蜥王龙密涅瓦则毫发无损——这完全是一场一边倒的战斗。按照常理，所有观众都会认为加时赛是势均力敌的。

"小埃……你……为什么不说话？"气喘吁吁的小雪几乎绝望了。

埃斯特莉娅面无表情地注视着眼前的战场，通过肢体语言指挥食蜥王龙密涅瓦准备结束这场缺乏悬念的战斗——突然，她的脸部抽搐了一下，右手下意识地按在了心口的位置，痛苦地蹲下身去。她轻微的呻吟声引起了小雪的注意。

"小埃? 小埃! 你怎么了?"小雪急切地大叫道。

"见鬼……我……我的心脏……"

小埃的嘴里发出含混不清的声音。小雪立刻明白发生了什么。面对手足无措，如待宰羔羊般呆立在那里的食蜥王龙密涅瓦，小雪没有选择指挥异特龙亚罗"乘虚而入"。于是，怪异的一幕发生了，小雪竟终止比赛，打开SDC操作舱的舱门钻了出来。

"这究竟是怎么回事! 中国队驯龙师竟然放弃了比赛!"马什博士简直不敢相信自己的眼睛。

"快……快去救人! 小埃她不行了!"

小雪一边大喊，一边冲向埃斯特莉娅所在的SDC操作舱，挥起拳头敲打着那坚硬的舱壁。要知道，为了保证驯龙师能全身心投入比赛，SDC操作舱是不可能轻易从外面打开的。

了解埃斯特莉娅身体状况的伙伴们纷纷恍然大悟。何塞飞跑去解说裁判控制室向马什博士说明情况。在博士迅敏的反应下，埃斯特莉娅所在的SDC操作舱被电脑程序打开——果不其然，银发姑娘已经无力地瘫倒在操作舱的地板上……

光与影的英雄

　　小雪第一个冲了进去，使出全力将埃斯特莉娅抱出操作舱。医疗团队随后赶到，对银发姑娘进行现场急救。马什博士随即宣布比赛中断。

　　小雪焦急地站在急救医生身旁，不时询问情况。幸运的是，在经历了几分钟的抢救后，其中一名医生的脸上露出了一丝笑意。

　　"若不是及时抢救，她的心脏险些停跳！"

　　小雪长长地松了一口气。

　　"不过出于安全起见，必须立刻将病人送往医院监护——她不能再参加接下来的比赛了。"医生说着，摇了摇头。

　　"既然这样，只能重新挑选驯龙师再打一遍加时赛了。"赶到现场的马什博士面露遗憾地摇了摇头。

　　"等等……"小雪突然打断了博士的话并从埃斯特莉娅身

旁缓缓站起，"没必要再重新比赛。现在小埃6分领先于我，胜负已分——我认输。"

小雪的话令众人大吃一惊。可以看得出，包括教练王一川在内的中国队成员对于小雪的决定非常不理解，但迟迟没有人站出来提出不同意见。

"我反对。加时赛的规则是必须有一头恐龙出局才算分出胜负。现在食蜥王龙密涅瓦10分，异特龙亚罗4分，尽管中国队暂时处于劣势，却并未出局——准确地说，这场比赛目前不分胜负！"那是何塞的声音。只见这位西班牙队队长站到小雪身边，以铿锵有力的声音说道，"但正如小雪同学所言，我们西班牙队同样不想再比赛了，因此我建议……由两队共享冠军这一荣誉！"

"荒唐，怎么可能有两支队伍同时……"西班牙队教练冈萨雷斯立刻予以反驳。

"刚才小雪同学完全可以趁小埃同学失去能力时指挥异特龙亚罗将食蜥王龙密涅瓦踢出局！"不等冈萨雷斯把话说完，何塞义正词严地打断了他，"虽然她并没有这么做，但并不意味着她没有能力去改变现在的结果！"

冈萨雷斯一时之间语塞，只得把目光投向马什博士。只见身兼主裁判职务的马什博士沉吟片刻后，脸上露出了温和的笑容。

"虽然没有先例，但是我很赞同那句话，'规矩就是用来被打破的'——这也正是我们身为驯龙师为梦想而奋斗的荣幸。"

现场一片哗然，紧接着爆发出雷鸣般的掌声……

就这样，马什博士带着两支驯龙队的代表来到主席台前，向在场的10万多名观众鞠躬致意。现场观众的掌声经久不息。

不知过了多久，埃斯特莉娅艰难地睁开眼睛，发现自己躺在熟悉的病榻上，围在床头的不仅有熟悉的朋友们，更有一座象征着最高荣誉，所有驯龙师梦寐以求的金灿灿的奖杯！

"小埃，你终于醒啦！"小雪激动地搂着闺密的脖子，给了她一个热情的吻。

"为什么我会拿到奖杯？"埃斯特莉娅的脸上写满了惊讶。

"因为我们是冠军呀！"小雪冲她眨了眨眼。

"我们？"

"是呀！西班牙与中国队共同捧杯！"

埃斯特莉娅似乎明白了什么。只见她将奖杯举到面前，深情地注视着，热泪盈眶。与此同时，站在屋内一同陪伴并等候埃斯特莉娅苏醒的王一川、孙娀、何塞、雷恩、孙艾琳都鼓起掌来。

"咔嚓！"

站在角落里的法伦霍恩妮眼疾手快地摁下快门，记录下了这幸福的一刻。

这场比赛不仅创造了中国驯龙队与西班牙驯龙队的巅峰荣耀，更赢得了诚挚友情的无价胜利。